D0311164

**BEST**SELLER

Biblioteca

# MARY HIGGINS CLARK
## Y ALAFAIR BURKE

## Vestida de blanco

Traducción de
**Nieves Calvino**

**DEBOLSILLO**

Título original: *All Dressed in White*

Primera edición en Debolsillo: octubre de 2017

© 2015, Nora Durkin Entrerprises, Inc.
Todos los derechos reservados
Publicado mediante acuerdo con la editorial original, Simon & Schuster, Inc.
© 2017, Penguin Random House Grupo Editorial, S. A. U.
Travessera de Gràcia, 47-49. 08021 Barcelona
© 2017, Nieves Calvino, por la traducción

Printed in Spain – Impreso en España

ISBN: 978-84-663-4188-2 (vol. 184/47)
Depósito legal: B-17.004-2017

Compuesto en M. I. Maquetación, S. L.
Impreso en Novoprint
Sant Andreu de la Barca (Barcelona)

P 3 4 1 8 8 2

Penguin
Random House
Grupo Editorial

*En memoria de Joan Nye,*
*querida amiga desde nuestros días*
*en la Academia Villa Maria.*
*Con cariño,*

Mary

*Para Richard y Jon*

Alafair

Ahí viene la novia vestida de blanco,
radiante y encantadora resplandece ante sus ojos.

# Prólogo

Era un jueves por la noche de mediados del mes de abril en el hotel Grand Victoria de Palm Beach.

Amanda Pierce, la futura novia, se estaba probando el vestido para la ceremonia con la ayuda de Kate, su amiga de toda la vida.

—Ruego a Dios que me quepa —dijo, y la cremallera subió ese peliagudo punto por encima de la cintura.

—No puedo creer que te preocupara no caber en él —repuso Kate sin rodeos.

—Bueno, después de todo el peso que perdí el año pasado temía haber engordado lo suficiente como para que me quedara estrecho de cintura. Se me ha ocurrido que era mejor saberlo ahora que el sábado. ¿Te imaginas que tuviéramos que lidiar con la cremallera cuando esté a punto de ir hacia el altar?

—Eso no va a pasar —declaró Kate de forma categórica—. No sé por qué estabas tan nerviosa por eso. Mírate al espejo: estás preciosa.

Amanda contempló su reflejo.

—Es un sueño, ¿verdad?

Recordó que se había probado más de un centenar de vestidos y que había buscado en las mejores tiendas de novias de Manhattan antes de descubrir el que ahora llevaba puesto en un minúsculo establecimiento de Brooklyn Heights. Era todo cuanto había imaginado: de seda de color marfil, corte imperio y con encaje hecho a mano cubriendo el corpiño.

—Mucho más que eso —aseveró Kate—. Entonces ¿por qué pareces tan triste?

Amanda se miró de nuevo al espejo. Era rubia, con un rostro en forma de corazón, grandes ojos azules, largas pestañas y labios de un tono frambuesa natural, y sabía que había sido bendecida con unos rasgos hermosos. Pero su amiga tenía razón: parecía triste. Triste no, en realidad, sino más bien preocupada. El vestido le quedaba perfecto, se recordó. Eso debía de ser una buena señal, ¿o no? Se obligó a sonreír.

—Solo me preguntaba cuánto puedo comer esta noche para que esto siga cabiéndome el sábado.

Kate se echó a reír y se dio una palmadita en el vientre, un tanto abultado.

—No digas eso delante de mí, precisamente. En serio, Amanda, ¿estás bien? ¿Todavía le estás dando vueltas a nuestra conversación de ayer?

Amanda agitó una mano.

—Ni por asomo —respondió, sabiendo que no estaba siendo sincera—. Bueno, ayúdame a quitarme esto. Los demás ya deben de estar a punto de bajar a cenar.


Diez minutos más tarde, a solas en su dormitorio, ataviada ya con un vestido de lino de color azul claro, Amanda se puso unos pendientes y echó un último vistazo al traje de novia, extendido con esmero sobre la cama. Entonces reparó en una mancha de maquillaje en el encaje, justo bajo la línea del escote. Había puesto mucho cuidado y aun así había una mancha. Sabía que saldría, pero tal vez esa fuera la señal que estaba esperando.

Se había pasado casi los dos últimos días como una extraña en el exótico paraje donde se iba a celebrar su propia boda, buscando pistas que le dijeran si aquella ceremonia debía o no celebrarse. Al mirar aquella mancha en su vestido hizo un juramento, no a su novio, sino a sí misma: «Solo tenemos una vida y la mía será feliz. Si persiste en mí una sola duda, no me casaré el sábado».

«Muy pronto lo sabré», se dijo.

En ese momento la invadió una sensación de control absoluto. Amanda no imaginaba que a la mañana siguiente desaparecería sin dejar rastro.

# 1

Laurie Moran escuchó mientras la adolescente que tenía delante practicaba su francés de instituto. Estaba en la cola de Bouchon, la pastelería que acababan de abrir, ubicada al doblar la esquina de su oficina en Rockefeller Center.

—*Ye vu-dre* pan chocolate. Que sean *deux*.

La cajera sonrió con paciencia mientras esperaba a que la joven hilara su segunda petición. Sin duda estaba acostumbrada a esos patéticos intentos de algunos de los clientes de practicar el francés, pese a que la pastelería estaba en el corazón de Nueva York.

Laurie no tenía tanta paciencia. Debía reunirse más tarde con su jefe, Brett Young, y aún no había decidido qué historia abordar primero para el próximo especial de su programa. Necesitaba tanto tiempo como fuera posible para prepararse.

Tras un último «*mer sí*», la chica se marchó con una caja de pastas en la mano.

Laurie era la siguiente.

—Pediré en inglés, *s'il vous plaît*.

—*Merci*.

Se había convertido en una tradición que los viernes por la mañana pasara por la pastelería y llevara algo especial a su equipo: su asistente, Grace García, y su ayudante de producción, Jerry Klein. Agradecían el surtido de pastelillos, cruasanes y panes. Después de que hiciera el pedido, la cajera le preguntó si deseaba alguna otra cosa. Los *macarons* tenían una pinta deliciosa. Quizá se llevara unos pocos para su padre y Timmy, para después de la cena, se prometió, y como premio para sí misma si la reunión de ese día con Brett iba bien.

Cuando salió del ascensor en la planta dieciséis del número 15 de Rockefeller Center, se percató de que la disposición de las oficinas de los Estudios Blake Fisher reflejaba el éxito de su trabajo ese último año. Antes ocupaba una pequeña oficina sin ventanas y compartía un ayudante con otros dos productores, pero la carrera de Laurie había despegado desde que creó un «informativo especial», basado en crímenes reales, que se centraba en casos sin resolver. Ahora tenía una larga hilera de ventanas en su espacioso despacho repleto de elegantes y modernos muebles, Jerry había sido ascendido a ayudante de producción y ocupaba un despacho más pequeño al lado del suyo, y Grace siempre estaba muy atareada y se había instalado en un amplio espacio abierto junto al suyo. Los tres se dedicaban a tiempo completo a su programa, *Bajo sospecha*, lo cual los liberaba de trabajar en otros programas de noticias normales y corrientes.

Grace había cumplido veintisiete años hacía poco, pero parecía más joven. Laurie se había sentido tentada en más de una ocasión de decirle que no necesitaba usar todo el maquillaje que de forma meticulosa se aplicaba cada día, pero resultaba evidente que Grace prefería un estilo personal muy diferente de los gustos clásicos de su jefa. Ese día vestía una blusa de seda multicolor con unas mallas increíblemente ceñidas y botas de plataforma de casi trece centímetros. Llevaba su largo cabello negro recogido en un moño al estilo de *Mi bella genio*, formando una fuente perfecta.

Por lo general, Grace se abalanzaba sobre la bolsa de la pastelería, pero ese día no fue así.

—Laurie —comenzó despacio.

—¿Qué sucede, Grace? —Laurie conocía a su ayudante lo bastante bien como para darse cuenta de cuándo estaba preocupada.

Jerry salió de su despacho justo cuando la joven estaba a punto de explicarse. Verse entre el alto y larguirucho Jerry y Grace, con sus altísimos tacones, siempre hacía que Laurie se sintiera baja, a pesar de que medía casi un metro setenta y cinco.

Jerry levantó las manos.

—Hay una mujer sentada en tu despacho. Acaba de presentarse. Le he dicho a Grace que le concertara una cita para otro momento. Que conste que yo no tengo nada que ver con esto.

## 2

Sandra Pierce miró por la ventana del despacho de Laurie Moran. Dieciséis pisos más abajo se encontraba la famosa pista de hielo del Rockefeller Center. Al menos eso era lo que Sandra siempre veía, aun en esos momentos, en pleno mes de julio, en que un jardín de verano y un restaurante sustituían de forma temporal el suave hielo y a los patinadores.

Recordó a sus propios hijos patinando de la mano en ese mismo lugar más de veinte años atrás. Charlotte, la mayor, a un lado; Henry, su hermano menor, al otro. En medio estaba la pequeña, Amanda. Sus hermanos la agarraban con tanta fuerza que si sus patines hubiesen dejado de tocar la pista, habría seguido en pie sin problemas.

Tras exhalar un suspiro, Sandra apartó la vista de la ventana y buscó algo en que fijar la atención mientras esperaba. Le sorprendía el orden del despacho. Jamás había estado en un estudio de televisión, pero había imaginado uno de esos enormes espacios abiertos con hileras de mesas, como las que se ven al fondo de los informativos. Por el contrario, el despacho de Laurie Moran parecía más una elegante aunque cómoda sala.

Sandra se fijó en una fotografía enmarcada sobre la mesa de Laurie. Tras ver que la puerta del despacho continuaba cerrada, la cogió y la estudió con atención. En ella aparecía esta con su marido, Greg, en una playa. Supuso que el niño situado delante de ellos era su hijo. Sandra no conocía a la familia en persona, pero había visto fotografías de Laurie y de Greg en internet. Su curiosidad por *Bajo sospecha* despertó cuando el programa se emitió por primera vez. Pero supo que tenía que ir allí y conocer a Laurie Moran en persona tras leer recientemente un artículo en el que se mencionaba la experiencia de la propia productora con un crimen sin resolver.

De inmediato sintió remordimientos por la invasión de la intimidad de Laurie. Sandra sabía que a ella tampoco le agradaría que un desconocido viera fotografías suyas con Walter y Amanda. Se estremeció al darse cuenta de que la última vez que había estado con su exmarido y su hija pequeña fue hacía cinco años y medio, durante las últimas Navidades familiares antes de la boda de Amanda. O la que se suponía que iba a ser su boda.

«¿Me acostumbraré algún día a pensar en Walter como mi exmarido?», se preguntó. Conoció a Walter en su primer año en la Universidad de Carolina del Norte. Había vivido por todo el mundo debido a la carrera militar de su padre, pero nunca en el Sur. Le estaba costando adaptarse, como si los demás estudiantes que habían crecido allí se rigieran por un código no escrito que ella no comprendía. Su compañera de cuarto la llevó al primer partido de fútbol americano de la temporada, prometiéndole que en cuanto animara a los Tar Heels, sería una lugareña de pura cepa. El hermano de su compañera se llevó a un amigo, un estudiante de segundo año llamado Walter, un chico de la localidad. Se pasó más tiempo hablando con Sandra que viendo el partido. Cuando cantaron la canción de ánimo en el último cuarto —«Nací Tar Heel, crecí Tar Heel y moriré siendo un Tar Heel»—, Sandra pensó que creía haber conocido al hombre con el que iba a casarse. Estaba en lo cierto. Estuvieron juntos de entonces en adelante. Criaron a sus tres hijos en Raleigh, a solo media hora en coche del estadio donde se habían conocido.

Pensó en cómo se habían ayudado el uno a otro en sus

muy diferentes ámbitos durante los primeros treinta y dos de sus casi treinta y cinco años de matrimonio. Si bien Sandra jamás trabajó de forma oficial para la empresa de la familia de Walter, siempre le aconsejó acerca de los nuevos lanzamientos de productos, las campañas publicitarias, y sobre todo, problemas de personal en el trabajo. De los dos, ella era la más sensibilizada con las emociones y motivaciones de la gente. Walter le había devuelto el favor ayudándola siempre que podía con los proyectos de la iglesia, del colegio y de la comunidad que ella supervisaba. Casi sonrió al recordar la imagen de su grandote Walter numerando cientos de diminutos patitos de goma con un rotulador fluorescente para la carrera rotativa anual de patos en el río Ol' Bull, recitando cada número en voz alta mientras añadía otro nuevo pato a la montaña.

Walter siempre le había dicho que eran compañeros en todo. Pero ahora Sandra se daba cuenta de que eso nunca había sido del todo cierto. A pesar de lo mucho que Walter lo había intentado, no le había resultado fácil ser padre. Había acudido a recitales y a partidos de fútbol americano, pero los niños se daban cuenta de que tenía la cabeza en otra parte. Por lo general, su mente estaba puesta en el trabajo: una nueva línea de productos, fallos de fabricación en una de las fábricas, un minorista que insistía en recibir descuentos mayores. Para Walter, su mejor contribución como padre era ocuparse del negocio, creando un legado y una seguridad económica para la familia. Sandra había tenido que compensar su distanciamiento emocional con sus tres hijos.

Y entonces, dos años atrás, tuvo que tomar una decisión. Sabía que ya no podía tolerar la intensa incomodidad de Walter cada vez que pronunciaba el nombre de Amanda. «Teníamos dos formas de llorar su pérdida y la pena era demasiado grande como para que cupiera bajo un mismo techo», pensó.

Se enderezó la chapa prendida a la solapa, la chapa de SIGUE DESAPARECIDA de Amanda. Había perdido la cuenta de cuántas había hecho en el transcurso de los años. Oh, cuánto despreciaba Walter esas chapas repartidas en cajas por toda la casa. «No puedo soportar verlas —decía—. No puedo pasar ni un solo minuto en mi propia casa sin imaginar qué puede haberle ocurrido a Amanda.»

¿De verdad había esperado que dejara de buscar a su hija? Imposible. Sandra continuó fiel a su misión y Walter volvió a su vida normal. Se acabó el compañerismo.

Así que ahora Walter era su exmarido, por extraño que siguiera resultándole ese término. Ella llevaba casi dos años viviendo en Seattle, adonde se había mudado para estar más cerca de Henry y de su familia. Ahora vivía en una preciosa casa de estilo neocolonial holandés en Queen Anne, y sus dos nietos tenían sus propios cuartos cuando se quedaban a dormir en casa de la abuela. Como era de esperar, Walter se había quedado en Raleigh. Había dicho que tenía que hacerlo por el bien de la empresa, al menos hasta que se jubilara, lo cual sabía que jamás ocurriría.

Sandra oyó voces al otro lado de la puerta del despacho y se apresuró a sentarse de nuevo en el largo sofá de piel blanco situado bajo las ventanas. «Por favor, Laurie Moran, por favor, sé la persona que tanto he pedido encontrar en mis oraciones.»

## 3

Cuando Laurie entró en su despacho, la mujer que la estaba esperando se levantó de inmediato del sofá para ofrecerle la mano.

—Señora Moran, muchísimas gracias por recibirme. Me llamo Sandra Pierce. —El apretón fue firme y estuvo acompañado de un contacto visual directo, pero Laurie se dio cuenta de que la mujer estaba nerviosa. Sus palabras parecían ensayadas y la voz le temblaba al hablar—. Su ayudante ha tenido la bondad de dejar que esperara aquí. Me temo que he sufrido una pequeña crisis. Espero que no tenga problemas. Ha sido muy amable conmigo.

Laurie posó con delicadeza una mano en el codo de la mujer.

—Por favor, Grace ya me ha explicado que estaba muy alterada. ¿Va todo bien?

Tras echar un rápido vistazo a su despacho, Laurie se dio cuenta de que la fotografía enmarcada sobre su mesa estaba en una posición ligeramente distinta. No se habría percatado del sutil cambio si se hubiera tratado de cualquier otro objeto, pero esa posesión en particular era de especial importancia para ella. Durante cinco años, su despacho había estado desprovisto de fotografías familiares. No quería que sus compañeros de trabajo en el estudio se enfrentaran a un constante recordatorio de que su esposo había sido asesinado y de que el crimen seguía sin resolverse. Pero en cuanto la policía identificó al asesino de Greg, enmarcó aquella fotografía —la última que Timmy, Greg y ella se habían tomado como familia— y la puso sobre su mesa.

La mujer asintió, pero aún tenía aspecto de que fuera a romperse ante la más mínima provocación. Laurie la condujo de nuevo al sofá, donde podría serenarse.

—Lo siento, no acostumbro a ser una persona nerviosa —comenzó Sandra Pierce. Juntó las manos sobre el regazo para que no le temblaran—. Lo que sucede es que a veces siento que me estoy quedando sin opciones. La policía local, la policía estatal, los fiscales, el FBI. He perdido la cuenta del número de investigadores privados. Hasta contraté a un médium. Me dijo que Amanda se reencarnaría en Sudamérica en un futuro próximo. No he vuelto a probar con eso.

Las palabras fluían con tanta rapidez que a Laurie le estaba costando seguirlas, pero no necesitaba oír más para saber que Sandra Pierce era una más de los que creían que *Bajo sospecha* podría resolver sus problemas. Ahora que el programa era un éxito parecía que no había límite para el número de personas que estaban seguras de que un programa de televisión basado en la realidad podía reparar cualquier injusticia. Todos los días, la página de Facebook del programa se llenaba de complejas historias tristes, cada una de las cuales reclamaba ser más trágica que la anterior: coches robados, maridos infieles, caseros terribles. No cabía duda de que algunas de las personas que pedían ayuda la necesitaban de verdad, pero pocas de ellas parecían comprender que *Bajo sospecha* investigaba delitos graves sin resolver, no infracciones leves. Laurie se había visto obligada a rechazar casos aun cuando las víctimas de delitos legítimos o sus familiares se ponían en contacto con ella. No podía producir tantos especiales.

—Por favor, señora Pierce, no es necesario que se apresure —dijo Laurie, a pesar de que notaba que se le estaba agotando el tiempo antes de su reunión con Brett.

Fue hacia la puerta y le pidió a Grace que les llevara un par de cafés. Se había molestado con esta por permitir que una persona cualquiera entrara en su despacho, pero ahora entendía por qué lo había hecho. Esa mujer tenía algo que suscitaba compasión.

Cuando se volvió de nuevo hacia Sandra Pierce, se fijó en que la mujer era bastante atractiva. Tenía un rostro alargado y estrecho y el cabello rubio ceniza le llegaba hasta el hombro. Sus ojos eran de un azul claro. De no ser por las reveladoras arrugas del cuello, Laurie podría haber estimado que Sandra no era mucho mayor que ella, que tenía treinta y seis años.

—Grace ha dicho que es usted de Seattle —adujo Laurie.

—Sí. Pensé en escribir o llamar por teléfono, pero me di cuenta de que usted escucha a cientos de personas cada día. Sé que probablemente parezca una locura cruzar el país sin ser invitada y sin anunciarme, pero tenía que hacerlo de esta forma. Necesitaba asegurarme de que no desperdiciaba la oportunidad. Creo que es usted la persona que he estado esperando; usted no, no soy una acosadora ni nada parecido, sino su programa.

Laurie estaba empezando a lamentar la decisión de escuchar a esa mujer. Tenía poco tiempo para acabar su presentación para Brett. ¿Qué tenía Sandra Pierce que hacía que bajara la guardia y le prestara atención? Estaba a punto de explicarle que tenía que prepararse para una reunión cuando reparó en la chapa prendida en la chaqueta de Sandra.

En ella había una fotografía de una mujer joven muy hermosa. Su parecido con su madre era asombroso. Justo debajo del rostro de la chica se veía la imagen de un lazo amarillo. La fotografía le resultaba familiar.

—¿Está aquí por ella? —preguntó Laurie, señalando la chapa.

Sandra bajó la mirada y, como si acabara de recordar algo, se metió una mano en el bolsillo de la chaqueta y sacó otra chapa igual. Se la entregó a Laurie.

—Sí, es mi hija. Nunca he dejado de buscarla.

Ahora que Laurie le echó un vistazo más de cerca, la sonrisa de la chica llevó a su memoria un lejano recuerdo. No había visto aquella fotografía en concreto, pero reconocía la sonrisa.

—Ha dicho que se apellida Pierce. —Esperaba que decirlo en voz alta la ayudara a recordar.

—Sí. Sandra. Y mi hija es Amanda Pierce. Mi hija es la persona a la que la prensa llama la Novia Fugitiva.

## 4

«La Novia Fugitiva.» Laurie recordó el caso nada más oír aquello. Amanda Pierce era una preciosa y rubia novia a punto de casarse con un guapo abogado al que conoció en la universidad. Habían hecho todos los planes para celebrar la boda en Palm Beach, Florida. Y entonces, la mañana previa al gran día, ella desapareció sin más.

Sabía que habría reconocido al instante la fotografía de Amanda si esa historia hubiera surgido en cualquier otro momento de su vida. Con toda seguridad hasta habría reconocido a Sandra, la madre de Amanda. En otro momento, la historia de una joven novia que desapareció sin dejar rastro justo antes de su boda de ensueño habría sido perfecta para ella. Sabía que algunas personas especulaban con que Amanda se echó atrás y comenzó una nueva vida en otro lugar, lejos de su controladora familia, o tal vez con un amante secreto. Otros creían que el novio y ella tuvieron una pelea de madrugada que degeneró en un violento ataque: «Es solo cuestión de tiempo que su cadáver aparezca».

Pero aunque era la clase de historia que normalmente captaría su atención, Laurie no había seguido el caso con detalle. Amanda Pierce desapareció solo unas semanas antes de que el marido de Laurie, Greg, recibiera un disparo mortal delante de Timmy, su hijo de tres años. Mientras el rostro de Amanda se mostraba por todo en país, Laurie estaba de baja laboral, ajena a los acontecimientos que tenían lugar fuera de su propia casa.

Recordó haber apagado el televisor pensando que si la novia no se había echado atrás, algo terrible debía de haberle sucedido. Recordó que se sintió parte de la familia y de lo que debía de estar sufriendo.

Continuó observando la foto con atención mientras recordaba aquel terrible día. Greg había llevado a Timmy al parque. Laurie le dio a su marido un beso rápido cuando se marchó con su hijo a hombros. Fue la última vez que iba a sentir sus cálidos labios contra los de ella.

Por irónico que pareciera, la boda de Amanda Pierce tendría que haberse celebrado en el hotel Grand Victoria. Laurie se acordó de que había estado allí y que Greg había tirado de ella para que se metiese en el mar a pesar de sus protestas, entre risas, porque el agua estaba demasiado fría.

Sus pensamientos se vieron interrumpidos por una llamada a la puerta, tras la cual entró Grace llevando una bandeja con dos tazas de café y algunas de las pastas que Laurie había comprado en Bouchon. Laurie le brindó una sonrisa a Grace, reparando en que había optado por ofrecer su cruasán favorito, el de almendras, a la señora Pierce.

—¿Puedo traerle alguna otra cosa? —Grace no era precisamente tradicional, pero cuando era necesario mostraba unos buenos modales chapados a la antigua.

—No, cielo, pero gracias. —Sandra Pierce consiguió esbozar una sonrisa.

Laurie se volvió hacia Sandra en cuanto Grace se marchó.

—No puedo decir que haya oído recientemente alguna cosa sobre la desaparición de su hija.

—Tampoco yo, y ese es el problema. Incluso cuando desapareció sospechamos que la policía solo estaba cubriendo el expediente. No había señales de lucha en el cuarto de Amanda. Ni informes de que ocurriera nada inusual dentro del hotel. Y el Grand Victoria…, ahí es donde iba a celebrarse la boda…, no podría ser más seguro. Veía a los policías mirando el reloj y el teléfono móvil como si Amanda fuera a aparecer de nuevo en la casa de Nueva York y a confesar que se había echado atrás.

Laurie se preguntó si las percepciones de Sandra acerca de la investigación policial podrían ser sesgadas. A pesar de lo poco que había visto en la televisión en su momento, Laurie recordaba que había equipos de voluntarios peinando los terrenos del resort en busca algún rastro de la novia desaparecida.

—Según recuerdo, se realizaron considerables esfuerzos para encontrarla —dijo—. Salió en las noticias nacionales durante semanas.

—Oh, desde luego, cumplieron con todos los procedimientos que se supone que deben seguir cuando alguien desaparece —repuso Sandra, con tono de amargura—. Y además nosotros salíamos en pantalla cada día para suplicar a la gente que nos ayudase a encontrarla.

—¿Quiénes? —Laurie fue hasta su mesa para coger su cuaderno. Ya estaba sumergiéndose en la historia de Sandra.

—Mi marido, Walter. O exmarido ya, pero es el padre de Amanda. Y su prometido, Jeff Hunter. En realidad se implicó todo el cortejo nupcial; mis otros hijos, Charlotte y Henry; dos de las amigas de la universidad de Amanda, Meghan y Kate; y después dos de los compañeros de universidad de Jeff, Nick y Austin. Repartimos octavillas por toda la zona. Al principio la búsqueda se centró en los terrenos del resort. Más tarde la ampliaron desde allí. Se me partía el corazón al verlos peinar zonas aisladas, canales, obras y marismas a lo largo de la costa. Al cabo de un mes dejaron de buscar.

—Sandra, no lo entiendo. ¿Por qué la llamaron la Novia Fugitiva? Podría entender que la policía sospechara que se había echado atrás durante unas horas o puede que hasta un día o dos. Pero seguro que a medida que el tiempo pasaba debieron de compartir su preocupación. ¿Qué les llevó a pensar que su hija se marcharía sola? —Laurie vio que Sandra era reacia a contestar, de modo que insistió—: Ha dicho que no había señales de lucha en su habitación. ¿Había desaparecido su maleta? ¿Su bolso?

Esos eran los hechos que ayudaban a la policía a distinguir entre huidas y juego sucio. Resultaba difícil huir sin dinero ni identificación, pensó Laurie.

—No —se apresuró a responder Sandra—. Al parecer solo faltaba una cosa de su cartera: su carnet de conducir. Toda su ropa, su bolso, su maquillaje, sus tarjetas de crédito, su teléfono móvil…, todo ello estaba en su cuarto. Por la noche solía llevar un bolso diminuto con la llave de su habitación, un neceser de maquillaje y un brillo de labios. Eso no se encontró. Podría haberse guardado el carnet de conducir sin problemas en caso de que estuviera planeando utilizar el coche. Jeff y ella habían alquilado uno en el aeropuerto. Por lo que sabemos, Amanda fue la última que lo usó cuando las chicas y ella fueron de compras esa mañana. Hay una zona de aparcamiento libre dentro de los terrenos del hotel. Y era ahí donde lo tenían.

«O tal vez se llevó su carnet y algo de dinero y conoció a alguien», pensó Laurie. Ahora comprendía por qué tanta gente había especulado con que Amanda se había marchado por voluntad propia. No obstante, tenía otra pregunta.

—¿Qué pasó con el coche de alquiler?

—Lo encontraron tres días después, abandonado en una gasolinera a unos ocho kilómetros del hotel —respondió la mujer. Laurie vio que Sandra había apretado los labios y que su expresión se había tornado en una de intensa furia—. La policía se empeñó en creer que podría haber conocido a alguien en la gasolinera y haberse subido a un coche distinto. A la mañana siguiente, cuando los informativos dieron la noticia de que había desaparecido y enseñaron su fotografía en televisión, una mujer de Delray Beach afirmó que vio a Amanda en un Mercedes blanco descapotable, parada en un semáforo en torno a las doce de la noche de su desaparición. Aseguraba que el semáforo tardó lo suyo en ponerse verde y que le echó un buen vistazo. Se supone que Amanda estaba en el asiento del pasajero, pero la mujer no recordaba nada del conductor, salvo que parecía alto y que llevaba puesta una gorra. Esa mujer estaba loca, lo sé. Le encantaba la publicidad. Estaba impaciente por ponerse ante una cámara.

—¿Cree que la policía la creyó?

—La mayoría sí —respondió Sandra con rencor—. Un día, fuera de la comisaría, oí a dos detectives por casualidad. Estaban apoyados contra un coche patrulla, fumando y hablando de mi hija como si fuera un personaje de un programa de televisión. Uno de ellos estaba seguro de que Amanda tenía un novio secreto, un multimillonario ruso, y que estaba en alguna isla con él. El otro tipo meneó la cabeza y pensé que iba a defender a Amanda, pero en vez de eso (jamás lo olvidaré), dijo: «Me deberás diez pavos cuando saquen su cadáver del Atlántico».

Sandra contuvo un sollozo.

—Lo siento mucho —repuso Laurie, sin saber qué más decir.

—Oh, créame, les eché una bronca. Todavía hay una detective asignada de forma oficial al caso. Se llama Marlene Henson. Es una buena mujer, pero he venido aquí, a verla a usted concretamente, por una razón: usted sabe lo que es perder a una persona allegada e ignorar durante años por qué pasó o quién fue el responsable.

Greg fue asesinado de un único disparo en la frente mientras empujaba a Timmy en un columpio en el parque. El tirador había atacado de forma intencionada a Greg y sabía incluso el nombre de Timmy. «Timmy, dile a tu mamá que ella es la siguiente —le había dicho—. Y después te toca a ti.» Durante cinco años lo único que Laurie supo del asesino de su marido fue que tenía los ojos azules. Fue así como su hijo lo llamó cuando gritó: «¡Ojos azules ha disparado a mi papá!».

Laurie se limitó a asentir en respuesta al alegato de Sandra.

—Ahora imagine que sabe todavía menos, señora Moran. No saber siquiera si la persona que quiere está viva o muerta. No saber si sufrió o si está ahí fuera, sana, salva y feliz. Imagine que no sabe nada. Estoy segura de que una parte de usted piensa que soy afortunada. Hasta que encuentren el cuerpo de Amanda, mi hija podría estar viva. Jamás creeré que se marchó por voluntad propia, sino que tal vez la raptaron y está intentando liberarse. O que la atropelló un coche y que sufre amnesia. Todavía puedo aferrarme a la esperanza. Pero a veces pienso que me aliviaría recibir esa terrible llamada telefónica diciéndome que se acabó. Al menos sabría que descansa en paz. Por fin lo sabría con seguridad. Por favor…, puede que usted sea mi última oportunidad.

Laurie dejó su cuaderno sobre la mesa de centro, apoyó la espalda en el respaldo de su silla y se preparó para romperle el corazón a Sandra Pierce.

## 5

Laurie se sujetó un mechón suelto detrás de la oreja, un gesto que siempre indicaba que estaba nerviosa.

—Señora Pierce…

—Por favor, llámame Sandra.

—Sandra. No puedo ni imaginar lo duro que debe de ser no saber qué le pasó a Amanda. Pero nuestro programa tiene un límite en lo que podemos hacer. No somos la policía ni el FBI. Nosotros volvemos al escenario del crimen e intentamos recrear los hechos a través de los ojos de la gente que estuvo implicada.

Sandra Pierce se inclinó hacia delante, preparada para defender su postura.

—Por eso mismo es perfecto el caso de Amanda. El Grand Victoria es uno de los hoteles más famosos del mundo. Es un escenario lleno de glamour, a la gente le encantan las historias sobre bodas, y la gran mayoría no puede resistirse a un misterio. Sé que puedo convencer a mi familia para que participe, incluyendo a mi exmarido, Walter. Y ya he llamado a una de las damas de honor, Kate Fulton, y ha dicho que hará cuanto esté en su mano. Creo que los dos padrinos también accederán. En cuanto a Jeff, dudo que tenga el valor de negarse.

—Ese no es el problema, Sandra. En primer lugar, nuestro programa trata de casos sin resolver. Crímenes sin resolver. Tú misma has dicho que la policía no tiene pruebas concluyentes de que tu hija fuera víctima de un crimen. Quizá tengas razón y se la llevaran por la fuerza. Pero no veo que haya ninguna prueba fehaciente de que se haya cometido un delito.

Sandra tenía los ojos empañados de lágrimas.

—Han pasado más de cinco años —repuso con vehemencia—. Mi hija era una mujer de negocios de éxito. Adoraba Nueva York. No hubo ninguna retirada de efectivo ni transacciones con tarjeta de crédito inusuales antes de su desaparición ni ha habido absolutamente ninguna desde entonces. Quería a sus amigos y a su familia. No nos haría pasar por este calvario. Si no hubiese querido casarse, le habría dado la noticia a Jeff con tacto y ambos habrían seguido caminos distintos. Por favor, debes creerme: Amanda no se fugó.

—De acuerdo, pero aún hay un segundo problema. Nuestro programa se llama *Bajo sospecha* por un motivo. Nos centramos en crímenes en los que las personas próximas a la víctima están bajo sospecha a pesar de que nunca se les acusara de modo formal. Dado que en este momento Amanda solo está técnicamente desaparecida, no se ha considerado a nadie sospechoso de ningún delito cometido contra ella.

—Oh, creo que Jeff Hunter discreparía.

—¿El novio? Pensaba que habías dicho que estuvo contigo y con tu marido encabezando la búsqueda.

—Al principio sí, y jamás se nos pasó por la cabeza que Jeff estuviera de algún modo involucrado en lo que fuera que le pasó a Amanda. Pero al cabo de una semana de su desaparición Jeff contrató a un abogado y se negó a hablar con la policía sin que este estuviera presente. ¿Para qué iba a necesitar un abogado si no había hecho nada malo? ¡Si además él mismo es abogado!

—Eso sí parece raro.

Laurie sabía que la gente inocente contrataba abogados para protegerse, pero a ella nunca se le ocurrió hacerlo, ni siquiera cuando vio que algunos agentes de policía la miraban con recelo después de que Greg fuera asesinado.

—Y cuando Jeff regresó a Nueva York, algunos de los fiscales intentaron que lo despidieran de su trabajo porque estaban seguros de que estaba implicado en la desaparición de Amanda. Incluso ahora, si entras en esas páginas web de ciberdetectives aficionados, encontrarás a muchísimas personas que piensan que Jeff cumple con los requisitos de *Bajo sospecha*. Sin duda pondrán la tele para ver el programa si se ocupa del caso de Amanda.

Rechazar a Sandra estaba resultando más difícil de lo que Laurie había previsto. Empezaba a ponerse nerviosa, pues sentía que iba a perder la mañana entera cuando se suponía que por la tarde debía hablar con su jefe sobre potenciales casos nuevos. Tenía una lista con tres firmes candidatos para la próxima investigación del programa, pero no se había decidido por ninguno. Necesitaba organizar sus pensamientos.

—Sandra, seamos realistas: cuando una mujer desaparece, hasta cierto punto el novio o el marido está siempre bajo la lupa. Pero has dicho que en realidad tú no crees que estuviera involucrado —se quejó.

—No, he dicho que no lo creíamos al principio. Nos sentíamos muy mal por él. Pero luego los hechos se sucedieron uno tras otro. Primero contrató a ese abogado defensor, y luego descubrimos que Jeff se jugaba mucho dinero. Verás, Amanda y Jeff tenían un contrato prematrimonial. Gracias a la empresa de Walter, nuestra familia y Amanda, que trabajaba en la compañía, tenía considerables recursos a su disposición; Jeff, muy pocos.

—Creía que habías dicho hace un momento que el prometido de tu hija era abogado.

—Sí, y muy bueno, además. Se licenció el primero de su promoción en la Universidad de Fordham. Pero su familia no tenía dinero y él tampoco era de los que lo ganaban por su cuenta. Trabajando como abogado de oficio en Brooklyn ganaba un tercio del salario de Amanda, sin mencionar lo lucrativa que era la empresa familiar. No cabía duda de que sería ella quien tomaría las riendas si su padre se jubilaba. Yo detestaba la idea de un contrato prematrimonial, pero Walter insistió.

—¿Cómo reaccionó Jeff?

—Como abogado, dijo que lo entendía. Me sentí aliviada cuando accedió de buena gana. Pero luego descubrimos que, además del contrato prematrimonial, Amanda también había hecho testamento un mes antes de la boda. A Walter le preocupaba mucho que Jeff dejara a la familia sin un céntimo si el matrimonio no funcionaba, pero Amanda era libre de redactar su testamento a su antojo. Creo que estaba tan disgustada con su padre por el acuerdo prematrimonial que lo hizo para consolar a Jeff. Le dejaba su fondo fiduciario a él.

—¿A cuánto ascendía?

—A dos millones de dólares.

Laurie notó que los ojos casi se le salían de las órbitas. Sandra no bromeaba al decir que la familia tenía dinero.

—Bueno, ¿ha cobrado ya Jeff? ¿O tienen que pasar siete años hasta que declaren muerta a una persona?

—Sí, tengo entendido que eso dice la ley. Supongo que si hallaran su cuerpo, ese poli imbécil de Florida ganaría los diez dólares de su apuesta y Jeff conseguiría dos millones, además de los considerables ingresos generados por las inversiones. También me han dicho que podría intentar que declararan muerta a Amanda en cualquier momento para poder cobrar. Si Amanda hubiera cancelado la boda, él se habría quedado con una mano delante y otra detrás; adiós al acuerdo de divorcio y a la herencia, pues Amanda habría cambiado su testamento de inmediato en cuanto regresara a Nueva York.

—Si estaba prometido a tu hija, debías de conocerle bien. ¿Te parecía Jeff una persona peligrosa?

—No. Creíamos que era una magnífica elección como marido. Parecía muy entregado a ella, leal hasta decir basta, en realidad. Pero, volviendo la vista atrás, tal vez deberíamos haber captado las señales. Por lo que sé, sus dos mejores amigos, Nick y Austin, siguen estando felizmente solteros, siempre saliendo con distintas mujeres. Dios los cría y ellos se juntan, como se suele decir.

—¿Piensas que Jeff le era infiel?

—Desde luego parece posible, debido a lo poco que tardó en empezar una relación con Meghan.

Laurie echó un vistazo al cuaderno sobre la mesa de centro.

—Meghan es la…

—Meghan White, la dama de honor. Era la mejor amiga de Amanda en Colby. Y siguieron estando muy unidas después, cuando ambas se mudaron a Nueva York. También es abogada. Derecho migratorio, en su caso. Amanda y Jeff se conocieron en la universidad, pero nunca salieron. En realidad fue Meghan quien volvió a poner en contacto a Amanda y a Jeff en Nueva York. Puedo decirte sin lugar a dudas que debió de lamentar mucho haberlo hecho.

—¿Qué quieres decir?

—Bueno, resulta que Meghan sí salió con Jeff antes que Amanda. Y en cuanto mi hija desapareció, se lanzó de nuevo en picado. Esperaron apenas un año antes de casarse. Meghan White es ahora la esposa de Jeff Hunter. Y creo que uno de ellos o los dos asesinaron a mi hija.

Laurie cogió de nuevo su cuaderno.

—Empecemos de nuevo.

# 6

Laurie y Sandra seguían hablando dos horas después, cuando el teléfono móvil de Laurie emitió un pequeño pitido. Era la alarma que la avisaba de que su reunión con Brett empezaría en diez minutos.

—Sandra, me temo que tengo una cita con mi jefe. —Brett no era la clase de persona capaz de tolerar que lo hicieran esperar—. Pero me alegra mucho que hayas cruzado el país para hablarme de Amanda.

Sandra tenía solo una última pregunta cuando Laurie la acompañó fuera del despacho.

—¿Hay algo más que pueda decirte que te ayude a decidir que incluyáis su caso en el programa?

—No tomo estas decisiones yo sola, pero te prometo que te llamaré muy pronto para comunicarte el resultado.

—Supongo que no puedo pedir más —dijo Sandra. Se volvió hacia Grace, que estaba sentada a su mesa—. Te doy de nuevo las gracias por tu amabilidad, Grace. Espero volver a veros.

—Ha sido un placer —repuso Grace, con tono compasivo.

Jerry se unió a ellas en cuanto Sandra se fue.

—¿Por qué me resulta tan familiar esa mujer? ¿No será actriz, por casualidad?

Laurie meneó la cabeza.

—No, luego te lo explico.

—Bueno, se ha tirado una eternidad ahí dentro —arguyó Jerry—. Grace y yo nos preguntábamos si debíamos interrumpir. La reunión con Brett es dentro de unos minutos y no hemos tenido ocasión de repasar nuestras listas de ideas para las posibles historias.

Habían pensado comentar las tres historias candidatas una última vez antes de que Laurie tratara de venderle los conceptos a Brett. Había empezado a incluir a Jerry en algunas de sus reuniones preparatorias con el jefe a medida que el joven asumía más responsabilidades en lo referente al programa. Ella tendía a centrarse en los aspectos informativos del mismo: los sospechosos, los testigos, cómo concretar sus historias. El talento de Jerry se centraba en visualizar los escenarios: buscar localizaciones, recrear imágenes para el crimen, hacer el programa tan cinematográfico como fuera posible.

—Yo tampoco esperaba pasar tanto tiempo con ella, pero creo que tengo un plan. Tú solo sígueme.

Enfilaron con rapidez el pasillo hacia el despacho esquinero de Brett Young.

La nueva secretaria de Brett, Dana Licameli, los hizo pasar directamente al santuario con un gesto.

—Va a querer una explicación —les advirtió con tono conspirador.

Laurie echó un vistazo a su reloj. Llegaban dos minutos tarde. «¡Ay, Dios!», pensó.

Brett giró la silla hacia ellos cuando entraron. Como de costumbre, la desaprobación dominaba su expresión. En una ocasión oyeron comentar a su esposa que se despertaba cada día con el ceño fruncido.

—Sentimos llegar un poco tarde, Brett. Te alegrará saber que he estado hablando con alguien que puede ser genial para el próximo programa.

—La gente llega tarde o llega pronto. Decir que llegas un poco tarde es como decir que estás un poco embarazada. —Apartó la mirada de ella y añadió—: Hoy estás especialmente elegante, Jerry.

Laurie tuvo ganas de tirarle alguna cosa a Brett, sobre todo por lo que reconoció como un comentario con segundas sobre Jerry. Cuando este empezó a trabajar como becario en el estudio era un universitario tímido y patoso que intentaba disimular su cuerpo larguirucho con ropa holgada y yendo encorvado. Con los años, había visto crecer su autoestima y su aspecto cambió en consecuencia. Hasta hacía muy poco, siempre llevaba jerséis de cuello vuelto y chaquetas de punto, incluso cuando hacía calor. Pero desde que el primer programa de *Bajo sospecha* despegó estaba experimentando con distintos estilos. El atuendo de ese día era una chaqueta de cuadros a medida, pajarita y unos pantalones de color mostaza. Laurie pensaba que estaba guapísimo.

Jerry se enderezó la chaqueta con orgullo y tomó asiento. Si interpretó el comentario de Brett como sarcástico, no lo dejó entrever.

—Estoy impaciente por empezar nuestra reunión —dijo Brett—. Mi esposa me dice que no doy suficiente..., ¿cómo lo llama ella...?, refuerzo positivo a mis colegas. Así pues, Laurie, Jerry, quiero ser claro: estoy deseando escuchar vuestras ideas para el siguiente programa.

Un par de años antes, Brett no había sentido el más mínimo entusiasmo cuando Laurie regresó al trabajo, tras tomarse un tiempo después de que Greg fuera asesinado. Además, sus primeros programas fueron un fracaso, pero eso pudo deberse a que aún estaba en pleno duelo y distraída o tal vez simplemente a la mala suerte. Fuera como fuese, las estrellas caen rápido en el mundo de la televisión y Laurie sabía que tenía los días contados cuando propuso la idea de *Bajo Sospecha*. Ahora que el programa era un éxito se daba cuenta de que había estado coqueteando con el concepto aun antes de que Greg muriera.

—¿Sabes, Brett?, no podemos garantizar que vayamos a resolver cada caso.

Hasta el momento habían sido dos de dos. En ambos especiales, los implicados en los casos habían colaborado con el programa y bajado la guardia cuando el presentador Alex Buckley los había entrevistado. No siempre sucedería eso.

Brett tamborileó los dedos sobre su mesa, señal de que los demás debían guardar silencio mientras él estaba pensando. «Piensa con los dedos», según decía Grace de forma irreverente. Hombre guapo, de rasgos esculpidos y una espesa mata de cabello gris, a sus sesenta y un años era mordaz hasta el punto de rayar en la crueldad e igualmente brillante en su éxito como productor de renombre.

—Bueno, por lo que a mí respecta, lo que importa es que los telespectadores crean que existe la posibilidad de que ocurra y que quieran estar ahí cuando suceda. Dime qué tienes para el próximo caso.

Laurie pensó en las notas que había preparado en su cocina la noche anterior mientras Timmy jugaba a videojuegos después de cenar. Tres casos. Intuía que el profesor de medicina asesinado sería la primera opción de Brett. Debido a un amargo divorcio, su esposa y su suegro eran los sospechosos lógicos. El hombre había empezado a verse con una mujer que se había divorciado hacía poco, por lo que el exmarido de la nueva novia también estaba en la lista. Además, había una colega de facultad que lo acusó de robarle la investigación. Por no mencionar a un alumno insatisfecho que había suspendido en su asignatura de anatomía. Era un caso perfecto para su programa.

En la lista de Laurie figuraba además el caso de un niño al que habían asesinado en Oregón, cuya madrastra era la principal sospechosa. Era un buen caso, pero siempre que Laurie empezaba a pesar en violencia infligida contra un chico de nueve años se acordaba de su propio hijo y se ponía a buscar otras alternativas.

El tercer caso de la lista era el asesinato de dos hermanas, sucedido hacía treinta años. Laurie encontraba el caso fascinante, pero sospechaba que Brett pensaría que un caso de treinta años atrás haría que la historia fuera demasiado antigua como para captar la atención de los telespectadores.

Todas esas notas se encontraban en un cuaderno dentro de su maletín.

—Sé que te dije que tenía algunas ideas, pero una destaca sobre las demás.

Por su bien y por el de Sandra esperaba que Brett estuviera de acuerdo.

Walter Pierce estaba en su despacho que daba a la planta de producción de la fábrica de Ladyform en Raleigh, Carolina del Norte. La mayoría de los consejeros delegados habrían optado a esas alturas por un elegante despacho en un piso alto de un rascacielos, muy alejado de los empleados que trabajaban en la fabricación. Pero Walter se enorgullecía de dirigir Ladyform como una empresa familiar tradicional, cuyos productos se diseñaban y fabricaban por completo en Estados Unidos. Era un hombre grande, alto y corpulento, con un anillo de pelo, semejante al de un monje, alrededor de su rostro de mandíbula cuadrada.

Cuando su bisabuelo montó la empresa, las mujeres estaban pasando aún del corsé al sostén, un cambio provocado por la escasez de metal durante la Primera Guerra Mundial. Como le enorgullecía recordar: «Se dice que el cambio ahorró más de veintidós mil toneladas de metal, suficientes para construir dos buques de guerra».

En sus comienzos, Ladyform tenía una fábrica en Carolina del Norte con treinta trabajadores. En la actualidad, Ladyform no solo mantenía la fábrica original, sino que además contaba con otras en Detroit, San Antonio, Milwaukee, Chicago y Sacramento, sin mencionar las oficinas de Nueva York.

Mientras contemplaba el ajetreo de la planta recordó que fue Amanda quien se empeñó en que Ladyform tuviera presencia en Nueva York. Por entonces aún estaba en la universidad, pero era una estudiante sobresaliente con un perspicaz instinto empresarial. «Papá, tenemos que llevar la marca al futuro —le había dicho—. Las mujeres de mi edad piensan en Ladyform y se imaginan las espantosas fajas que llevan sus madres y sus abuelas. Necesitamos que las mujeres nos vean como la empresa que las ayuda a estar y a sentirse mejor con su cuerpo.» Tenía muchas ideas para el cambio de imagen de la compañía: diseñar prendas que fueran divertidas y cómodas, modernizar el logotipo y añadir una línea de ropa deportiva para que la marca representara, tal y como decía ella, la silueta de la mujer en vez de a «gente en ropa interior», pensó con tristeza.

Walter sabía que habría rechazado el consejo de Amanda de no haber sido por Sandra. Una noche volvió a casa de trabajar y la encontró esperándolo en la mesa de la cocina. A juzgar por su expresión seria supo que era hora de hablar. Ella insistió en que se sentara enfrente para que pudiera decirle una cosa.

—Walter, eres un marido maravilloso y, a tu manera, un padre cariñoso —había comenzado de manera enérgica—. Y por eso no intento cambiarte ni decirte qué debes hacer. Pero te has empeñado hasta la saciedad en que nuestros hijos compartan tu pasión por el negocio familiar.

—También he insistido en que todos nuestros hijos tuvieran libertad para hacer lo que quisieran —había respondido él con vehemencia. Pero, mientras lo decía, Walter sintió una punzada al pensar que algún día Ladyform siguiera adelante sin un Pierce al timón.

—Bien hecho —espetó Sandra—. Aunque te recuerdo que los has presionado tanto que nuestro hijo no quiere tener nada que ver con él y se ha mudado a Seattle para poder hacer algo por su cuenta en el otro extremo del país. Por otra parte, Amanda y Charlotte han hecho todo lo que les has pedido. Eso es porque te quieren y desean tu aprobación desesperadamente. Y, afrontémoslo, Amanda es quien de verdad se ha volcado con la empresa. Sus ideas son muy acertadas, Walter, y las ignoras por completo; la destrozarás. Te advierto que no lo apoyaré.

Así pues, aunque jamás le habló a Amanda de la intervención de su madre, Walter aprobó la petición de su hija de abrir y dirigir en Nueva York una sede que se encargara de las divisiones de diseño, marketing y ventas de la empresa. Amanda y Charlotte se trasladaron para trabajar allí y él se quedó en las instalaciones de la fábrica principal en Raleigh.

Después, gracias a Amanda, la empresa fue más rentable que nunca y Ladyform se promocionó de forma regular en revistas de negocios como una empresa estadounidense a la vieja usanza que había cambiado de imagen con éxito de cara al siglo XXI. «Amanda, ¿sabes que evitaste que la empresa se fuera a pique?», se preguntó Walter.

Sus pensamientos fueron interrumpidos por el sonido de su teléfono móvil. Lo sacó de su bolsillo y reconoció el número de Sandra. No era la primera vez que lo llamaba cuando estaba pensando en ella. Habían pasado casi dos años desde que se mudó a Seattle y, pese a todo, ambos continuaban en contacto.

—Hola, Sandra. Precisamente estaba pensando en ti.

—Espero que no para mal.

Su divorcio había terminado sin demasiadas disputas. Pero a pesar de su mutua promesa de mantener una relación cordial, el tener abogados negociando el final de un matrimonio que había durado más de un tercio de siglo había generado ciertas tensiones.

—Eso jamás —respondió con firmeza—. Te estaba reconociendo el mérito del éxito de Ladyform. Jamás habríamos tenido la sede de Nueva York de no ser por ti.

—Bueno, eso sí que es una coincidencia, ya que ahora estoy en Nueva York. Estoy a punto de comer con Charlotte.

—¿Estás en Nueva York? —preguntó Walter—. ¿Solo para ver a Charlotte?

La pregunta le provocó una punzada de remordimiento. Le había resultado extremadamente difícil tomar la decisión de elegir entre Amanda y Charlotte como sucesora para dirigir la empresa. Por supuesto Charlotte, al ser la hermana mayor, se había sentido dolida y resentida, y a pesar de haber conseguido el trabajo tras la desaparición de Amanda, su resentimiento aún no se había atenuado.

Sandra lo había invitado el pasado mes de noviembre a cenar en Acción de Gracias con ella, Charlotte y Henry y la familia de este. Suponía que era poco realista esperar que Sandra continuara viéndole con regularidad. La visita le había dejado triste y melancólico.

—No, no solo para verla a ella —dijo Sandra—. Me temo que he hecho algo que tal vez te disguste. ¿Conoces el programa de televisión *Bajo sospecha*?

¿De qué iba aquello?, se preguntó Walter, y luego escuchó mientras Sandra hablaba sin parar sobre la reunión de dos horas que había mantenido con la productora del programa acerca de la desaparición de Amanda.

—Pensaba que no había muchas probabilidades, pero creo que me ha prestado atención de verdad. —El tono de voz de Sandra denotaba entusiasmo—. Por favor, Walter, no te enfades. Ha dicho que solo eligen un caso si los miembros de la familia lo aprueban. Walter, ¿querrás considerarlo, por favor?

Él se estremeció. ¿De verdad pensaba Sandra que no removería hasta la última piedra si con eso se resolvía de algún modo la desaparición de Amanda?

—Sandra, no estoy enfadado. Y por supuesto que colaboraré en todo lo que pueda.

—¿De veras? Walter, es maravilloso. Gracias. Un millón de gracias.

Su voz dejaba entrever una sonrisa.

A poco más de mil kilómetros al norte, en el hotel Pierre de Manhattan, Sandra apagó su teléfono móvil y lo guardó en su bolso. Le temblaba la mano. Se había preparado para mantener otra discusión con Walter, como las que al final habían acabado con su matrimonio. «¿Cuánto tiempo vas a tenernos en vilo con esto, Sandra? ¿Cuándo te vas a enfrentar a los hechos? Aún nos quedan nuestras vidas y otros dos hijos. Debemos seguir adelante por Henry, Charlotte y nuestros nietos. ¡Estás obsesionada!»

Pero no habían vuelto a tener peleas como esa desde que Walter volvió a casa de trabajar y la encontró en su dormitorio, tratando por todos los medios de cerrar una maleta demasiado llena. Sin dejar de protestar, él había cargado con el equipaje hasta el coche que esperaba.

—No puedo continuar lidiando contigo por más tiempo. Adiós —le dijo ella cuando se montó.

Sandra se sentía aliviada de que la conversación de ese día no hubiera generado otro enfrentamiento. Pese a todo, algo la perturbaba mientras recorría la Sexta Avenida.

Walter había accedido muy rápido a involucrarse si Laurie Moran convertía el de Amanda en el siguiente caso de *Bajo sospecha*. Pero sabía que revivirlo momento a momento cuando empezara la investigación lo destrozaría.

—Lo siento, Walter —dijo en voz alta—. Pero si tengo la oportunidad de que analicen la desaparición de Amanda, voy a seguir adelante, pase lo que pase.

# 9

En el despacho de Brett Young en los estudios Fisher Blake, Laurie llevaba a cabo su discurso más elocuente con el fin de convencerle para presentar el caso de la Novia Fugitiva en su próximo especial.

Empezó depositando la chapa que le había dado Sandra en la mesa de Brett. Por norma general habría llevado fotos de veinte por veinticinco centímetros, pero ese día estaba trabajando sobre la marcha.

—Puede que reconozcas la fotografía. Se llama Amanda Pierce. Cinco años después de su desaparición, su madre, Sandra, sigue llevando estas chapas —comenzó. Brett enarcó las cejas, acercándose la chapa para inspeccionarla, pero sin decir nada—. Los neoyorquinos Amanda Pierce y Jeff Hunter tenían planeado celebrar una lujosa boda. La ceremonia estaba prevista para el sábado por la tarde, seguida de una espléndida recepción. La boda iba a ser muy íntima: sesenta de los amigos y familiares más allegados. Pero la ceremonia jamás se celebró —prosiguió—. El viernes por la mañana, un día antes de la boda, la novia, Amanda Pierce, no se presentó a desayunar. Su prometido y su dama de honor llamaron a la puerta de su habitación y no obtuvieron respuesta. Un guardia de seguridad los dejó entrar. La cama estaba sin deshacer; su vestido de novia, extendido sobre la misma. La noche anterior, todos los que componían el cortejo nupcial habían cenado juntos. Esa fue la última vez que vieron a Amanda. —Laurie notó que tenía la atención de Brett—. Empezaron a preocuparse. Miraron en el gimnasio del hotel, en la playa, en el restaurante, en el vestíbulo; en cualquier lugar que se les ocurrió. Jeff fue a recepción a preguntar si el servicio de limpieza había hecho la habitación de Amanda. El recepcionista lo comprobó y justo cuando decía «no», los padres de Amanda llegaron al vestíbulo. Tuvieron que oír de labios de Jeff que su hija había desaparecido. No se ha vuelto a saber nada de ella.

Brett chasqueó los dedos.

—Sabía que me sonaba su cara. Es la Novia Fugitiva, ¿verdad? ¿No apareció en Las Vegas con otro tío?

Laurie recordó vagamente una historia similar hacía unos años, pero le aseguró que no era el caso de Amanda Pierce.

—Amanda desapareció sin dejar rastro. La gente no huye durante cinco años.

—¿Sin dejar rastro? Es decir, ¿sin cadáver? ¿No hay ninguna pista nueva? No suena muy prometedor.

—Es un caso sin resolver. Eso es lo que hacemos, Brett.

—Pero este es de la Edad de Piedra. Con cavernícolas y todo. Deja que adivine: la persona con la que has estado hablando antes de la reunión, ¿era la madre de las chapas? Me he tropezado con ella en el ascensor. —Antes de que Laurie pudiera responder, añadió—: Tienes debilidad por las historias tristes, Laurie. No puedo dar luz verde a un especial solo para que puedas proporcionarle una plataforma a la afligida familia. Necesitamos pistas. Necesitamos sospechosos. Estoy seguro de que quieres ayudar a esta madre, pero según recuerdo, los padres ni siquiera estaban allí cuando la chica desapareció, ¿no? ¿Quiénes son las personas que han estado viviendo bajo sospecha desde entonces?

Laurie le explicó la decisión de Amanda de dejarle su fondo fiduciario a Jeff, a pesar de que aún no estaban casados.

—Si entras en internet, hay miles de personas obsesionadas con este caso —intervino Jerry—. Casi todo el mundo piensa que lo hizo el novio y que tuvo algo que ver con el dinero. Y eso que la información sobre el testamento ni siquiera es de dominio público. Poco después de que Amanda desapareciera tuvo la desfachatez de liarse con su mejor amiga. Ahora están casados y apuesto a que no pasará mucho tiempo antes de que se gasten toda la pasta.

—No es que seamos parciales ni nada de eso —añadió de broma Laurie.

—Desde luego que no —repuso Jerry.

La mención del dinero le dio otra idea a Laurie.

—El escenario sería perfecto, Brett. El hotel Grand Victoria en Palm Beach. Se suponía que iba a ser una boda de ensueño. Viajes, alojamiento y entretenimiento pagados por la acaudalada familia de la novia.

Laurie se sintió satisfecha cuando por fin vio a Brett tomar algunas notas. Distinguió la palabra «resort» seguida de varios símbolos del dólar. Tal y como había previsto, a Brett le gustaba la idea de un escenario glamuroso y los protagonistas con una posición económica desahogada. A veces se preguntaba si Brett habría preferido que ella hubiera creado *La vida de los ricos y famosos: asesinatos sin resolver*.

—Pero nunca se encontró su cadáver —comentó Brett—. Por lo que sabemos hasta ahora, Amanda Pierce podría estar disfrutando de una nueva vida bajo otro nombre. Laurie, pensaba que tu ética periodística haría que te preocupara violar la intimidad de la mujer.

Laurie había perdido la cuenta de las veces que sus principios como periodista habían chocado con la insaciable búsqueda de audiencia de Brett. Ahora que le estaba presentando un caso que era perfecto para la televisión, él estaba disfrutando mucho haciéndole pasar un mal rato.

—De hecho, le he dado algunas vueltas a eso. Aunque Amanda se marchara *motu proprio*, sí tenemos víctimas. Se alejó de su desolada familia y dejó tras de sí al menos a una persona inocente sufriendo bajo el ojo de la opinión pública.

Me doy por satisfecha si descubrimos la verdad, sin importar adónde nos lleve.

—Bueno, por una vez tú y yo estamos de acuerdo. Este es un buen enigma y la historia de una novia desaparecida es perfecta para la televisión; una mujer joven y hermosa se esfuma por arte de magia de un hotel de cinco estrellas en el fin de semana más importante de su vida. Creo que he sido una excelente influencia para ti.

—No cabe duda —dijo Laurie con socarronería.

Ya estaba repasando las otras pegas del caso. Por supuesto que Grace y Jerry estarían entusiasmados con el escenario. El padre de Laurie, Leo, y el hijo, Timmy, podrían permanecer con ellos mientras estuvieran en el lugar donde tuvieron lugar los acontecimientos, que con suerte sería en agosto. Dependiendo del calendario, podría terminar el rodaje antes de que Timmy empezara de nuevo el colegio en septiembre. Su mente estaba acariciando la idea de realizar sesiones de entrevistas y tormentas de ideas con Alex en la playa, cuando Brett hizo otra pregunta:

—¿Quién se apunta?

El mayor reto para su programa era convencer a los amigos y familiares de la víctima para que participasen.

—Hasta el momento solo su madre y supuestamente los hermanos y una de las damas de honor —respondió Laurie. Y se apresuró a añadir—: No quería abordar a nadie más hasta que tuviera tu aprobación. —Eso sonaba mucho mejor que «este caso me ha caído del cielo esta misma mañana».

—A toda máquina. La Novia Fugitiva suena a éxito rotundo.

## 10

Charlotte Pierce le dijo al camarero que le gustaría tomar la ensalada y el salmón.

—Y un poco más de té helado —añadió, asintiendo con educación mientras entregaba la carta. Lo que en realidad quería era un Bloody Mary y el filete con patatas fritas, pero estaba cenando con su madre, y eso significaba que iba a comportarse de la mejor manera en todos los aspectos.

Charlotte era muy consciente de los casi siete kilos de más que pesaba últimamente. A diferencia de sus hermanos, no era delgada por naturaleza y tenía que «esforzarse un poco más», como solía decir su madre, para mantener un «peso saludable». Por irónico que pareciera, el reciente aumento de peso de Charlotte era el resultado de las largas jornadas que estaba dedicando a Ladyform y de la comida basura que ingería con frecuencia para matener el ritmo.

—Bueno, no cabe duda de que es un restaurante muy agradable —dijo su madre en cuanto el camarero se marchó. Charlotte había elegido ese sitio porque sabía que su madre agradecería el elegante y espacioso comedor, repleto de arreglos florales frescos. También había puesto especial cuidado en recogerse su larga y alborotada melena ondulada de color castaño claro en un moño bajo. Su madre siempre se aseguraba de sugerirle que se hiciera un corte más moderno. A Charlotte le parecía que lo que Sandra deseaba era que fuera más como Amanda—. ¿Qué tal va todo en el trabajo?

Mientras explicaba los planes para publicitar la nueva línea de ropa para practicar yoga, incluyendo un elegante desfile en el canal por cable New York One, su madre parecía estar escuchando solo a medias.

—Lo siento, mamá. Me he enrollado demasiado. Oh, no me estaré convirtiendo en papá, ¿verdad?

—No digas eso —adujo Sandra con una sonrisa—. ¿Te acuerdas cuando los tres pusisteis en marcha un temporizador para ver cuánto tiempo podía parlotear sobre el nuevo sujetador convertible?

—Es verdad. Casi lo había olvidado.

Algunos de los momentos más graciosos de los hijos de los Pierce habían sido a costa de su padre. Al grandullón y masculino Walter Pierce no le daba reparo hablar de sujetadores, ropa interior y fajas durante la cena, delante de sus amigos o en la cola de un supermercado. Para él, solo era trabajo, y le encantaba su trabajo. El incidente concreto al que hacía alusión su madre había sido en Acción de Gracias y el sujetador era el «tres en uno» de Ladyform, cuyos tirantes podían pasar de la posición normal a cruzarse en la espalda o a eliminarse por completo. Ladyform fue la primera en lanzar ese diseño.

Cuando quedó claro que su padre estaba realizando otro más de sus «seminarios», fue Henry quien cogió el temporizador de la cocina. Amanda, Charlotte y él lo pasaron con disimulo alrededor de la mesa mientras su padre describía cada posición, llegando al extremo de utilizar una servilleta para realizar una demostración. Cuando se dio cuenta de lo que estaba ocurriendo, sus hijos tenían el rostro casi encarnado de intentar aguantarse la risa y el temporizador había llegado a los ocho minutos.

—Siempre le habéis hecho sudar la gota gorda a vuestro padre —repuso Sandra, recordando.

—Oh, a él le encantaba. Aún le encanta —agregó Charlotte, recordándose a sí misma que sus padres raras veces hablaban—. Bueno, mamá, me llamaste ayer y me anunciaste que venías a Nueva York. Estoy encantada de verte, pero sospecho que no has cruzado el país solo para comer conmigo.

—Se trata de Amanda.

—Por supuesto.

Todo lo que sus padres decían, hacían o pensaban trataba siempre de Amanda. Charlotte se sintió cruel por su reacción inmediata, pero lo cierto era que sus padres siempre habían preferido a Amanda, aun antes de que desapareciera. Charlotte se había pasado la mayor parte de su vida sintiéndose menos dotada, menos atractiva y menos reconocida que su hermana pequeña.

Las cosas empeoraron más aún en cuanto Amanda acabó la universidad y se puso a trabajar en Ladyform, recordó Charlotte con amargura. Ella llevaba cuatro años en Ladyform cuando Amanda se unió a la empresa. A su hermana se le ocurrió la idea de emparejar a deportistas famosas con diseñadores de moda para crear sujetadores deportivos de gran calidad. Después de eso, su padre trató a Amanda como si fuera la reencarnación de Einstein. «Lo cierto es que fue una idea genial —pensó Charlotte de mala gana—. No parece que ninguno de mis queridos padres se haya percatado de que he estado desempeñando su trabajo con sobrada solvencia durante estos últimos cinco años.»

Hizo una señal al camarero.

—Un martini con vodka, por favor —le dijo cuando se acercó. Acto seguido miró a su madre—. Muy bien, mamá, ¿qué pasa con Amanda?

## 11

Tan pronto como salieron del despacho de Brett, Laurie le dio a Jerry un suave apretón en los hombros.

—Has estado increíble ahí dentro. ¡No puedo creer lo mucho que sabías del caso!

—Estaba en la universidad cuando Amanda Pierce desapareció. Todos en mi residencia estábamos completamente obsesionados. Creo que falté a un par de días de clase por estar pegado a la CNN. Entonces supe que lo que representaba que iban a ser unas pequeñas prácticas aquí eran en realidad mi verdadera vocación.

Harvey, del departamento de correo, pasó por su lado empujando con una mano un carrito de la correspondencia y con la otra ocupada con un cruasán a medio comer.

—Hoy eres oficialmente mi persona favorita del trabajo, Laurie.

—Me alegra saberlo, Harvey.

—Su mujer no se alegrará tanto —dijo Jerry en cuanto Harvey ya no podía oírlos—. Lo ultimo que supe fue que lo tenía a dieta libre de gluten. Me alegro de que esté haciendo algo de trampa. El correo ha sido un caos toda la semana.

Laurie esbozó una sonrisa. Jerry siempre parecía estar al tanto de los asuntos de todos.

—Bueno, ¿cómo es que nunca has propuesto a la Novia Fugitiva para el programa si estabas tan puesto en el caso?

—No sé. No estaba seguro de que te gustara.

—¿Por Greg? Jerry, una vez que descubrieron al asesino de Greg me invadió una sensación de paz. No de haber pasado página, pero sí de paz. Por eso me alegro si nuestros programas proporcionan ese sentimiento a otras personas.

Era verdad. Tan pronto como obtuvo por fin las respuestas que había estado buscando para la muerte de Greg comprendió que la certeza resultaba reconfortante. El restablecimiento del orden. Pese a que en un principio creó *Bajo sospecha* con la sola intención de tener un programa de éxito, ahora lo veía como un modo de ayudar a otras familias.

—Francamente, consideré proponer el caso de Amanda para el programa en cuanto me ascendieron a ayudante de producción. Pero entonces, cuando estuvimos en Los Ángeles con el caso del asesino de Cenicienta, nos alojamos en esa enorme casa y tú dijiste algo de que la piscina era casi tan grande como la del Grand Victoria, y parecías triste al recordarlo. Supuse que… —Dejó el resto sin decir.

—Supusiste bien, Jerry. Estuve allí con Greg, pero estaré bien.

## 12

Apiñados en el despacho de Laurie, Jerry, Grace y ella elaboraron una lista con toda la gente con la que tenían que ponerse en contacto antes de pudieran empezar con la fase de producción del caso de Amanda. Grace no había oído hablar de Amanda ni de la Novia Fugitiva, de modo que Laurie dedicó unos minutos a explicarle el caso y su conexión con la visita sorpresa de esa mañana.

—Bueno, ahora tiene más sentido —dijo Grace—. Sandra ha llamado mientras estabas en la reunión. Me ha pedido que te dijera que su exmarido, Walter..., cito: «se apunta».

—Excelente —repuso Laurie, tachando al padre de Amanda de la lista—. Sandra me ha dado una lista de los miembros del cortejo nupcial que estaban en el resort cuando desapareció Amanda. El novio, Jeffrey Hunter, sigue siendo abogado de oficio en Brooklyn. Ahora está casado con Meghan White, la mejor amiga de Amanda, que también era la dama de honor.

Grace profirió un «ooooh» en respuesta a la escandalosa noticia. Le gustaba pensar que podía localizar al culpable gracias al instinto inmediato.

—No saques conclusiones precipitadas; somos periodistas, ¿recuerdas? —Laurie se echó a reír—. Por parte de Jeff había dos de sus mejores amigos de la universidad: Nick Young y Austin Pratt. Según Amanda, ambos se dedican a las finanzas, últimamente en Nueva York, por lo que con suerte será fácil localizarlos. El tercer padrino era el hermano mayor de Amanda, Henry. Tengo entendido que es el inconformista de la familia.

Jerry estaba tomando notas de forma frenética.

—¿Y qué hay del cortejo nupcial por parte de Amanda?

—Está la dama de honor, Meghan White…

—La que enganchó al novio —comentó Grace.

—En la actualidad está casada con el novio, sí. La hermana de Amanda, Charlotte, la mayor de la familia, también era una de las damas de honor. Que, por cierto, es ahora la heredera evidente de la empresa familiar, Ladyform.

—Me encantan sus prendas —repuso Grace en un susurro, como si fuera un secreto—. Te pones una y parece que tengas dos tallas menos.

Ahora Laurie sabía cómo la voluptuosa Grace lograba meterse en esos ajustados vestidos que tanto le gustaban.

—Bueno, tengo la clara impresión de que era Amanda quien estaba ascendiendo en la empresa antes de su desaparición. Tal vez nos convenga buscar alguna rivalidad entre hermanos. Y por último está Kate Fulton. Sandra no me ha dicho demasiado sobre ella, salvo que ya habían hablado y que parecía dispuesta a aparecer en el programa. Exceptuando a los hermanos de Amanda, el resto de los componentes del cortejo nupcial fueron juntos a la Universidad de Colby en Maine. Sandra Pierce cree firmemente que colaborarán.

—Puedo mirar en Facebook y en LinkedIn a ver si están conectados —dijo Jerry. Era un experto en el uso de las redes sociales para recabar material de referencia—. También conseguiré información de contacto de todos. Pero esos son solo invitados. Además tendremos que visitar el Grand Victoria. Parte de la solidez del caso desde una perspectiva televisiva es la localización.

—Eso me preocupa —le dijo Laurie—. Puede que el hotel no quiera la publicidad que recuerde a la gente que Amanda desapareció.

—Salvo que no hubo el más mínimo indicio de que el hotel tuviera culpa alguna. Más bien creo que el caso demuestra que la gente de éxito con un gusto excelente lo elige para celebrar un evento tan importante como una boda, por no mencionar las preciosas imágenes de la propiedad que incluiremos en el programa.

—Buen argumento, Jerry. Me parece que te pediré que seas tú quien haga esa llamada cuando llegue el momento. Sandra ha mencionado a un fotógrafo de bodas. Por desgracia, no recordaba el nombre, pero puede que el hotel sí lo recuerde.

—Y es posible que el novio se acuerde, claro, si decide apuntarse.

—¿Si se apunta? —dijo Laurie—. No nos gafes. Es el sospechoso número uno de Sandra. Tiene que estar ahí.

# 13

Sandra le dio un último abrazo a su hija en el vestíbulo del edificio.

—Estoy muy orgullosa de ti, cariño —dijo.

—Mamá, te voy a ver en la cena dentro de unas pocas horas. En Marea, a las ocho en punto. Sabes dónde está, ¿verdad?

—Ya me lo has dicho: tomo Central Park South y sigo recto casi hasta Columbus Circle. Creo que puedo conseguir no perderme. Es estupendo verte dos veces en un solo día.

Sandra adoraba el tiempo que pasaba con Charlotte. Cuando vivía en Raleigh veía a sus dos hijos por igual, de dos a cuatro veces al año, que a su parecer no era suficiente. Se aseguraba de visitar a Charlotte al menos con la misma frecuencia tras haberse mudado a Seattle pero, en todo caso, ver ahora a Henry con regularidad hacía que echara aún más de menos a su hija.

Charlotte había sido un cielo al pasar toda la tarde con ella. Tras un largo almuerzo en La Grenouille, pasearon por la Quinta Avenida, parándose a contemplar los escaparates y cruzando la ciudad después, hasta que llegaron a la sede central de Ladyform junto al Carnegie Hall. Allí, Charlotte le había mostrado con orgullo un avance de los últimos diseños.

Mientras Sandra regresaba a pie a su habitación en el Pierre recordó el rostro de Charlotte durante la comida cuando sacó a colación el nombre de Amanda. «Si pudiera volver atrás, le habría contado por teléfono ayer mi plan de ir al estudio de *Bajo sospecha* —pensó—. Así hoy podría haber sido un día dedicado por entero a la diversión.»

Debería haber sabido que la sola mención de Amanda empañaría la visita. Charlotte siempre se estaba comparando con ella. A pesar de los cinco años transcurridos de la desaparición de Amanda, se comparaba con el recuerdo de esta.

«Una vez que le he hablado a Charlotte de mi reunión de esta mañana con Laurie Moran, parecía entusiasmada —pensó Sandra—. Y enseguida se ha ofrecido de buena gana a participar si el programa recibía el visto bueno.»

—No pasa un solo día sin que eche de menos a Amanda —había dicho Charlotte.

Pero siempre se le ensombrecía el rostro cuando se mencionaba el nombre de su hermana, y acto seguido se pedía con urgencia un martini.

«Charlotte es una persona buena y decente, pero ¿por qué es tan insegura, incluso celosa?» Sandra exhaló un suspiro. La envidia de Charlotte podía sacar lo peor de ella. En séptimo, la suspendieron por manipular la inscripción de otra alumna a la feria de ciencias.

Pero por muchos celos que hubiera tenido de Amanda, Charlotte jamás habría hecho daño a su hermana pequeña. ¿O sí? Sandra sintió un nudo en la garganta, horrorizada porque semejante idea se le hubiera pasado siquiera por la cabeza.

## 14

Mientras el tren número 6 se detenía en la estación de la calle Noventa y Seis, Laurie estaba reviviendo la conversación con Jerry en su cabeza. Él sabía más de la desaparición de Amanda gracias a la cobertura mediática de hacía cinco años que lo que Laurie había conseguido averiguar durante una conversación de dos horas con la madre de la propia Amanda; tal era la profundidad de su conocimiento del caso. Pero se había abstenido de proponer un programa sobre el caso sin resolver que le obsesionaba por un comentario que ella había hecho hacía meses en Los Ángeles. «Parecías triste —le había dicho—. Supuse que...»

Jerry no había terminado la frase. No tuvo que hacerlo porque no se había equivocado en su suposición. La única visita anterior de Laurie al Grand Victoria fue con Greg, en su segundo aniversario. Nueva York había pasado por un invierno especialmente crudo. Que hubiera transcurrido otro mes sin quedarse embarazada había afectado al ánimo de Laurie más que el frío. Su médico le dijo que esas cosas no siempre sucedían enseguida, pero Greg y ella estaban impacientes por formar una familia tras haberse casado.

Al notar su preocupación, Greg la sorprendió un jueves por la noche al anunciarle que lo había preparado todo para tomarse un largo fin de semana libre de la sala de urgencias del hospital Mount Sinai, donde era residente. Pasaron cuatro días maravillosos, nadando y leyendo en la playa durante el día y disfrutando de prolongadas cenas por la noche. Timmy nació nueve meses después.

«Me sentí tan sola cuando Greg murió —pensó Laurie—. Siempre habíamos imaginado que tendríamos cuatro o cinco niños.» Amaba a Timmy —tenía más que suficiente con él—, pero nunca creyó que sería hijo único.

Pero ahora, casi seis años después del fallecimiento de Greg, se daba cuenta de que Timmy y ella nunca habían corrido el riesgo de estar solos. Su padre, Leo, se había jubilado del Departamento de Policía de Nueva York para ayudarla a criar a su hijo.

«Y mi familia inmediata no acaba ahí», pensó Laurie. Grace podía leerle el pensamiento con solo mirarla. Jerry supo que tal vez no estuviera preparada para ahondar en una historia sobre una joven pareja que iba a casarse en un resort en el que ella había celebrado algo con Greg. Jerry y Grace eran compañeros de trabajo, pero también eran su familia.

Y estaba Alex. «No quiero pensar en eso ahora mismo», reflexionó.

Recorrió con celeridad las pocas manzanas hasta su apartamento. Cuando introdujo la llave en la puerta de su casa sintió que la tensión del ajetreado día se esfumaba. Estaba en casa.

## 15

La recibieron el olor a pollo asándose en la cocina y los familiares sonidos de los personajes de dibujos animados peleando en el salón. «¡Zas! ¡Pum!» Timmy estaba jugando a Super Smash Bros en su Wii mientras Leo leía la sección de deportes en el sillón. Laurie había intentado evitar todo lo posible que Timmy jugase a ese tipo de juegos, pero hasta ella se había visto obligada a ceder.

—Mario no tiene nada que hacer —dijo Laurie, reconociendo el personaje de la pantalla que peleaba con el personaje virtual de su hijo.

Timmy lanzó una patada letal y acto seguido profirió un «¡Síii!» de pura satisfacción. Se levantó a toda prisa para darle un abrazo.

—Ya estás aquí —dijo Leo al tiempo que se levantaba—. ¿Qué tal tu reunión con Brett?

Laurie esbozó una sonrisa, agradecida porque su padre recordara que ese día tenía previsto la presentación.

—Mejor de lo que esperaba.

—¿Cuál ha sido su reacción ante los casos entre los que no os decidíais?

—Olvídate de ellos. Hoy ha pasado algo alucinante. —Le contó la versión corta de la visita sorpresa de Sandra—. ¿Recuerdas el caso?

—Vagamente. Aún estaba en activo por entonces, así que

teníamos delitos más que suficientes en Nueva York para mantenerme ocupado.

Laurie oyó la musiquilla que indicaba que una partida llegaba a su fin y Timmy dejó el mando. Era evidente que los había estado escuchando.

—¿Significa eso que vas a volver a marcharte? —preguntó el niño con cierta inquietud en la voz.

Laurie sabía que a Timmy le preocupaba su calendario. Cuando rodaron el último especial decidió sacarlo del colegio durante dos semanas mientras su abuelo lo cuidaba en el plató en California. Era imposible hacer eso en cada entrega.

—Este te va a gustar —le dijo—. En vez de irme a un lugar muy lejano, es en Florida y solo está a dos o tres horas en avión. Si aprueban el proyecto, tengo la esperanza de programarlo para el mes que viene, antes de que vuelvas al cole.

—¿Hay algún parque acuático?

Laurie le dio las gracias mentalmente a Grace, que ya había buscado ese tipo de información pertinente.

—Sí. Tienen un tobogán de más de doce metros en una de las piscinas.

—¡Genial! ¿Estará Alex allí? —preguntó Timmy—. Seguro que se montará en el tobogán conmigo.

A Laurie le preocupaba a veces el entusiasmo que Timmy mostraba porque Alex formara parte de sus vidas. Había procurado no apresurar su relación pero, claro, ese mismo día, su mente había tomado el mismo curso que la de Timmy y se había imaginado con Alex en la playa.

—Sí —respondió—. Alex es una parte importante del programa. He hablado con él. Está listo para ir. Y Grace y Jerry también estarán allí —añadió.

—Seguro que Grace está ya contratando un avión privado para todos sus zapatos —comentó Leo.

—No sería una sorpresa.

Dos horas más tarde, mientras Laurie recogía la mesa, recibió un mensaje de texto de Jerry. Estaba aún en el despacho y tenía la información de contacto de todas las personas a las que querían para el programa. «¡Estoy deseando empezar!», había dicho.

Su obsesión de sus años en la universidad ya estaba resultando útil. Al pensar en el conjunto de personas que necesitaba para el programa, temía que el novio y su nueva mujer fueran absolutamente esenciales. Daba igual lo que Sandra hubiera prometido, ambos eran abogados, lo cual podría significar que se mostraran reacios a colaborar.

Por fortuna, Laurie conocía a un magnífico abogado que podía ser muy convincente. Envió un mensaje rápido a Alex, que era el invitado de honor de una conferencia sobre técnicas de enjuiciamiento en Boston durante el fin de semana.

> ¿Hay alguna posibilidad de que dispongas de tiempo el lunes por la noche? Puede que tarde un par de horas. Se trata del programa. Y tráete el coche, por favor. Tengo la esperanza de que nos reunamos con uno o dos de los participantes.

Su respuesta fue inmediata.

> Siempre tengo tiempo para ti.

Laurie respondió:

> Te llamo el lunes por la mañana con los detalles. Buenas noches, Alex.

Con una sonrisa en los labios, puso el móvil a cargar.

# 16

«Caos organizado» era el término que a menudo utilizaba Kate Fulton cuando se preparaba para acostar a sus cuatro hijos. Los gemelos Ellen y Jared, de tres años, habían terminado de bañarse, llevaban puesto el pijama y estaban viendo un vídeo de Barney en el cuarto de estar. Esa noche era de las buenas. Que estuvieran cantando una de las cancioncillas significaba que no se estaban peleando.

Tras varios recordatorios, Jane había ido por fin a su cuarto para leer antes de dormirse. Había proclamado que deberían permitirle quedarse despierta más tarde de las ocho en punto ahora que tenía diez años.

«Todas mis amigas se acuestan más tarde», había protestado. Kate había accedido a considerar su petición.

Ryan, de ocho años, era el menos difícil. Siempre había tenido un carácter dulce y risueño. Pero también era el más proclive a los accidentes, tal y como atestiguaba su brazo recién escayolado. Se había caído de su bicicleta nueva mientras trataba de ir sin las manos en el manillar.

Normalmente los ruidos de su casa antes de la hora de acostar a los niños le habrían resultado reconfortantes. Pero esa noche solo deseaba silencio. Tenía muchos otros ruidos en la cabeza.

Tres días antes se había quedado en shock al recibir una llamada de Sandra Pierce. Kate no había sabido nada de ella desde el segundo aniversario de la desaparición de Amanda. Entonces, esa noche antes de cenar, Sandra había llamado de nuevo por tercera vez para decirle que la productora de *Bajo sospecha* estaba entusiasmada con la posibilidad de presentar el caso de Amanda. Y justo después había llamado Laurie Moran, la productora, para explicarle qué implicaría la participación en el programa.

Sandra se había ofrecido a pagar todos los gastos, así que Kate podría llevar a Bill y a los chicos. Y si eso no le parecía bien, pagaría una niñera para que se quedase con ellos en casa mientras Kate estaba ausente. Esta había dicho que su madre se quedaría encantada con ellos, pero que iba a aceptar su oferta de pagar a una niñera para que le echase una mano.

Se levantó de la mesa. Los gemelos habían empezado a pelearse.

—Todo el mundo arriba —dijo con firmeza.


La tienda Home Depot estaba realizando su inventario anual. Como gerente, Bill estaba aún allí y seguiría estándolo hasta horas intempestivas.

Al cabo de veinte minutos, con el lavavajillas puesto y los niños acostados, Kate se sentó en silencio en el cuarto de estar con una segunda taza de café. Si ese programa se hacía, ¿cómo se sentiría de nuevo en el Grand Victoria?

Recordó lo fuera de lugar que se había sentido la última vez. Amanda, Charlotte y Meghan parecían muy sofisticadas, muy neoyorquinas. Y a su lado ella se había visto como un ama de casa sin estilo.

«He querido a Bill desde que tenía trece años —pensó—. Pero a veces me pregunto cómo habría sido si después de la universidad me hubiera concedido algunos años para vivir en Nueva York y salir con otras personas, para disfrutar de un respiro.»

Tomó otro sorbo de café.

«Nunca se me pasó por la cabeza que volvería a Palm Beach —pensó—. Hace cinco años cometí allí el peor error de toda mi vida. Nadie debe saberlo jamás. Señor, te suplico con toda mi alma que no dejes que nadie lo sepa», rogó en silencio.

# 17

Walter Pierce abrió un e-mail de su hija Charlotte.

¡Espero que te guste tanto como a nosotros!

«Nosotros.» Se refería a su equipo en Nueva York. Diez años antes, le habrían presentado cualquier producto nuevo en ese despacho de la fábrica, con vistas a la planta de producción, con dibujos a lápiz sobre papel. Habría sido él quien decidiera si era adecuado para Ladyform.

Ahora abría archivos en un ordenador. Con el clic de un ratón podía revisar una versión digitalizada desde todos los ángulos. Y un puñado de personas, cuyos nombres no podía recordar, ya habían expresado su aprobación.

Pinchó en las imágenes de lo que antes se llamaba «jersey», pero que ahora se conocía como «sudadera con capucha». Las mangas de esa llevaban mitones incorporados que se podían quitar con solo menear la muñeca.

El viejo Walter habría descolgado el teléfono y pedido a la persona que proponía una prenda tan estúpida que le explicara por qué alguien querría unos mitones colgando de su ropa. Pero en vez de eso, pinchó en la pestaña de responder, escribió «Es genial, Charlotte» y envió el mensaje.

Sonó el teléfono. Reconoció el número de Henry. Qué agradable sorpresa. Por lo general, era él quien llamaba.

—Sabía que podía encontrarte en el trabajo —dijo Henry.

La voz de su hijo sonaba animada, pero Walter sabía que su devoción por el trabajo era lo que explicaba por qué Henry, sus nietos y ahora su exmujer vivían en la otra punta del país.

—Estaba a punto de irme. Tu hermana me ha enviado un magnífico diseño nuevo. ¿Cómo están Sandy y Mandy? —Las dos hijas de Henry se llamaban Sandra y Amanda en honor a su abuela y a su tía.

—Son dos terremotos.

Walter sonrió mientras escuchaba a su hijo hablar como un orgulloso padre. Recostó la espalda en su sillón, cerró los ojos y reflexionó sobre lo diferente que podría haber sido su vida si se hubiera parecido más a su hijo. Henry pasaba tanto tiempo con sus hijas como su esposa, Holly. Entrenaba a su equipo de fútbol, grababa sus recitales de danza y preparaba el desayuno con ellas todos los sábados para que Holly pudiera dormir hasta tarde.

«Intento decirme a mí mismo que eran otros tiempos cuando mis hijos eran pequeños, pero sé que podría haber sido un padre más participativo», pensó Walter.

—Diles que el abuelo Walt las echa de menos —repuso y añadió acto seguido—: ¿Crees que a tu madre le sigue yendo bien en Seattle?

Se meció adelante y atrás en su sillón mientras hablaba. Aún le costaba imaginarse a Sandra viviendo sola. Había buscado la casa por internet para así poder tener al menos una imagen, pero solo había estado dentro una vez, cuando le invitó por Acción de Gracias.

Henry guardó silencio unos segundos.

—Claro, se está adaptando. Por esto te llamo. ¿Te ha hablado de ese programa de televisión?

—Estaba entusiasmada. ¿Ha tomado ya una decisión la productora?

—Todavía no, pero es obvio que tienen el caso de Amanda en el punto de mira —dijo Henry—. Solo quería asegurarme de que te sentías cómodo con esto. Sé que mamá se hace ilusiones enseguida. No deberías sentirte obligado a...

—No lo sé. Como le he dicho a tu madre, estoy orgulloso de ella por conseguir que alguien reavive el caso de Amanda después de tantos años. Se ha dejado la piel.

—Pero ¿quieres tú esto?

—Si tu madre piensa que va a servir de algo, desde luego que sí.

—Papá, eso es lo que me preocupa. No lo hagas por mamá, por remordimiento ni porque pienses que la estás compensando por algo. Soy consciente de que no saber lo que le pasó a Amanda es lo que se interpuso entre vosotros.

Walter tragó saliva a pesar del nudo que se le había formado en la garganta.

—Tu madre es la mujer más vehemente y leal que jamás he conocido. Encontrar a Amanda se ha convertido en el objetivo de su vida. Créeme que si alguien comprende la necesidad de volcarse en una pasión, ese soy yo.

—Papá, no estoy hablando del trabajo. Sé que no siempre te resulta cómodo hablar de tus sentimientos, pero ¿cómo es que nunca hablamos de Amanda?

—Sigo pensando en tu hermana cada día.

—Sé que la quieres y la echas de menos. A todos nos pasa lo mismo. Pero nunca hablamos de ella. ¿Cómo estás tan seguro de que Amanda sigue ahí fuera?

—Nunca he estado seguro. Pero mantengo esa esperanza.

Cada noche Walter imaginaba a su hermosa hija y las aventuras que podría estar viviendo. A ella siempre le había encantado dibujar. ¿Podría quizá ser pintora en la costa de Amalfi? ¿O tal vez dirigir un pequeño y agradable restaurante en Niza?

—Supongo que todo es posible —repuso Henry—. Mamá dice que Amanda jamás haría que nos preocupáramos así y eso también parece sensato. ¿Cómo podéis tener opiniones tan distintas sobre lo que ocurrió?

Walter abrió la boca, pero no le salieron las palabras. No podía entrar de nuevo en aquel tema.

—Agradezco tu llamada, hijo —dijo—. Estoy completamente de acuerdo con esto. Será estupendo verte en Florida.

—¿Puedes faltar al trabajo?

Era curioso que accediera a hacer el programa sin ni siquiera pensar en la empresa, meditó Walter.

—Estaré fuera de la oficina todo el tiempo que sea necesario.

Sabía que había tardado demasiado en ver la verdad: había sido un padre espantoso, incapaz de conectar con sus hijos en nada que no fuera el trabajo. «Mi hijo se mudó a la costa Oeste para evitar tener que oír hablar de Ladyform en el desayuno, en la comida y en la cena —pensó—. Después enfrenté a mis dos hijas, esperando que ambas entraran en el negocio familiar y sin expresarles lo bastante mi aprobación.»

Quería decirle a Henry por qué creía que Amanda estaba en alguna parte, viviendo una vida nueva bajo un nuevo nombre. «Era la única forma de poder liberarse de mí y ser la persona que de verdad quería ser», pensó. Pero sencillamente no podía reconocer eso.

—Hablaremos muy pronto —le dijo Henry—. Bueno, papá. Adiós.

Cuando colgó el teléfono, Walter se preguntó si Sandra y sus hijos se darían cuenta algún día de lo mucho que en realidad había cambiado en los últimos años.

## 18

Era lunes por la mañana, lo que significaba que Jerry y Grace estaban fuera del despacho de Laurie, cotilleando sobre sus actividades del fin de semana. Desde la ventajosa posición en su mesa, Laurie dedujo que Grace no había parado de hablar de lo guapísimo que era su último pretendiente.

—¿Y dónde has encontrado a este? —preguntó Jerry.

—Lo dices como si hubiera habido miles —protestó Grace—. Y que quede claro que es solo un tonteo, nada serio. Conocí a Mark…, este, como dices tú…, en el campo de práctica de Chelsea Piers.

—¿Tú? ¿Juegas al golf?

—Soy una mujer de muchos talentos. La ropa es una monada y también los demás jugadores; ¿cómo podría no gustarme? Y hablando de cosas sorprendentes, ¿te has puesto moreno este fin de semana?

Laurie se sorprendió al prestar más atención a su charla que a la circular que estaba elaborando para el equipo de marketing del estudio. También se había fijado en el moreno de la piel de Jerry, normalmente clara.

—He visitado a unos amigos en Fire Island. Y no estoy moreno. A diferencia de ti, tengo dos estados: pálido o quemado.

Laurie sonrió mientras hacía clic en la pestaña de guardar de su ordenador y se levantaba de la mesa.

—Vale, ¿estamos listos para nuestra reunión?

En cuanto ocuparon sus puestos de costumbre —Grace y Jerry en el sofá y Laurie en la silla giratoria gris—, preguntó cuál de ellos quería empezar.

Estaba impaciente por oír sus informes. Por lo general, era ella quien llevaba la voz cantante en la oficina, pero cuando se trataba de redes sociales, prácticamente no tenía ni idea. Apenas entendía la diferencia entre un tuit y el estado, un «me gusta» y un «seguir». Pero Jerry y Grace, que tenían diez años menos que ella, parecían moverse como pez en el agua en el mundo virtual.

Como una buena forma de dividir el trabajo en dos, Laurie había pedido a Jerry que viera qué podía encontrar sobre Jeff y su mitad del cortejo nupcial mientras Grace investigaba a las amigas de Amanda.

Jerry pareció más que satisfecho de ser el primero.

—Jeff no está muy metido en las redes sociales, solo tiene un perfil en LinkedIn para contactos profesionales —añadió dirigiéndose a Laurie— y una página de Facebook poco activa. Pero he podido confirmar que mantiene un contacto fluido con Nick Young y Austin Pratt, que sí son más activos en internet, y siguen siendo APS.

«Amigos para siempre.» Entre Jerry, Grace y su hijo, Laurie estaba al día con el argot.

—Austin y Nick continúan estando felizmente solteros mientras que Jeff se ha instalado en Brooklyn con su esposa, Meghan.

Grace miró a Jerry como si este tuviera algo más que decir.

—¿Eso es todo? Ojalá mi trabajo hubiera sido tan sencillo.

—También he llamado al Grand Victoria. ¿Quieres que empiece con eso? —la interrumpió Jerry.

—De uno en uno, chicos. ¿Grace?

—Bueno, teniendo en cuenta que mis sujetos son más complicados, los abordaré de uno en uno —dijo con una sonrisa satisfecha—. Como ya se ha mencionado, Meghan White está casada con Jeff. Tampoco tiene Facebook, Twitter, nada. Es reservada. La otra amiga de la universidad era Kate Fulton. Tiene cuatro hijos y vive en Atlanta. Su marido es gerente en un Home Depot. Hay algunas fotos antiguas en su página de Facebook de ella con Meghan y Amanda, pero, por lo que sé, no mantiene contacto con nadie de la antigua pandilla. Tenemos a Charlotte, la hermana de Amanda, trabajando en Ladyform aquí, en Nueva York. Y el hermano, Henry, está en Seattle. Es copropietario de una bodega, está casado y tiene dos hijas, al menos según sus publicaciones en internet.

Laurie asintió. Los tres exalumnos de Colby seguían en contacto. Meghan estaba casada con Jeff. La familia de Amanda, desperdigada por todo el país. Kate, la amiga de la universidad, casada y con cuatro hijos en Atlanta.

—Jerry, ¿has sabido algo del Grand Victoria? —preguntó. Su principal preocupación era que el resort pudiera negarles el permiso para que rodaran en la propiedad.

—Hoy he hablado con su oficina central. Están deseando colaborar. La desaparición de Amanda fue un fiasco de relaciones públicas, así que tengo la impresión de que quieren ayudar siempre que les sea posible. Hasta conservan copias de todas las grabaciones de las cámaras de seguridad que proporcionaron a la policía.

—¿De veras? ¿Hay alguna que podamos ver?

—Han accedido a enviarlas esta semana.

Las piezas estaban encajando. Jeff seguía manteniendo una estrecha relación con sus dos padrinos y era evidente que no podía mantener una más estrecha con Meghan. Si pudiera conseguir que se apuntara, todo estaría preparado. Y si no le decía que sí a Sandra, tenía un plan para convencerle: Alex.

## 19

Cuando Laurie salió de su edificio a las seis en punto, Alex estaba de pie en el bordillo al lado de su Mercedes negro. «Justo a tiempo», pensó. Debería haberlo sabido.

—Llevo esperando una hora.

—¡Cómo no!

Laurie conocía a Alex desde hacía más de un año, pero su cuerpo aún reaccionaba cada vez que lo veía. Exjugador de baloncesto universitario de un metro y noventa y cinco centímetros de estatura, conservaba su constitución atlética. Tenía el cabello negro y rizado, una mandíbula fuerte y unos ojos verde azulados que brillaban tras sus gafas de montura negra. Había una razón por la que Alex Buckley se había convertido en uno de los comentaristas judiciales más solicitados de la televisión, y no era tan solo su célebre éxito en el tribunal.

Le dio un beso rápido.

—No puedo creer la suerte que tengo de que hayas podido unirte a mí.

El papel oficial de Alex en *Bajo sospecha* era el de conductor. La destreza que había adquirido como interrogador en los turnos de repregunta en la sala de un tribunal era perfecta para el formato del programa. En entregas anteriores, su participación no había comenzado hasta poco antes de que las cámaras empezaran a rodar. Pero desde el último programa hacía tres meses, la línea entre lo oficial y lo extraoficial se había difuminado en lo que respectaba a Laurie y a Alex.

Le abrió la puerta del coche y a continuación lo rodeó hasta el lado contrario y se acomodó junto a ella. Laurie le dio la dirección de Jeff y Meghan en Brooklyn antes de que él pudiera preguntar.

—Puede que haya mencionado que siempre tengo tiempo para ti —dijo con suavidad.

—¡Oh, venga ya! No recuerdo la última vez que saliste de tu despacho antes de las seis. Estoy muy sorprendida. ¿Cómo es que estabas disponible con tan poca antelación?

—Esto es lo que consigue uno por salir con una periodista: el tercer grado. —Alex rio—. Me he librado de un juicio con fecha fijada consiguiendo que anularan la mayoría de las pruebas.

«Salir.» Desde luego que estaban saliendo, pensó. No había otra palabra para aquello.

—Bueno, no me sorprende que hayas ganado y agradezco la ayuda —repuso cuando él alargó la mano y asió la de ella. Fue un gesto completamente natural.

—Vale, Laurie; ¿qué está pasando en Brooklyn?

—¿Recuerdas el caso de la Novia Fugitiva?

Alex levantó la vista un momento, rebuscando en su memoria.

—Un lugar cálido. Un bonito hotel. ¿Florida?

—Exacto. El Grand Victoria de Palm Beach.

—¿Qué pasó? Según recuerdo, había dos teorías en su momento: o bien hubo un acto criminal o ella se rajó y se largó.

Laurie se dio cuenta de que se encontraba en desventaja por no haber seguido la historia mientras estaba de actualidad.

—Más de cinco años sin tener noticias no parece indicar que se tratara de un simple caso de arrepentimiento.

—¿Nada? ¿No se halló el cuerpo?

Laurie era periodista, hija de un policía y viuda de un médico de urgencias, pero seguía sin estar acostumbrada al enfoque directo a la hora de hablar de un crimen.

—Según la madre de Amanda, no ha habido nuevos avances en todos estos años. Tengo la impresión de que la policía estaba dividida: o ella se marchó de forma voluntaria o fue asesinada. Pero, de un modo u otro, han dejado de buscar. Es un caso sin resolver.

—Que es justo lo tuyo. ¿Y qué hay en Brooklyn?

—El aspirante a novio, Jeff Hunter. —Laurie expuso la biografía básica: Universidad de Colby, facultad de Derecho de Fordham y un empleo en la Oficina del Defensor de Oficio desde que se licenció—. Aquí es donde se pone interesante. —Le habló del testamento de Amanda, que le había dejado su fondo fiduciario a su prometido—. La madre de Amanda le considera el sospechoso principal.

—¿Te preocupa que al ser abogado defensor se acoja a la Quinta Enmienda, por así decirlo, y no participe en el programa?

—Eso es. Además, su esposa también es abogada. Se llama Meghan White. Se dedica al derecho migratorio, no a la defensa penal, pero aun así…

—Te preocupa que, aunque él esté dispuesto, ella intente impedírselo.

—O que tenga sus propios motivos para cerrar el pico. Porque el caso es que Meghan y Amanda eran buenas amigas. Además, estuvo en el Grand Victoria, así que es también una posible sospechosa. ¿Te casas con el prometido de tu mejor amiga quince meses después de que ella desaparezca? A mí me parece que se dio mucha prisa. Dado que tú hablas su mismo lenguaje, he pensado que a lo mejor puedes ayudarme a convencerlos para que hagan el programa.

—Me han dicho que puedo ser muy persuasivo. Pero ¿sabemos si están en casa?

—Les he dejado un mensaje en el teléfono a ambos. Como

es evidente, han hablado entre sí y luego Jeff me ha devuelto la llamada. He tenido que emplearme a fondo para convencerle, pero ha accedido a que fuéramos a verlos.

Alex se arrimó a ella hasta que sus hombros se tocaron.

—Palm Beach parece un buen lugar para rodar, ¿no cree, abogado? —le preguntó Laurie.

—No podría estar más de acuerdo.

## 20

La reformada casa de piedra rojiza era tal y como se veía cuando Laurie metió la dirección en la función Street-View de Google Maps. Era un edificio de cuatro plantas sin ascensor ni portero.

Llamó al telefonillo del apartamento B, marcado como HUNTER/WHITE. A pesar de que la madre de Amanda se había referido a Meghan como la «señora de Jeffrey Hunter», Laurie sabía que esta había conservado su apellido de soltera. Ya había ensayado su presentación. Miró a Alex con nerviosismo cuando pasaban los segundos en medio del silencio. Él llamó al telefonillo por segunda vez.

—El telefonillo está averiado, señora Moran —dijo una voz desde el segundo piso. Reconoció a Jeff Hunter, con la cabeza asomando por la ventana, de la fotografía del perfil de LinkedIn que le había enseñado Jerry—. ¿Usted es Alex Buckley?

Laurie se percató de que Jeff estaba estupefacto.

—Acabo de utilizar su alegato final en el caso de J. D. Martin en un seminario para nuestros nuevos abogados. Una obra maestra. Magistral.

Alex lo saludó con la mano de manera amistosa.

—Es muy halagador. Gracias.

—Suban. —Lanzó unas llaves, que Alex atrapó con una mano—. Bien hecho.

—¿Has visto cómo te ha mirado? —dijo Laurie mientras Alex abría la puerta—. Como si fuera un crío y Derek Jeter acabara de firmarle un autógrafo.

—Ese soy yo: el Derek Jeter de los frikis de la abogacía.

—¿Lo ves? Sabía que serías útil.

Jeff los estaba esperando en el segundo piso, con la puerta del apartamento abierta. Medía más de un metro ochenta y dos centímetros, tenía el cabello castaño oscuro y unos penetrantes ojos de color avellana.

—Entren, por favor. Soy Jeff Hunter, aunque supongo que ya lo saben. —Le estrechó la mano a Alex y luego saludó a Laurie.

Para alivio de Laurie, Jeff parecía bastante cordial cuando los invitó a sentarse en la sala de estar. El apartamento era pequeño pero cómodo, con una combinación de muebles de estilo misión y contemporáneo. Tras un rápido vistazo a las fotografías enmarcadas dispuestas sobre la mesa consola se hizo una idea del aspecto de Meghan. Alta y delgada, de negro y largo cabello rizado y unos marcados rasgos, era todo lo contrario de Amanda.

—Meghan no ha vuelto aún de trabajar y es muy posible que no lo haga al menos hasta dentro de otra hora —explicó Jeff.

Laurie tenía la esperanza de conocerlos a ambos, pero, por otra parte, sabía que aquella podría ser su única oportunidad de hablar a solas con Jeff.

—Por teléfono ha mencionado que conoce el programa —comenzó—. Así que sabe que no intentamos señalar a una persona como sospechosa. Abordamos cómo un crimen sin resolver puede afectar las vidas de todos los implicados. La incertidumbre. La falta de un desenlace.

—Los murmullos que oigo cuando alguien reconoce mi nombre —adujo Hunter con amargura.

Ella asintió.

—Así que sabe de lo que hablo.

—¿Cómo no voy a saberlo? Me quedé muy aturdido tras la desaparición de Amanda. Un día salí a dar una rueda de prensa calzado con dos zapatos diferentes. Ni siquiera me di cuenta de que faltaban las alianzas cuando estaba haciendo las maletas para marcharme. Dios mío, sentía que estaba dejando atrás a Amanda…

—¿Faltaban las alianzas? —interrumpió Alex—. ¿Las tenía Amanda? Nunca oí nada sobre un robo relacionado con su desaparición.

—No tengo ni idea de qué pasó con ellas. Las metí en la caja fuerte de mi habitación cuando llegué allí el miércoles, pero reconozco que fui descuidado al cerrarla. Debió de llevárselas un empleado del hotel, pero ¿quién sabe? Dios, esto me está haciendo recordar. Lo más duro que jamás he hecho fue subirme a ese avión hace cinco años. Mis amigos Nick y Austin me acompañaron a mi habitación para ayudarme a hacer las maletas, si se le puede llamar así. Estaba completamente ido. Metimos mi ropa, mis zapatos, todo, en una maleta de cualquier manera. Incluso es posible que tirara los anillos sin darme cuenta. Ni siquiera era consciente de que podía estar bajo sospecha, como usted lo llama, hasta que Nick y Austin me llevaron a un lado y me dijeron que los polis me estaban mirando como al principal sospechoso. —Jeff meneaba la cabeza mientras recordaba el momento—. Me convencieron de que tenía que velar por mí. El dinero se convirtió en el motor de la historia; sobre todo porque la familia de Amanda lo tenía y la mía, no. Los periodistas llamaban a Amanda «la heredera de Ladyform». Comparado con eso, yo parecía un cazafortunas de un barrio pobre.

—¿Fue entonces cuando contrató a un abogado? —preguntó Laurie.

—Sí. Mis amigos estaban cuidando de mí, pero nunca he tenido nada que esconder. ¿Sabe?, la primera vez que vi su programa hasta pensé en llamar. Parecía un modo de conseguir que la gente volviera a hablar sobre el caso de Amanda. Pero imaginé que el padre de ella no querría.

—¿Por qué no?

—No le van esas cosas. Walter es muy discreto y reservado. De la vieja escuela. Algo así le resultaría... demasiado aparatoso.

—En realidad fue idea de Sandra, pero él está de acuerdo —explicó Laurie.

—Eso tampoco es típico de él. Es el que lleva la voz cantante en esa familia en todos los aspectos.

Laurie percibió resentimiento en esa afirmación, pero lo exploraría más adelante, cuando llegara el momento. Si llegaba.

—En realidad, ya no están juntos.

Jeff se miró los pies.

—No lo sabía. Es muy triste. No... Bueno, digamos que perdimos el contacto. Resulta muy raro no saber ya nada de ellos. Cuando Amanda estuvo enferma, yo era básicamente parte de su familia. En el momento en que se suponía que íbamos a casarnos, llamaba a Sandra y a Walter «mamá» y «papá». Henry decía que yo era como el hermano que nunca tuvo; estábamos muy unidos. Incluso estaba empezando a caerle bien a Charlotte, la hermana de Amanda, y en cuanto la conozcan sabrán que eso es un milagro. Pero luego, en el momento que les conté que estaba saliendo con Meghan... supongo que ya sabe eso —adujo y Laurie asintió—. No quería ocultárselo. Le dije a Sandra que estaba seguro de que mis sentimientos por Meghan era reales. Por supuesto, eso cambió su forma de verme. Ya no era su san Jeffrey, como solían llamarme. Era una especie de broma que empezó cuando Amanda estuvo enferma.

—¿Amanda estuvo enferma?

—No en la época de la boda, pero tuvo un linfoma de Hodgkin. Se lo diagnosticaron con veintiséis años. Llevábamos saliendo más o menos un año, pero de forma intermitente, como se hace cuando eres joven.

—¿Solo un año? —preguntó Alex.

—Como pareja sí. Las noticias no dejaron de decir que éramos novios de la universidad, pero en Colby éramos meros conocidos. En realidad fue Meghan quien volvió a ponernos en contacto después de que nos mudáramos todos a Nueva York. Meghan y yo éramos abogados jóvenes y Amanda se había mudado aquí para abrir una sede de la empresa de su padre en Nueva York. Nos gustamos mucho de inmediato, pero al principio la relación no era una prioridad. Ambos estábamos trabajando a todas horas. En cualquier caso, cuando se lo diagnosticaron a Amanda me di cuenta de que no quería pasar un solo segundo más lejos de esa asombrosa mujer. Le pedí matrimonio antes incluso de saber si lo superaría. La quimio la ponía muy enferma y era duro verlo, pero lo superó. De ahí me vino el apodo de «san Jeffrey». Cada vez que iba al médico, cada vez que tenía ganas de vomitar, yo estaba a su lado.

Alex lanzó una mirada de preocupación a Laurie. Sabía que estaba pensando que aquella era una versión de Jeff muy diferente de la que había oído de labios de Sandra.

—¿Cree que por eso la gente estuvo tan dispuesta a creer que ella se echó atrás? Quizá se sintiera demasiado culpable por cancelarlo todo después de que usted estuviera a su lado durante el tratamiento.

—Amanda no era así, al menos ya no. Cuando finalizó el tratamiento contra el cáncer había perdido nueve kilos, pero era más fuerte de lo que nadie imaginaba. En todo caso, en cuanto la policía terminó de interrogarme, le dieron la vuelta a todo. Supuestamente era san Jeffrey el que no quería seguir adelante con la boda. Al parecer prefería matar a una mujer que hacer frente a la vergüenza de romper con ella. Además, supongo que ya saben lo del testamento.

—Sandra lo mencionó. Pilló por sorpresa a la familia de Amanda.

—Si me preocupara el dinero, ¿sería abogado de oficio? —dijo con tristeza—. Si hubiera dependido de mí, habríamos celebrado una pequeña boda en Nueva York. Eran Amanda y su familia los partidarios de una gran y lujosa ceremonia. Nunca quise su dinero y sigo sin quererlo. Aunque jamás creeré que Amanda dejó atrás una vida maravillosa, sigo intentando aferrarme a un resquicio de esperanza de que de algún modo siga aún con vida.

—¿Cuándo se dio cuenta de que ella faltaba? —preguntó Laurie.

—No se presentó a almorzar el viernes por la mañana. Al principio pensamos que se había quedado durmiendo hasta tarde. Intenté llamar a la habitación para ver si quería que le subiesen el desayuno. Al ver que no respondía fui a comprobar si estaba bien. Meghan me acompañó. Amanda no respondió. Miramos por todas partes…, en el gimnasio, en la playa, en la piscina…, y la familia pidió una llave al hotel. Sentí un gran alivio cuando vi su vestido de novia extendido sobre la cama. Podía imaginarla probándoselo una última vez y dejándolo fuera. Pero luego Meghan me dijo que Amanda se probó el vestido antes de cenar la noche anterior. Fue entonces cuando me contó que no vieron a Amanda regresar a su habitación. Era evidente que algo había pasado. El servicio de limpieza no había hecho su habitación esa mañana. Nadie había dormido en aquella cama el jueves por la noche.

La descripción de Jeff del ataque de pánico que sufrió al darse cuenta de que Amanda no había dormido en su habitación del hotel parecía demasiado auténtica como para ser inventada. Entonces Laurie recordó que había dispuesto de más de cinco años para ensayar su historia.

—Señor Hunter, es evidente que mucha gente sospecha de usted en lo referente a la desaparición de Amanda y que desea tener la oportunidad de limpiar su nombre. Queremos abordar este caso. Como estoy segura de que querrá verla, me he tomado la libertad de traerle una autorización estándar que pedimos a la gente que firme antes del programa.

Metió la mano en el maletín y le entregó el acuerdo.

—Si hago el programa, supongo que se hablará de todo esto, ¿no? Del testamento. De mi relación con Amanda. Si éramos felices en realidad. Si la estaba engañando. Si me dejó en el altar. Por qué me casé con su mejor amiga.

Laurie no iba a mentir a ese hombre.

—Sí, es el tipo de cosas que abordaremos.

Jeff asintió despacio mientras hojeaba las páginas, asimilándolo todo.

—De acuerdo.

—Puedo enviarle nuestros programas anteriores si quiere volver a verlos y hacernos alguna pregunta.

—No, es decir: de acuerdo, lo haré. —Fue hasta la cocina, cogió un bolígrafo de la encimera y se puso a firmar.

—Bien, es genial.

Laurie no recordaba que nadie hubiera accedido con tanta facilidad. Alex le guiñó un ojo con rapidez cuando Jeff no miraba.

—Parece sorprendida —dijo Jeff, entregándole el acuerdo firmado.

—No, solo contenta.

—No soy Alex Buckley, pero sí un buen abogado, señora Moran, y sé descifrar la expresión de un testigo. Se ha sorprendido porque una parte de usted cree que puedo haber asesinado a Amanda, en cuyo caso lo último que querría hacer sería sentarme ante una cámara y hablar de su desaparición. Bueno, Alex, estoy deseando ser el receptor de uno de sus famosos contrainterrogatorios, porque yo no hice daño a Amanda y jamás podría habérselo hecho.

—Esta es su oportunidad para decirle eso al mundo —repuso Laurie.

—Lo menos importante es lo que piensen de mí. Solo quiero saber qué le pasó a Amanda. Porque sé que no abandonó ese resort por voluntad propia.

## 21

El olor a algo delicioso asándose en el horno recibió a Meghan White cuando llegó a casa. Jeff estaba en la cocina con el delantal que le había regalado el año anterior, en el que ponía: LOS HOMBRES DE VERDAD HACEN GALLETAS.

—Eso huele a gloria bendita. —Qué suerte tenía de haberse casado con un hombre que sabía cocinar. Todo en Jeff hacía que se sintiera afortunada. Era un encanto, era divertido y su confidente más íntimo. Su mejor amigo. Estaba esperando el mejor momento para contarle la noticia—. ¿Qué vamos a cenar, Jeff? —preguntó.

—Chuletas de cordero con romero y ajo. Siempre dices que son tus favoritas.

La recibió con un abrazo más prolongado de lo habitual.

Cuando por fin la soltó, la estaba mirando como si algo fuera mal.

—¿Va todo bien? —inquirió Meghan.

—Siéntate.

—Me estás asustando, Jeff.

—Solo siéntate. Por favor.

En cuanto lo hizo, Jeff le sirvió un vaso de prosecco y esperó a que ella tomara un sorbo, pero no lo hizo.

—No necesito vino para mantener una conversación —adujo Meghan—. ¿Qué tal ha ido esa reunión? Estaba deseando salir del despacho.

—Debería haber esperado hasta que habláramos. He firmado para participar en el programa.

Quince minutos después, Meghan estaba sentada en el borde de la cama, contemplando su copa de vino, aún llena, sobre la mesilla. Se había puesto unos pantalones y un jersey cómodos. Necesitaba algo de tiempo para pensar. La decisión ya estaba tomada. Había percibido la seguridad en su voz. Jeff había resuelto hacerlo. No le había pedido permiso; le había dado la noticia: iba a hacer ese programa. Y Meghan sabía que en realidad estaba tomando la decisión por los dos. ¿Cómo iba ella a decir que no? ¿Qué impresión causaría que primero se hubiera quedado con el hombre con el que se suponía que iba a casarse Amanda y que ahora estuviera intentando impedir que se volviera a investigar el caso?

Se limpió una lágrima con el dorso de la mano. Cuando el caso de Amanda estaba de rabiosa actualidad en los canales por cable las veinticuatro horas del día, Meghan había logrado mantenerse la margen de la historia. Los padres de Amanda habían sido el centro de atención, con Jeff a su lado. Pasaron meses hasta que los periodistas dejaron de llamar a Jeff para que hiciera algún comentario.

Cuando se casaron, le aterrorizaba que la vorágine mediática empezara de nuevo. Por eso habían ido de forma discreta al juzgado. Por eso no se había puesto el apellido de Jeff. No deseaba exponerse a ese escrutinio.

Pero ese programa los colocaría en el foco de millones de ojos críticos. Los telespectadores querrían saber qué clase de mujer le robaría el prometido a su amiga desaparecida. Querrían saber qué clase de hombre podría casarse con otra tan pronto después de que su querida Amanda desapareciera. Todo el mundo los odiaría.

Se dispuso a levantar su copa, pero la dejó de nuevo, recordándose que no debía.

Se imaginó explicándolo todo sobre su matrimonio a un puñado de desconocidos ante las cámaras. «Cuando Jeff y yo empezamos a sentir algo el uno por el otro, nos quedamos tan sorprendidos como el resto.» Habían perdido el contacto después de la universidad, pero sus caminos se cruzaron tras su paso por la facultad de Derecho, cuando Meghan ayudó a Jeff a sortear un espinoso asunto de inmigración para uno de sus clientes. Él la invitó a cenar para darle las gracias. Después de que dos citas quedaran en nada, siguieron manteniendo una relación de colegas estrictamente profesional y de amistad. Y entonces Jeff se topó con Meghan en una cafetería cerca de los juzgados cuando ella estaba a punto de reunirse con Amanda. De inmediato sintió que saltaba la chispa entre ellos. Tal vez si Amanda hubiera llegado unos minutos más tarde, sus caminos jamás habrían vuelto a cruzarse.

Así pues, ¿cómo habían acabado juntos? Esa era la pregunta que el programa de televisión querría plantear. En realidad fue por Amanda. Tras su desaparición se consolaron el uno al otro por la pérdida de una mujer a la que ambos querían. Primero mantuvieron una amistad y después surgió entre ellos un profundo vínculo. Y debido a ese vínculo, Meghan sabía qué tenía que hacer.

Volvió a la cocina, pasando primero por el baño del pasillo para arrojar el vino por el lavabo. Jeff estaba junto a la encimera, picando un tomate. Le rodeó con los brazos.

—De acuerdo, lo haremos. Juntos. Por Amanda. Y por nosotros.

Él se volvió y le dio un beso en la mejilla.

—Sabía que podía contar contigo. ¿Qué tal han ido hoy las cosas en el trabajo? Cuando has llegado parecía que querías contarme algo.

Jeff siempre sabía en qué estaba pensando.

—Nada relevante. He obtenido una prórroga para la visa de la señora Tran.

—Eso es bueno. Sabía que te tenía preocupada.

Esperaría unos días para contarle la auténtica noticia. No quería que aquella charla sobre Amanda empañase el hecho de que esperaba y creía estar embarazada. El test había dado positivo. Había concertado una cita con su médico para realizarse una prueba adicional que lo confirmara. Si las noticias eran buenas, tendrían que asegurarse de que los pasados problemas con los medicamentos que había tenido no afectaran al bebé. «¡Uau, el bebé!» Sintió que se le formaba un nudo en la garganta.

Jeff la estrechó de nuevo en sus brazos. Se sentía a salvo, como si todo fuera a ir bien.

—No te preocupes por el programa —dijo—. Simplemente explicaremos que nunca sentimos nada el uno por el otro hasta… después. Todo irá bien. La gente lo entenderá.

No sería la primera vez que había tenido que explicar cómo se había desarrollado su relación. Sus padres. Sus amigos. La familiar historia que contaban era que sus sentimientos surgieron después de que Amanda desapareciera. «En mi caso eso no era verdad —pensó—. Estaba locamente enamorada de Jeff. Pero no hay razón para que todo el mundo tenga que saberlo.»

Meghan podía mentir igual de bien que su vieja amiga Amanda.

## 22

Fueron directamente al bar restaurante Gotham después de abandonar el apartamento de Jeff. El jefe de comedor saludó a Alex con un caluroso apretón de manos.

—Buenas noches, señor Buckley.

Alex presentó al hombre a Laurie como Joseph. Había estado varias veces en el restaurante, pero no se tuteaba con el personal y mucho menos era capaz de conseguir una reserva con diez minutos de antelación llamando por teléfono desde el coche.

En cuanto estuvieron sentados, llegó un sumiller con tres selecciones de cabernet para que Alex escogiera. No cabía duda de que era un cliente habitual. Pero eso ya lo sabía.

Mientras les servían el vino elegido por Alex, Laurie echó un vistazo a su móvil. Tenía un mensaje de texto de su padre, que respondía al que ella le había enviado desde el coche.

Timmy está entusiasmado con la pizza que hemos pedido. Deja de preocuparte y disfruta de la cena.

Sabía que su padre estaba encantado de pasar tiempo con su nieto, pero aun así sintió una punzada de culpa. Era imposible que llegara a casa a tiempo de darle las buenas noches a Timmy.

—¿Va todo bien en casa? —preguntó Alex. Naturalmente que sabía que sus pensamientos habían tomado ese rumbo.

—Todo va bien. Es asombroso lo feliz que una pizza de pepperoni puede hacer a un chico de nueve años. —Resuelta a no pasar la noche entera hablando de Timmy, le preguntó a Alex qué pensaba de Jeff—. ¿Te has fijado en que ha sido él quien ha sacado lo del testamento de Amanda?

—Me ha parecido un tío inteligente, así que sabe por qué la gente alberga sospechas.

—Di la verdad: solo crees que es un tío inteligente porque Alex Buckley es su ídolo.

—Te encanta provocarme —comentó Alex con una sonrisa de satisfacción—. Entonces ¿le has creído cuando ha dicho que nunca quiso el dinero de Amanda?

—En realidad, sí. Has visto ese apartamento. Era modesto pero confortable. Si quisiera más, imagino que podría ganarlo con solo dejar su empleo como abogado de oficio. O podría haber hecho que declararan a Amanda legalmente fallecida para poder heredar.

Desde que habló con Sandra, había averiguado que la ley de Nueva York otorgaba a Jeff la posibilidad de presentar una demanda ante los tribunales para que la declararan muerta sin tener que esperar a que transcurrieran siete años. Un juez podría examinar todas las circunstancias de la desaparición y concluir que la persona en cuestión estaba muerta casi con toda certeza.

—Puede que no sepa eso, Laurie. Los abogados defensores no conocen todos los pormenores de los testamentos.

Si Jeff era o no consciente de que podía solicitar heredar el fondo fiduciario de Amanda sin que se hubiera hallado ningún cuerpo, era la clase de detalle que tenían que analizar antes del programa. El enfoque habitual era tratar en un principio con mano izquierda a todos los participantes, tal y como habían hecho en el apartamento. Una vez concluida su investigación, Alex hacía las preguntas duras ante las cámaras.

—Alex, te doy las gracias de nuevo por acompañarme a Brooklyn.

—Ni siquiera has necesitado mi ayuda. Daba la impresión de que Jeff estaba deseando firmar. Parecía seguro de que también sería capaz de convencer a su esposa.

—Desde luego no se equivocaba al decir que estaba sorprendida. Casi me caigo de la silla.

—¿Esperabas que fuera poco colaborador solo porque es abogado? No todos somos tan problemáticos. —Esbozó una sonrisa irónica.

—Sandra, la madre de Amanda, lo presentó como un mujeriego codicioso. Parece ser que sus dos mejores amigos son un par de solteros recalcitrantes. Por el contrario, Jeff parece bastante amable y formal.

—Detesto decirte cuántos clientes culpables he tenido capaces de actuar cuando es necesario. Debería empezar a entregar Oscars en mi despacho.

—Seguro que tienes razón. Pero me pregunto si Sandra puede haber sacado conclusiones precipitadas. Por eso tengo mucho cuidado al aceptar casos propuestos por las familias. Resulta demasiado fácil dejarse guiar por la opinión de una persona.

—Te conozco, Laurie. Siempre mantienes la mente abierta.

Apareció un camarero y comenzó a describir las nuevas incorporaciones en la carta. Laurie asintió a pesar de que ya sabía qué quería. Esperaba que Alex tuviera razón en lo tocante a su capacidad para mantenerse neutral. Lo que no le había contado era que Jeff tenía algo que le recordaba a Greg. Se percató de la semejanza cuando Jeff mencionó que había salido a dar una rueda de prensa con zapatos desparejados. Una vez Greg llegó a casa del hospital con unos mocasines desparejados después de haber pasado demasiadas horas de guardia. Pero no era solo aquella anécdota. Cuando les arrojó las llaves por la ventana, Jeff le pareció una persona afable y de trato fácil.

¿De verdad podía fingirse eso con tanta facilidad? Laurie lo dudaba.

Pero ¿cómo reaccionaría cuando Alex empezara a acorralarle?

## 23

A veinticuatro manzanas en dirección norte, un camarero llevaba un solomillo de más de un kilo y trescientos gramos a una mesa del asador Keen. Nick contempló el perfecto dorado exterior de la carne y expresó su aprobación con un gesto. En cuanto llenaron de nuevo sus copas de martini y el camarero se fue, levantó la suya para hacer otro brindis.

—Oh, ¿por qué no? —convino Austin Pratt.

—¡Por las risas y los yates! —Ambos rieron.

El año anterior ambos habían contratado un exclusivo servicio de alquiler internacional de barcos. Desde entonces, en muchos de los lugares próximos al mar en los que se alojaran podían solicitar que les entregaran un barco en el muelle local para su uso. A los dos les encantaban los yates pequeños con camarote, embarcaciones para las que tenían licencia de capitán. Llevaban haciéndolo desde el verano anterior, unas veces juntos y otras por separado. Ya habían disfrutado de tres vacaciones en barco por el Caribe.

Nick tenía un cartel hecho a mano que colocaba sobre la borda de cualquier barco que capitaneaba. Este rezaba LAS DAMAS PRIMERO y lo decía en serio. Más mujeres que clientes se hacían a la mar con Nick.

Austin había descubierto que el barco era una forma estupenda de entretener a posibles clientes, invitándolos a salir a almorzar o a cenar a bordo. Cuando salía a navegar con clientes, contrataba a un capitán para que pilotara el barco y a una camarera que sirviera bebidas y preparara la comida. Siguiendo el ejemplo de Nick, creó también un cartel para sus barcos. El nombre que eligió era PALOMA SOLITARIA.

Austin observó mientras su viejo amigo apuraba su martini de un único y largo trago y pedía otro. Sin duda el físico de estrella de cine de Nick había captado la atención de dos jóvenes de la mesa de al lado. Pero le preocupaba que estuviera bebiendo demasiado.

Hubo una época en la que jamás habría cuestionado cuánto bebía Nick. Pero ya no era el empollón bajo y tímido que se había mudado a vivir al otro lado de la calle cuando los dos tenían siete años en Baltimore. A pesar de tener la misma edad, Nick se convirtió en el hermano mayor que cuidaba de él en primaria, cuando Austin era más menudo y estaba más desprotegido que los demás niños.

«Cuando Nick envió una solicitud y eligió asistir a la Universidad de Colby, a nadie le sorprendió que yo hiciera lo mismo —pensó Austin—. Nick, popular por naturaleza allá adonde iba, se aseguró de incluirme en sus actividades. Los amigos que hizo Nick se convirtieron en mis amigos.»

No se dio cuenta de que Nick le miraba con cierta envidia.

Tenía pinta de contable, con esas gafas de montura al aire y cabello ralo, pensó Nick. Si a una chica se la llamaba «callo», él era un «coco».

«Aunque aspiraba a ser como yo, en ciertos aspectos ha llegado más lejos. Me ha ido muy bien a nivel económico, pero él me ha superado. Es Austin quien maneja una de las carteras enfocadas a la biotecnología más importantes del sector de los fondos de cobertura. Tiene casas en Manhattan, East Hampton y Colorado. Incluso vuela en jet privado. Pero yo soy mucho más guapo que él —se consoló Nick—. Lo alcanzaré. Mejor aún, lo superaré.»

Quizá dejara que pagara la cuenta cuando se la llevaran.

Iban por la mitad del solomillo cuando empezaron a hablar sobre la llamada telefónica que cada uno había recibido de Jeff.

—Tenía la impresión de que Jeff había tomado una decisión —dijo Nick, con tono adusto.

—También yo.

—Le quiero como a un hermano, pero no entiendo a ese tío. Trabaja como un burro por una miseria. Vive en un sitio minúsculo en Brooklyn. Sabiendo que un montón de gente cree que asesinó a Amanda, ¿por qué se arriesga así?

—Quería que le asegurara que iba a apuntarme al programa si la productora se ponía en contacto conmigo —repuso Austin.

—¿Deberíamos intentar disuadirlo?

Austin se encogió de hombros.

—Conoces a Jeff mejor que yo. Tú mismo lo has dicho: su decisión parecía firme.

Estaba claro que Nick conocía bien a Jeff. «Nos hicimos amigos íntimos cuando nos asignaron compañeros de habitación en nuestro primer año en Colby —pensó—. Ambos éramos inteligentes y seguros de nosotros mismos; las chicas nos adoraban. Pero ahí terminaba todo. Jeff era tranquilo y estudioso y yo no me perdí una sola fiesta en cuatro años. Tras licenciarnos, tomamos rumbos distintos. Jeff se hizo abogado de oficio y yo fui a por el dinero en Wall Street. Después de estudiar en la facultad de Derecho, Jeff empezó a salir con la guapísima Amanda, la chica detrás de la cual habían ido todos los del campus. Amanda y yo salimos algunas veces en la universidad, pero no llevó a nada.» Nick intentó contener una sonrisa al recordar que Austin le dijo durante su último año que planeaba pedirle una cita a Amanda. «No te molestes, es una causa perdida, amigo mío.»

«A día de hoy, sigo jugando sin cesar al juego de la conquista; en cuanto es mía, empiezo a perder el interés», caviló.

«Pero, de un modo u otro, por diferentes que seamos Jeff y yo, nuestra amistad siempre ha funcionado.»

Miró a Austin.

—Bueno, ¿vas a participar en el programa?

—Claro, si participas tú también. Es decir, ¿de verdad tenemos elección? Si algo podemos aprender de la experiencia de Jeff es que la gente sospechará de cualquiera que parezca actuar con precaución.

—Fuiste tú quien le dijo a Jeff que contratara a un abogado —le recordó Nick a su amigo.

—Intentaba ayudarle. Estaba tan trastornado y tan preocupado por Amanda que ni siquiera se dio cuenta de las insinuaciones de los medios. Amanda venía de una familia muy rica y él era el prometido de clase obrera. Era lógico que la policía sospechara de él —repuso Austin con vehemencia.

—Oye, no te pongas a la defensiva. Sé que estabas cuidándole.

Austin tenía buenas intenciones, pero en muchos aspectos resultaba difícil calarle, pensó. Siempre había sido así. Las apariencias engañan.

Si bien muchos habían especulado con que Jeff tuvo algo que ver con la desaparición de Amanda, nadie había insinuado la implicación de ninguno de sus amigos de la universidad.

—Sabes que el programa va a hacernos algunas preguntas que tal vez Jeff no quiera que respondamos —dijo Austin.

—Te refieres a lo que dijo esa noche después de beber demasiado vino.

—Nunca se lo contamos a la policía.

—Nunca nos hicieron la pregunta adecuada —dijo Nick evasivo—. No estamos obligados a hacer su trabajo por ellos.

Cuando quedó claro que Jeff podría ser sospechoso, siguió el consejo de Austin y contrató a un abogado. Como amigos suyos, Nick y Austin decidieron que no mentirían por Jeff, pero tampoco iban a decir de forma voluntaria nada que no les preguntaran específicamente.

Sin duda un programa de televisión nacional haría mejor trabajo que el que había hecho la policía cinco años antes. Como bien sabían de cuando fueron interrogados, la investigación de los agentes podría haber sido mucho más concienzuda.

—Así que, si los productores hacen la pregunta adecuada, ¿les vamos a decir la verdad? —preguntó Austin.

—Tú verás lo que explicas. Yo no puedo tomar esa decisión por ti.

—Bueno, no podemos contradecirnos entre nosotros.

—¿Estás diciendo que mentirás por Jeff si te lo pido? —inquirió.

—Hay mucho en juego, Nick. Los inversores no quieren que se les asocie con alguien al que han pillado mintiendo en la investigación de una mujer desaparecida.

Nick comió en silencio, sopesando sus opciones.

—No es para tanto. Mucha gente se raja días antes de casarse. Es normal. Jeff tenía intención de seguir adelante con la boda.

La noche previa a la desaparición de Amanda, Jeff les confesó a Nick y a Austin que no estaba seguro de que Amanda fuera la pareja perfecta para él. Solo fue un comentario, y cuando Nick le dijo que era demasiado tarde para echarse atrás, Jeff se apresuró a tranquilizarle diciéndole que solo estaba «nervioso».

—Así que estamos de acuerdo —adujo Austin—. Les hablaremos a los productores sobre ese comentario.

Nick asintió.

—Y nos aseguraremos de que Jeff sepa que pensamos decir la verdad. Si va a arrastrarnos a esto, tenemos que proteger también nuestra reputación.

—Qué extraño —comentó Austin—. Estaremos todos juntos otra vez, como en los viejos tiempos.

—Será igual que en la universidad. ¡Nos camelaremos a dos pibitas en el bar y las dos irán a por mí!

—Vale, se acabó —declaró Austin—. Tú pagas la cena.

—Oh, ¿sabías que el Grand Victoria añadió un muelle el pasado año? Voy a reservar un barco. Tengo dos clientes en Boca a los que quiero ver.

—Buena idea. Yo también reservaré uno. Seguro que tenemos tiempo libre cuando estemos allí.

Cuando Nick pidió la cuenta, no vio la sonrisa que se dibujó en la cara de Austin.

## 24

A la tarde siguiente, Laurie, Jerry y Grace habían realizado trabajo preliminar suficiente como para empezar a planear el programa. Jeff había llamado esa mañana para confirmar que su esposa y él estaban dispuestos a hacer el programa. También prometió que sus dos padrinos, Nick y Austin, colaborarían y le facilitó a Laurie sus datos de contacto. Y Brett la había llamado a su despacho. Como de costumbre, quería el programa terminado para ayer.

—¿Cuándo puedes ir a Florida? —preguntó.

«Ayer», estuvo a punto de responder.

—Iremos dentro de una semana —dijo—. El equipo de rodaje puede ir unos días antes. Queremos filmarlos en distintas ubicaciones del hotel. El cortejo nupcial estuvo disfrutando de la piscina y tomándose unas copas en la terraza. Utilizaremos esos lugares como telón de fondo.

Florida en verano no era lo ideal, pero al menos Timmy aún no tendría que ir al colegio.

Alex le había dicho que, debido a que disponían de poco tiempo, podía realizar por teléfono las entrevistas preliminares, que ella denominaba sus «preguntas cordiales y nada incisivas».

Jerry, Grace y ella estaban en su despacho, preparándose para ver las grabaciones de las cámaras de seguridad de los tres días previos a la desaparición de Amanda.

—Empecemos repasando la cronología de los hechos —sugirió Laurie—. Según Sandra, el cortejo nupcial llegó el miércoles por la mañana, se fue de inmediato a la playa y almorzó en el comedor junto al mar. Walter y ella tenían pensado llegar el viernes, a tiempo para la cena de ensayo. Pero la última vez que vieron a Amanda fue la noche del jueves.

Laurie lo había corroborado de inmediato poniéndose en contacto con los amigos de la universidad de Jeff, Nick Young y Austin Pratt. Según ambos, el hermano de Amanda, Henry, abandonó el restaurante justo después de la cena de despedida de soltero del jueves. Jeff y los demás padrinos se tomaron una copa más tarde en el restaurante y estuvieron allí más de cuarenta minutos. Calculaban que dejaron a Jeff en su habitación poco antes de las once de la noche.

Tanto Nick como Austin dijeron que estaban encantados de ayudar con el programa si eso era lo que Jeff deseaba. Los dos confirmaron su paradero la noche antes de que denunciaran la desaparición de Amanda. Pero lo más interesante era que Nick y Austin coincidían en que cuando esa noche estuvieron en la habitación de Jeff, después de haber bebido demasiado, este había dicho que no estaba seguro de que Amanda fuera la mujer indicada para él. Por otra parte, ambos articularon el comentario como algo inofensivo y típico de un novio a solo dos noches del gran día.

Como mínimo, no cabía duda de que Brett estaría contento con la perspectiva de tener a dos codiciados solteros con éxito en el programa, pensó. Su jefe creía que algunos telespectadores solo verían programas sobre gente rica y sus problemas.

—Bueno, ¿esos son todos? —preguntó Grace, echando un vistazo por encima del hombro de Jerry. Tal vez otros hombres habrían podido sentirse incómodos al tener el generoso escote de Grace, escasamente cubierto, junto a su oreja derecha, pero Jerry y ella eran como hermanos.

Jerry había añadido a Nick y a Austin a la lista que había

estado recopilando en su cuaderno. Leyó los nombres en voz alta para cerciorarse de que todos estaban de acuerdo.

—Sandra, por supuesto. Y he hablado con su exmarido, Walter. Él también ha accedido, pero sé que piensa que estamos luchando contra molinos de viento.

—¿Dijo por qué? —preguntó Laurie.

—Tengo la impresión de que solo quiere seguir creyendo en la posibilidad de que su hija esté bien.

Laurie asintió. Por mucho que hubiera acabado dependiendo de Jerry, no estaba del todo dispuesta a confiar por completo en su «impresión», aunque pensaba que lo más seguro era que esa vez tuviera razón.

No podía creer la facilidad con la que todo en esa entrega estaba encajando. A pesar de haber conocido a Sandra solo unos días antes, contaban con la colaboración de todas las personas que necesitaban. Y, hasta el momento, todos habían podido acomodar sus agendas para ir a Palm Beach.

—¿Está preparado el vídeo? —le preguntó a Jerry.

El Grand Victoria había enviado un archivo en zip que contenía todas las grabaciones de vigilancia de la estancia del cortejo nupcial en el resort. Poco después de que Jerry diera al play, Laurie vio a una preciosa joven con un vestido sin mangas de estampado floral cruzando con celeridad un cenador embaldosado repleto de flores de naranjo.

—Podemos volver a esto más tarde —dijo Laurie—. Echemos un vistazo a las imágenes del vestíbulo la noche del jueves.

Jerry pasó la grabación hasta que encontró a tres mujeres delante de los ascensores del hotel. A esas alturas, Laurie ya era capaz de identificarlas como Amanda, Charlotte y Meghan. Acercó la mano al ratón y pulsó el botón de pausa. La hora que aparecía sobreimpresionada eran las 22.55.

—¿Dónde está Kate? —inquirió.

Evidentemente, Jerry sabía la respuesta.

—Le dijo a la policía que fue a acostarse más temprano que las otras chicas. Las demás seguían solteras y solían quedarse hasta tarde. Pero Kate ya estaba casada por entonces y tenía un hijo pequeño que no dormía demasiado bien y no podía seguirle el ritmo al resto.

Laurie anotó algo y volvió a pulsar el botón de reproducción. Los siguientes momentos eran las imágenes que habían emitido sin cesar en las noticias los días siguientes a la desaparición de Amanda.

Las tres mujeres se subían al ascensor, pero Amanda salía justo antes de que se cerraran las puertas. Ya no llevaba el vestido sin mangas. Se había puesto uno azul y sandalias de cuña. Laurie volvió a hacer clic en el botón de pausa.

—¿Es aquí donde dice que ha perdido algo? —preguntó.

—Sí —respondió Jerry—. Interrogadas por separado, Charlotte y Meghan fueron del todo coherentes al respecto. Fue muy repentino, como si se le acabara de ocurrir. «Me he olvidado una cosa», fue la cita exacta que dieron ambas. En su momento pensaron que simplemente pudo haberse dejado alguna cosa en la sala donde se estaban tomando algo tras la cena, pero se marchó tan rápido que no les dio tiempo a preguntarle nada.

—Pero ¿nadie del bar recuerda que volviera?

Jerry negó con la cabeza.

—Desapareció sin más. Sin embargo, una de las teorías es que se inventó que había «perdido algo» como excusa para ir a buscar a Jeff. Algunos piensan que se habían estado peleando ese fin de semana.

—¿Quiénes son los que creen esta teoría? —preguntó Laurie.

Grace enganchó un sobre de amarillo de la mesa y se lo entregó. Ella lo abrió y se encontró con unos documentos impresos del *Palm Beach Post*. Todos los artículos estaban firmado por «Janice Carpenter». Grace le fue explicando mientras ella hojeaba las páginas.

—Janice Carpenter era la periodista del *Southern Florida*, responsable de casi toda la investigación sobre la desaparición de Amanda. Según ella, recibió un soplo anónimo de que Jeff y Amanda había estado discutiendo todo el fin de semana en el hotel.

—¿Un soplo anónimo? Aun tratándose de fuentes legítimas, los periodistas deberían contar con dos de ellas antes de cerrar la edición.

—No creo que vaya encaminada a conseguir un Pulitzer —dijo Grace—. Es más bien escritora de prensa sensacionalista.

Los tres estuvieron las siguientes cuatro horas sentados a la mesa de conferencias de Laurie, visionando más metraje del vídeo de lo que había previsto. Jerry había conseguido partir la pantalla para reproducir cuatro imágenes a la vez. No cabía duda de que el hotel había actuado con diligencia al guardar todo lo que podría ser relevante, pensó Laurie.

Empezó a manipular su teléfono móvil, a responder mensajes y e-mails. Estaban visionando imágenes anteriores de esa noche, previas a la cena. El hotel seguía estando concurrido. Amanda estaba aún sana y salva. Laurie dejó su móvil cuando captó algo con el rabillo del ojo.

—¡Espera! —gritó—. Rebobina —pidió a Jerry, que hizo lo que le pedía—. ¡Esa es Amanda otra vez! —exclamó.

Reconoció el vestido sin mangas. Amanda estaba en el patio donde se encontraban la mayoría de las tiendas del hotel. Se detuvo frente a un escaparate durante unos segundos, al parecer admirando un traje, y luego continuó andando.

—Sin duda es ella —dijo Grace.

—Esto es horas antes de que la vieran por última vez saliendo del ascensor —apuntó Jerry.

—Lo sé; pásalo de nuevo.

Jerry rebobinó unos minutos y luego hizo clic en el botón de reproducción.

Esa vez Laurie le arrebató el ratón, esperó y luego hizo clic en el botón de pausa.

—Mirad, justo ahí. —Señaló una silueta granulada que parecía ser un hombre y luego reprodujo de nuevo los últimos segundos.

El hombre se aproximaba por la derecha de la imagen hacia la izquierda. Pasaba de largo por delante de Amanda, que se había parado a mirar un escaparate y estaba de espaldas a la cámara. Justo cuando ella desaparecía por el ángulo derecho de la imagen, el hombre daba un giro de noventa grados y se alejaba de los escaparates. Un momento antes de que desapareciera del encuadre de la cámara, de forma apenas perceptible, se volvía de nuevo. Pasó de largo el escaparate y continuó andando.

—¿Lo habéis visto? —preguntó Laurie—. Iba en la misma dirección que Amanda.

—La estaba siguiendo —repuso Grace.

Reprodujeron una vez más los últimos segundos.

—O tal vez regresaba hacia su habitación por algún motivo —sugirió Jerry.

—Lleva algo. —Laurie pasó del nuevo el vídeo y luego lo paró en la imagen granulada—. ¿Puedes aumentar eso?

Jerry lo intentó, pero la resolución se fue al traste.

—Es un bolso o algo parecido —apuntó Grace.

El hombre tenía un tirante que le cruzaba el pecho, sujeto a un pequeño estuche que se apoyaba en su cadera.

—Parece una cámara —repuso Jerry.

Laurie bizqueó, como si eso sirviera de algo. Era posible que Jerry tuviera razón: parecía la funda de una cámara.

—Parece una cámara profesional —dijo—. La mayoría de la gente ya usaba el móvil para sacar fotos hace cinco años. ¿Sabemos ya quién era el fotógrafo de la boda?

Pensó en su boda con Greg. El fotógrafo estuvo presente en la cena de ensayo. Podía imaginar a la familia de Amanda pidiendo algunas fotografías informales del cortejo nupcial durante los festejos previos a la boda.

Jerry cogió sin esfuerzo alguno una carpeta de la mesa y luego la abrió por una sección llena de pestañas. Sus dotes organizativas estaban entre las muchas razones por las que era un colaborador clave para el éxito del programa.

—El fotógrafo se llamaba Ray Walker. Fue interrogado por la policía; hablaron con todo el que tenía algo que ver con la boda. —Jerry recorrió el informe con la mirada, pero Laurie era consciente de que ya sabía el contenido—. Estaba en el resort el jueves por la tarde para tomar fotografías informales de los invitados mientras se divertían, pero dijo que se marchó a las cinco en punto porque esa noche tenía otro encargo para una boda. —Su mirada retornó a la imagen del hombre que parecía estar siguiendo a Amanda en la pantalla del ordenador—. Este vídeo se grabó a las 17.32, por lo que, de acuerdo con lo que declaró Walker, él ya se habría marchado.

Laurie contempló la imagen congelada en la pantalla. No resultaba fácil calcular su estatura, pero no parecía ni muy alto ni muy bajo. Era un poco regordete, no tanto como para tener sobrepeso, pero sí para considerarlo rechoncho.

—¿Tenemos alguna foto de Walker?

—No, pero, según este informe, hace cinco años tenía cincuenta.

El hombre de la pantalla daba la impresión de ser más joven, pero la imagen estaba demasiado borrosa como para estar seguros de ello. Laurie echó un vistazo al reloj y se dio cuenta de que tenía que marcharse a su cita con Charlotte, la hermana de Amanda.

—Tengo que irme. Por si acaso, vamos a seguirle la pista a Walker —le dijo a Jerry—. Es muy probable que no sea más que un turista que se ha colado en la imagen.

»Por otro lado —hizo una pausa—, Amanda era una mujer de arrebatadora belleza. Es muy posible que atrajera la atención de alguien y que empezara a seguirla.

—¿Te refieres a un acosador? —inquirió Grace.

—A eso me refiero exactamente.

## 25

La sala de espera de Ladyform era perfecta para una empresa dedicada a la moda, rematada con muebles tapizados en terciopelo de color rojo vino y llamativas fotos en blanco y negro adornando las paredes. Sandra no exageraba al decir que la empresa familiar había cambiado su «estilo» en los últimos años. Cuando Laurie era pequeña, su abuela compraba fajas de Ladyform. Ella era demasiado joven para entender todos los automáticos y hebillas o por qué su abuela pasaba tanto tiempo embutida en esos reforzados artilugios, pero recordaba que todo aquel proceso la asustaba. En la actualidad, Ladyform era sinónimo de la mujer que se sentía feliz y cómoda en un cuerpo sano y natural.

Una mujer de su misma edad abrió una de las puertas dobles que llevaban al vestíbulo y la saludó con una sonrisa. Era alta, probablemente medía cerca de un metro ochenta, y un poco corpulenta. El cabello castaño claro le llegaba a los hombros y no parecía ir maquillada. Gracias a su investigación la reconoció como Charlotte Pierce, la actual vicepresidenta ejecutiva de diseño de Ladyform y, cosa más relevante para los propósitos de Laurie, la hermana mayor de Amanda Pierce.

—¿En qué puedo ayudarla, señora Moran? —preguntó Charlotte en cuanto se acomodaron en su despacho—. ¿Ha decidido aceptar el caso de mi hermana?

Laurie había fijado una cita a través de la asistente de Charlotte, pero aún no había hablado con ella de forma directa.

—Debería dejar claro que nosotros no aceptamos un caso, como haría un abogado o un detective privado, ya que en realidad su familia no sería nuestro cliente. Pero estamos considerando con mucho detenimiento abordar la desaparición de su hermana en nuestro próximo especial.

—Eso es genial. Como le dije a mi madre, estoy dispuesta a participar si me necesitan.

—Estupendo. Ya me lo explicó, pero siempre lo verifico. Tengo el papeleo para que lo revise. —Sacó de su maletín el contrato del programa y se lo pasó por encima de la mesa. Podría habérselo mandado por e-mail, pero tenía otra razón para estar ahí. Mientras Charlotte revisaba el acuerdo, Laurie fingió entablar una charla informal—. Bueno, me han informado de que era usted dama de honor.

—¿Mmm? —dijo, concentrada por completo en leer—. Oh, claro, así es. Supongo que la novia tiene que pedírselo a la hermana mayor.

—Pero Amanda y usted estaban muy unidas, ¿no es así? No eran solo hermanas, sino también compañeras de trabajo.

—Con toda probabilidad ella habría dicho que a veces demasiado. No siempre es fácil relacionarse profesionalmente con los miembros de la familia.

Laurie asintió. Austin Pratt y Nick Young mencionaron la sensación de rivalidad entre las hermanas Pierce, más por parte de Charlotte que de Amanda. Según ellos, Charlotte no mostraba un verdadero interés por la boda de su hermana. Se suponía que tenía que hacer el brindis durante el almuerzo del viernes, pero pidió a Nick que lo hiciera él. Amanda no se presentó a ese almuerzo, de modo que el momento del brindis jamás llegó. Al pensar en eso, Laurie se preguntó si Charlotte sabía ya que Amanda no estaría allí.

—Su madre me ha dicho que fue Amanda quien sugirió

abrir esta oficina en Nueva York. Parece que a la empresa le van muy bien las cosas.

La mueca de Charlotte fue inconfundible.

—Sí, fue idea de Amanda. Yo he conseguido dirigirla en la dirección correcta en su ausencia, pero quién sabe adónde habríamos llegado si ella estuviera aún aquí. —Casi ni trató de disimular el sarcasmo.

—Lo siento, no pretendía insinuar que usted no tuviera ningún mérito —adujo Laurie, aunque eso no era del todo cierto.

—No pasa nada. —Le entregó el documento firmado—. Así que, ¿eso es todo?

—¿Qué cree que le pasó a su hermana? —preguntó sin rodeos.

Charlotte miró a Laurie a los ojos.

—No tengo ni idea. Mi madre está convencida de que la secuestraron y probablemente la mataron. Mi padre parece pensar que huyó para empezar una nueva vida. Yo tengo sueños, pesadillas, relacionadas con ambas situaciones y cualquier otra cosa a caballo entre lo uno y lo otro. —Hablaba con un tono que era casi formal.

—¿Por qué podría querer una vida diferente? A juzgar por lo que he oído, lo tenía todo: un gran trabajo, un prometido que la amaba y una familia muy unida.

Charlotte tragó saliva y, por un solo instante, pareció sinceramente triste.

—Amanda lo tenía todo, todo lo que la mayoría esperamos y rogamos conseguir. Pero ya sabe que algunas personas que lo tienen todo siguen anhelando algo diferente. Algo similar a esas personas que se sienten que están viviendo en el cuerpo de otras.

Laurie conocía la situación que estaba describiendo Charlotte, pero no comprendía la comparación con Amanda.

—¿Qué vida quería vivir Amanda en vez de la suya?

Charlotte se encogió de hombros.

—Su cáncer... ¿Sabía eso? —preguntó y Laurie asintió—. Algunos supervivientes se vuelven más agradecidos. Amanda no. Creo que empezó a dudar de cada decisión que había tomado en la vida, como si quizá hubiera tomado el camino fácil. Un empleo en la empresa de papá. Un prometido amable y devoto. Contaba solo veintisiete años y ya tenía su futuro entero planeado.

—¿Le comentó que quisiera cancelar la boda?

—No, pero tengo la sensación de que estaba buscando razones.

—¿Como por ejemplo...? —preguntó Laurie.

—Dijo que le preocupaba que Jeff solo se le hubiera declarado porque estaba enferma. Y luego dijo que a Jeff le hacía más ilusión tener hijos enseguida que a ella. Tengo la impresión de que no quería ser quien se echara atrás, pero que esperaba que Jeff lo hiciera.

—¿De verdad consentiría que todos vivieran preocupados por ella durante tantos años? —No era capaz de imaginar nada más egoísta.

—No la vieja Amanda. Pero el tratamiento contra el cáncer la cambió. Era más fría. Menos paciente y más exigente.

—¿Más fuerte? —inquirió. Eso era lo que Jeff había dicho.

—Exactamente. Pero aun así, por mucho que quiera pensar que está en alguna parte, haciendo su vida, no me la imagino causando tanto sufrimiento a nuestros padres. Nuestra madre aún lleva esas chapas con el lazo amarillo a todas partes.

—He pasado mucho tiempo hablando con su madre. Parece pensar que Jeff mató a su hermana para poder heredar su fondo fiduciario.

—Entonces ¿por qué no ha intentado cobrarlo?

—Quizá pretendía que se hallara el cuerpo.

—No lo sé. Jeff es un tipo amable. De hecho, me siento fatal por él.

—Así que, si alguien hizo daño a su hermana, ¿quién más podría ser?

Charlotte ni siquiera se lo pensó dos veces.

—Meghan White.

—¿Porque quería a Jeff para ella? —preguntó Laurie.

Charlotte negó con la cabeza.

—Creo que eso ocurrió después de la desaparición o quizá fuera un beneficio añadido. Si Meghan lo hizo fue por Ladyform.

Laurie estaba desconcertada.

—Creía que Meghan ya era abogada por entonces. ¿Estaba trabajando para la empresa de su familia?

—No, pero las dos tuvieron una pelea de campeonato antes de que todos cogiéramos un vuelo para asistir a la boda. Aún estábamos en plena transición, tratando de convencer a papá de que podríamos ser más que la conocida empresa de fajas de las abuelas. Amanda lanzó una innovadora línea deportiva llamada X-Dream; ropa deportiva de calidad, con espacio para llevar teléfonos móviles, iPods, todos los dispositivos que deseamos tener con nosotros pero sin tener que sujetarlos en la mano mientras hacemos ejercicio. Hasta entonces, lo máximo que podías conseguir era un bolsillo holgado en el que tu móvil daba botes mientras corrías.

—¡Lo recuerdo! —exclamó Laurie. Greg le regaló un top deportivo justo antes de morir. Era su camiseta de correr favorita porque no notaba el iPod dentro de la tela—. ¿Qué tiene eso que ver con Meghan?

—Cuando vio la ropa en las tiendas, se presentó aquí y se puso a gritar a Amanda por robarle la idea. Las voces fueron tales que la gente pudo oírlo incluso desde el vestíbulo.

—Parece rocambolesco —dijo Laurie—. Meghan es abogada de inmigración. ¿Qué tenía ella que ver con una idea sobre ropa deportiva?

—Nada, claro, pero eso no impidió que quisiera un trozo del pastel. La línea X-Dream fue un gran éxito para nosotros. Podría enseñarle el pico en las ventas y así lo vería; ganamos millones, literalmente. Amanda estaba tan nerviosa que le pidió a nuestro equipo de abogados que se preparara para una posible demanda.

—Así que ¿en realidad fue idea de Meghan?

—Solo si usted llama «idea» a lo que dos universitarias dicen de que ojalá el móvil no les botara en el bolsillo mientras corren en la cinta del gimnasio. El verdadero trabajo radica en la ejecución. De hecho contratamos a un ingeniero con experiencia en la NASA para que descubriera la forma correcta de que todo estuviera bien guardado pero fuera fácilmente accesible. Si Meghan desempeñó algún papel, solo fue el de identificar la necesidad del producto; algo que miles de personas sin duda habían hecho ya.

—Entonces ¿seguía Meghan aún furiosa con Amanda cuando estaban en Florida?

—Desde luego no actuó como si lo estuviera, pero cualquiera puede fingir durante unos días. Solo sé que Amanda acalló a Meghan diciéndole que nadie la creería jamás. Incluso llegó al extremo de advertirle que, como abogada joven que era, podría arruinar su carrera presentando frívolas demandas.

—¡Caramba! —dijo Laurie—. No conocí a su hermana, pero eso parece bastante despiadado, sobre todo dirigido a su mejor amiga. Y justo antes de la boda.

—Como he dicho, cuando desapareció, Amanda no era precisamente pusilánime. A veces me pregunto si de verdad la conocía bien.

## 26

Laurie se sorprendió hablando en susurros como si estuviera en una biblioteca.

—Tu oficina nunca está tan silenciosa —le dijo a Alex, que estaba sentado a su lado.

Alex compartía espacio de oficinas con otros cinco abogados, cada uno de los cuales tenía su propio auxiliar administrativo, y también compartía con ellos un equipo de ocho asistentes legales y seis investigadores.

—Y jamás tendría a nadie esperando tanto tiempo.

Laurie desvió la mirada hacia la recepcionista, que no dejaba de mascar chicle, para asegurarse de que no había oído el comentario.

—No te olvides de que estamos aquí, sombrero en mano, suplicando una ayuda que no está obligado a prestar. No queremos ofenderle.

El hombre en cuestión era Mitchell Lands, abogado. Laurie estaba disfrutando del absoluto silencio del bufete individual y saboreando la excusa para leer la revista del corazón que había encontrado sobre la mesita.

Alex no tenía tanta paciencia.

—Si fuera un cliente de pago me habría largado hace diez minutos.

—Ten cuidado, Alex. El estrés no es bueno para ti. Puede que le diga a Ramón que necesitas más yoga en tu vida.

Ramón era el mayordomo de Alex. Había hecho numerosos intentos de encontrar un título alternativo: asistente, gerente de la casa, planificador. Pero al final Ramón había ganado la batalla: era un mayordomo. Además de hacer recados y preparar las comidas, el ayudante de Alex también había acabado apreciándole como si fuera un hijo. Cuando hacía no mucho se enteró de que la presión sanguínea de Alex estaba un poco alta, redujo la sal y la carne roja de su dieta. Pero cuando Ramón intentó apuntar a Alex a clases semanales de yoga para «reducir el estrés», este se puso firme.

—Justo a tiempo —farfulló Alex en cuanto vieron que se abría la puerta.


—Mi chica me ha dicho que están aquí por el testamento de Amanda Pierce. —Mitchell Land era un hombre bajo con rebelde cabello gris y unas gafas demasiado grandes para su rostro. Laurie parpadeó por la sorpresa de oír que alguien se refería a su asistente con el apodo de «mi chica».

Alex intervino antes de que ella pudiera decir nada para iniciar una discusión. A fin de cuentas había sido ella quien le había advertido que estaba allí para pedir un favor.

—Ya contamos con considerable información por parte de la familia de Amanda, pero nos vendría bien su ayuda —dijo Alex.

Tenían una copia del testamento y del acuerdo prematrimonial entre Amanda y Jeff. Según Alex, dicho acuerdo era uno de los menos generosos que había dentro de las condiciones generales para tales documentos. Según Sandra, Walter Pierce insistió en ello para asegurarse de que Jeff no pudiera reclamar parte de la empresa familiar.

Pero el testamento era otra cuestión. Amanda había dejado sus modestas pertenencias personales, sus cuentas corrientes y sus ahorros a su única sobrina por entonces —Sandra, la hija de Henry—, pero legaba todo su fondo fiduciario a Jeff.

—¿Le pareció inusual que le hubiera dejado tanto dinero a su prometido antes de que estuvieran casados? —preguntó Laurie.

Lands esbozó una sonrisa.

—Quiero ayudarlos. Amanda era una mujer encantadora. Pero he de preocuparme por la confidencialidad entre abogado y cliente.

—Por supuesto —repuso Laurie, percatándose de que lo más probable fuera que debiera haberle dejado a Alex el interrogatorio de otro abogado—. No específicamente referido a Amanda, pero ¿es inusual que alguien que no está casado nombre al prometido o prometida en su testamento?

—Buena forma de reformular la pregunta —adujo Lands—. No, al menos no cuando los miembros de la familia del otro individuo cuentan con considerables recursos y cuando la pareja está a punto de casarse y no tienen hijos todavía. Creo que puedo añadir sin temor alguno que es muy común que los prometidos cambien sus testamentos como forma de compensar un acuerdo prematrimonial impuesto por sus familias. A los padres suelen preocuparles los acuerdos prematrimoniales, pero jamás se les pasa por la cabeza que sus hijos vayan a fallecer antes que ellos. Si conocen todas las condiciones del testamento y el acuerdo prematrimonial de Amanda, no sé muy bien cuánto más puedo añadir.

—Lo que de verdad queremos saber es si Jeff conocía los términos del testamento de Amanda antes de su desaparición.

Era evidente que Jeff estaba al corriente del acuerdo prematrimonial, ya que era una de las partes y lo había firmado, pensó Laurie. Pero era posible que hasta después de que volviera del Grand Victoria no tuviera conocimiento de que Amanda había redactado también un testamento en el que le nombraba a él beneficiario principal. La herencia no era un móvil para el asesinato si Jeff no sabía nada al respecto.

Alex había sido el único en percatarse de que el testamento de Amanda se había firmado en la misma fecha en que la pareja firmó el acuerdo prematrimonial. Alex señaló ese hecho a Lands.

—Mi teoría es que vinieron juntos aquí para firmar —dijo Alex—. Si revisó los términos del testamento de Amanda en presencia del señor Hunter, la confidencialidad entre abogado y cliente no tiene vigencia. La clienta era Amanda, no Jeff.

—Muy listo —declaró Lands—. Y sí, eso fue justo lo que pasó. Amanda se sentía muy cómoda hablando de estas cuestiones delante de Jeff. No es que yo sea un experto en esos asuntos, pero parecían muy enamorados. En realidad no creen que él la matara, ¿verdad?

—No nos hemos decantado por ninguna teoría —dijo Laurie—. Pero al trabajar con las familias en sus asuntos legales debe comprender por qué queremos al menos considerar a Jeff como un posible sospechoso y por qué son relevantes los términos del testamento de Amanda.

Lands esbozó una sonrisa cómplice.

—Oh, desde luego que lo entiendo, pero también conozco a mi cliente. Creo que están pasando por alto otra posibilidad. —Continuó mirándolos, esperando a que siguieran el hilo de sus pensamientos. Pareció divertirle el desconcierto de ambos—. Cuando Amanda desapareció, en muchos de los canales de noticias la llamaban la Novia Fugitiva. Dijeron que se echó atrás, etcétera. Me imagino que su programa dará por hecho que cinco años sin tener noticias hacen que una desaparición voluntaria sea menos probable.

Laurie asintió.

—Es una buena suposición.

La sonrisa cómplice apareció de nuevo.

—A menos que no lo sea. —Añadió otra insinuación—. Puede que el testamento sea relevante de un modo que ustedes no han considerado.

Como a menudo hacía cuando se trataba de temas legales, Laurie miró a Alex en busca de orientación. Pero en ese asunto conocía más que él a las personas implicadas. No era un rompecabezas legal. Era un rompecabezas sobre motivaciones humanas.

—Tanto Jeff como Sandra dicen que Amanda jamás se habría marchado sin dejar rastro. Pero si quería empezar de cero y sentía que le debía algo a Jeff...

Alex concluyó el pensamiento de Laurie.

—Nombrar a Jeff en su testamento y desaparecer después era un modo de entregarle al final parte de la riqueza de su familia, a pesar de la insistencia de su padre en que firmara un acuerdo prematrimonial.

Lands asintió con la cabeza, satisfecho de que le estuvieran dando la oportunidad de compartir sus pensamientos.

—Seguramente he dicho todo lo que podía sobre mis asuntos con Amanda, pero he de añadir que muchas veces la gente se vuelve muy consciente de su propia mortalidad cuando ha superado una grave enfermedad que podría haberle ocasionado la muerte. Quiere aprovechar al máximo cada día. Tal vez valga la pena romperle el corazón a la familia si con eso puedes pasar el resto de tus días viviendo en el otro extremo del mundo y haciendo lo que te viene en gana.

## 27

Esa tarde, a las siete y media, Alex se animó al oír el sonido de llaves en la puerta principal. Su hermano Andrew había conseguido llegar a Nueva York con tiempo de sobra antes de la cena.

Estaba a punto de abrir la puerta, cuando sintió que la empujaban.

—Me alegra tener aquí al más guapo de los Buckley —dijo Alex con una carcajada.

—¡El más joven y el más guapo! —replicó Andrew mientras abrazaba a su hermano.

Ramón se llevó su maleta.

Por mucho que Alex disfrutara de su vida, tan copada por el trabajo, se sentía muy a gusto cuando Andrew estaba allí. Una de las razones de que hubiera comprado ese amplio apartamento de seis habitaciones, además de la de servicio, en Beekman Place era que su hermano menor siempre podría disponer de su propio dormitorio y que habría espacio de sobra cuando acudiera su familia a pasar el fin de semana. Andrew era abogado mercantilista en Washington y viajaba con frecuencia a Nueva York por negocios.

Había un motivo por el que a Alex le parecía natural tener a su hermano bajo el mismo techo. Durante mucho tiempo habían estado los dos solos. Sus padres fallecieron con una diferencia de dos años el uno del otro. Alex pasó a ser tutor legal de Andrew con solo veintiún años. Vendió la casa de sus padres en Oyster Bay y se mudaron a un apartamento en el Upper East Side, donde vivieron juntos hasta que Andrew se licenció en la facultad de Derecho de Columbia. En la ceremonia de licenciatura, Alex pensó que sin duda era el que con más entusiasmo animaba de todos los familiares de los licenciados.

Alex se acercó al bar para preparar unos cócteles mientras Ramón continuaba preparando la cena en la cocina. Cuando ponía las medidas de ginebra en la coctelera, preguntó a Andrew por Marcy y por los niños. Marcy y él tenían un hijo de seis años y unas gemelas de tres.

—Colega, me encanta volver a la ciudad, pero cada vez se me hace más difícil dejarlos, aunque solo sean unos días. Marcy me dice que tengo suerte de disfrutar de un respiro, pero yo los echo muchísimo de menos cuando estoy aquí.

Alex sonrió, preguntándose cómo sería eso. Le pasó a Andrew un martini y ambos chocaron sus copas.

—Bueno, ¿cuál es tu historia, Alex? Creía que por fin esta noche conocería a Laurie. ¿No podía unirse a nosotros?

Alex lamentó haber mencionado la posibilidad cuando Andrew le telefoneó el día anterior.

—La he invitado, pero está organizando un nuevo caso. Siempre que se mete en uno, lo hace de lleno. Hasta el fondo. No quería estropear la cena estando distraída.

Andrew asintió.

—Claro, lo entiendo.

Para Alex resultaba evidente que su hermano no lo entendía en realidad. Cuando Laurie le dijo que no quería conocer a Andrew hasta que pudiera dedicarle toda la atención que se merecía, Alex aceptó la explicación a pies juntillas. Ahora lo veía como otro muro más que se interponía entre ellos.

—Espero que sea la próxima vez.

Alex se sintió aliviado cuando Ramón apareció con un

plato de aperitivos. No se había dado cuenta hasta entonces de lo mucho que quería que Andrew conociese a Laurie. Andrew era el único familiar de verdad que tenía. ¿Llegaría el día en que Laurie se convirtiera también en parte de esa familia?

## 28

—¿Estás seguro de que no quieres mi ayuda, papá? —dijo Laurie desde la cocina.

—Esta es mi noche con mi ayudante de cocina —dijo Leo, asomando la cabeza por la esquina. Laurie sonrió al ver a su padre con el gorro de chef que Timmy le había regalado el año anterior para el día del Padre.

El rostro sonriente de Timmy, manchado de salsa de tomate, asomó un instante y a continuación desapareció de nuevo dentro de la cocina.

Su padre estaba preparando lo que él llamaba «lasaña de Leo» para cenar. Al haberla degustado, sabía que llevaba salsa italiana, mozzarella y ricotta fresco, pero eso no explicaba por qué sabía mejor que cualquier otra lasaña de salchichas que hubiera probado en su vida. Su padre protegía la receta con tanto celo que bromeaba con incluirla en su testamento.

—Se la sonsacaré a Timmy —dijo—. ¿Cuál es ese nuevo videojuego que quieres?

—Buen intento, mamá —repuso Timmy—. Abuelo, tu secreto está a salvo conmigo.

—Laurie, me sorprende que estés en casa. Alex me dijo que Andrew venía a la ciudad. Imaginaba que querrías cenar con ellos esta noche.

Después de que Alex aceptara su invitación para presentar *Bajo sospecha*, Leo había entablado amistad con él fuera del programa. Se habían hecho más íntimos desde que Laurie y Alex habían empezado a verse. Estaba encantada de que su padre lo aprobara y que contara con alguien con quien hablar de deportes, pero a veces tenía sus inconvenientes en cuanto a mantener sus comunicaciones independientes.

—Estaba demasiado nerviosa —dijo—. Tengo que adelantar más trabajo antes de que pueda relajarme.

—Bueno, pues ponte con ello —repuso su padre—. ¿Chardonnay o pinot noir?

Con su padre y su hijo inmersos en preparar la cena y una copa de vino en la mano, era un buen momento para supervisar algunos de los problemas que se habían presentado ese día en el caso de Amanda. Lo primero que ocupaba su mente era la afirmación hecha por Charlotte de que Meghan acusó a Amanda de robarle una idea multimillonaria. Charlotte no tenía motivos para inventarse eso, pero parecía disparatado creer que Meghan mataría a su mejor amiga por una disputa comercial. Además, Ladyform continuaba siendo propietaria de la idea, estuviera o no Amanda allí para controlarla.

Pero la conversación de Laurie con Charlotte le había llamado la atención por otra razón: la descripción que había hecho de la personalidad de su hermana. Sandra hacía que Amanda pareciese feliz, hasta casi rayar lo imposible, en cada aspecto de su vida. Ni siquiera había mencionado el cáncer de Amanda. Pero Charlotte hablaba de su hermana de un modo más oscuro, como si ambas mujeres estuvieran atrapadas bajo las expectativas de sus padres. Laurie había tenido la misma impresión que Mitchell Lands. Si el abogado estaba en lo cierto, quizá Amanda había cambiado su testamento para dejarle algo de dinero a Jeff una vez que ella desapareciera para siempre.

Ojeó sus e-mails hasta que encontró uno de Jerry con toda la información de contacto de los participantes del programa. Marcó un número en su teléfono móvil. Henry, el hermano de Amanda, respondió tras dos tonos.

Al cabo de un momento estaba escuchando a Henry con dificultad por culpa del llanto de un niño que se oía de fondo.

—Odio decir esto, pero es posible que sepa menos que usted sobre Ladyform. Puede que nadie se lo haya dicho, pero soy algo así como la oveja negra de la familia. Quiero a mi padre, pero no tenía ningún interés en pasar el resto de mi vida fabricando ropa interior, menos aún peleándome con mis hermanas por el derecho a hacerlo. Me mudé al oeste con un compañero de la universidad y montamos una empresa de vino ecológico en Washington. Aparte de que ambos preferimos dirigir nuestros propios negocios, soy tan distinto de Walter Pierce como puede serlo un hijo. Si Meghan acusó a Amanda de robarle alguna idea, yo no sé nada de eso. Y no puedo decir nada sobre el paradero de Jeff aquella noche, porque me retiré pronto. Era un fin de semana de fiesta para el resto, pero Holly yo acabábamos de tener a nuestra primera hija, Sandy. Lo único que me apetecía hacer esa semana era dormir.

—Pero estuvo en el Grand Victoria con el resto de los invitados a la boda. Debió de pasar tiempo con Meghan y con su hermana.

—Oh, pues claro. No oí que intercambiaran una mala palabra. Y creo que si hubieran estado hablando de la empresa, las habría cortado porque, con toda franqueza, es aburrido. Entiendo que Charlotte exagerase una pelea por una idea de Ladyform, pero si tuviera que aventurar algo, diría que no había rencor entre Meghan y Amanda. Si Meghan daba la impresión de no estar preocupada, se debía solo a que ella es así. Puede que sea porque es abogada o algo por el estilo.

—¿Qué quiere decir con que no estaba preocupada? —preguntó Laurie. Había recibido su contrato firmado para participar, pero a pesar de que habían intercambiado mensajes, aún no había hablado con ella directamente.

—Ya sabe, es fría como el hielo. Nunca se altera. Yo puedo ser igual. Como al principio, cuando Jeff estaba dando vueltas por el resort en busca de Amanda, yo di por hecho que ella había ido a nadar o algo así. Pero en cuanto nos dimos cuenta de que no había dormido en su habitación, hasta a mí me entró el pánico. Pero a Meghan no. Ella se comportaba como si todo fuera bien.

—¿Cree que sabía más de lo que dejaba entrever?

—Vaya, sí que es usted desconfiada, ¿no? No, como he dicho, es solo su forma de ser. Para gustos los colores. Entonces ¿todos han accedido a participar en el programa?

—Sí, todos a los que se lo hemos pedido.

—¿Y Kate Fulton?

—Ella también. ¿Hay alguna cosa que debería preguntarle? Como bien ha dicho, sospecho de todo el mundo.

—*Touché*. No, solo me lo preguntaba. Ya no mantengo el contacto con ninguno de los amigos de Amanda. Mire, no tengo ni idea de qué le pasó a mi hermana y sigo echándola muchísimo de menos, pero he de ser sincero: no creo que vaya a averiguar nada nuevo con este programa.

—¿Y eso por qué?

—Porque por doloroso que me resulte decirlo, solo se me ocurre que saliera tarde a darse un baño o un paseo y se topara con la persona equivocada; la clase de persona que no se deja atrapar. Al menos yo no estoy deseando volver allí.

## 29

Laurie estaba tratando de imaginar a la mejor amiga de Amanda manteniendo la calma mientras todos los demás se dejaban llevar por el pánico. Quizá Henry tuviera razón. No todo el mundo reaccionaba a las preocupaciones del mismo modo. O tal vez, como mejor amiga de Amanda, Meghan se hubiera negado a aceptarlo, se hubiera negado a creer que podía haber pasado algo malo.

Echó un vistazo a su reloj. Eran las siete y media pasadas, no demasiado tarde para llamar a Atlanta. Cogió el móvil otra vez y llamó a Kate Fulton.

Laurie se presentó y le preguntó a Kate si tenía tiempo para revisar parte de la información básica. Esta confirmó que era ama de casa en Atlanta, madre de cuatro hijos y esposa de su novio del instituto, Bill. Le reconfortó que la biografía de Kate concordara con la información que habían recabado hasta la fecha en su investigación. Los preparativos habían ido avanzando tan rápido que le preocupaba pasar por alto algo importante. Por no hablar de que varios de los participantes estaban desperdigados por el país, con lo que se veía obligada a entrevistar a algunas personas por teléfono.

—¿Cómo se sintió cuando se dio cuenta de que Amanda había desaparecido? —preguntó Laurie.

—Aterrada. Ni siquiera sé cómo describirlo. Fue como si el tiempo se detuviera y todo se quedara en blanco. En el fondo de mi alma sabía que había pasado algo espantoso. No podía dejar de llorar. Al volver la vista atrás, estoy segura de que solo empeoré las cosas para la pobre familia de Amanda.

—¿Qué hay de Meghan? ¿Reaccionó ella del mismo modo?

—Oh, Dios mío, no. ¿Meghan? Es todo lo contrario. Su forma de enfrentarse a las malas noticias es intentando arreglar las cosas. En la universidad le pusimos el mote de «Manitas», la que se ocupa de todo. Es una organizadora y pensadora nata, pero la desaparición de Amanda fue algo que ni siquiera Meghan pudo arreglar. No sabía qué hacer, pero no, no es de las que lloran.

—¿Le pareció extraño que empezara una relación con Jeff?

Kate guardó silencio durante un instante.

—Nos sorprendió a todos, claro. Ni siquiera sabía que estaban saliendo. Meghan me llamó después de la boda... o, como lo llamaba ella, la no boda. Solo hicieron un intercambio de votos en el juzgado.

—¿Es posible que estuvieran viéndose antes de que Amanda desapareciera?

Esa vez no necesitó reflexionar antes de responder.

—De ningún modo. Jeff estaba coladísimo por Amanda. Meghan había intentado llamar su atención antes y simplemente no surgió la chispa. Creo que en realidad fue su amor mutuo por Amanda lo que después ayudó a unirlos.

Laurie oyó que su padre le decía a Timmy que tuviera cuidado con el calor del horno y resistió la tentación de ir a la cocina para supervisarlos.

—¿Qué quiere decir con que intentó atraer su atención?

—Habían salido un par de veces. Meghan siempre estuvo interesada en Jeff, incluso en la universidad. Si lo ha visto, sabrá que es muy atractivo, y a ambos les interesaba el trabajo público. Forman una buena pareja, pero, por la razón que sea, al principio no hubo chispa. Creo que Meghan se sintió bastante decepcionada.

—Así que ¿Meghan hizo de celestina con Amanda? Qué amable.

—En realidad no. Jeff se encontró con Meghan en el vecindario y dio la casualidad de que Amanda también estaba allí.

Qué interesante. Laurie se había formado la idea de que Meghan había emparejado a Amanda con Jeff a propósito. Estaba a punto de pedir más detalles cuando Kate desvió de nuevo la conversación hacia la desaparición de Amanda.

—Meghan quería creer de verdad que Amanda se había marchado por su cuenta más que nadie, salvo tal vez el señor Pierce. Siempre pensé que era su forma de sobrellevarlo.

Laurie meneó la cabeza con frustración. Seguía sin formarse una idea de Meghan como persona. Después de que Alex y ella conocieran a Jeff, había llamado a Meghan dos veces para intentar fijar una cita, pero en ambas ocasiones saltó el buzón de voz. Esta había respondido solo mediante e-mails, en los que decía que estaba «ocupada» con el trabajo, pero que estaba «deseando» que hablaran muy pronto.

—Por nuestra parte, seguimos debatiéndonos con eso —repuso Laurie—. A nosotros nos parece mucho más probable que algo le pasara a Amanda. ¿Por qué iba a querer nadie desaparecer tantos años?

—No lo querría, o por lo menos no Amanda. Pero en su momento no era una cuestión de años. Y todos intentábamos convencernos de que había alguna explicación. Era el día previo a la boda y Amanda estaba albergando dudas.

—¿De veras?

Charlotte dijo que tenía la sensación de que su hermana se estaba arrepintiendo, pero esa era la primera vez que alguien afirmaba haber oído a Amanda expresarlo en voz alta.

—Puede que «dudas» sea una palabra demasiado fuerte. Pero cuando estuvimos a solas me preguntó si yo era feliz. Si hubiera deseado conocer a Bill más tarde. Si había vivido suficientes aventuras antes de sentar cabeza. No obstante, si hubiera creído que de verdad iba a echarse atrás con la boda, no habría estado tan aterrada cuando desapareció. No he tenido valor para decirle esto a Sandra, pero estoy convencida de que mi amiga está muerta. Sé a ciencia cierta que no habría hecho que su familia pasara por todo esto.

—¿Cómo está tan segura?

—Cuando estábamos en Colby, desapareció una chica llamada Carly Romano. Transcurrieron casi dos semanas antes de que hallaran su cadáver en el lago Messlonskee. De hecho, con esto se hará una idea de lo distintas que eran Meghan y Amanda. No conocíamos a fondo a Carly, pero la universidad entera se quedó muy afectada. Amanda fue quien organizó las sesiones de oración y las vigilias; Meghan, quien ayudó a organizar los equipos de búsqueda en el campus y repartió linternas y silbatos. Amanda era una persona que cuidaba de otras; Meghan era pragmática. Sea como fuere, una noche, mientras todos aún seguían buscando, Amanda me dijo que había estado a punto de derrumbarse al conocer a los padres de Carly. Dijo que casi esperaba que hallaran un cuerpo porque no podía imaginar nada peor para un padre que no saber lo que le había ocurrido a un hijo.

Laurie creyó estar viviendo un infierno durante los cinco años en los que el asesinato de Greg estuvo sin resolverse. No alcanzaba a imaginar lo que habría sentido si simplemente una noche no hubiera regresado a casa. ¿Cómo sigue adelante la gente?

## 30

Leo no permitió que Laurie entrara en la cocina mientras estaba manos a la obra, pero estuvo más que dispuesto a dejar que le ayudara a limpiar. Timmy se había librado por su trabajo como pinche de cocina y porque estaba practicando en su habitación con la trompeta que Leo le había regalado el mes anterior. Era un alumno entusiasta, pero en lo tocante a Laurie, sus clases semanales no daban sus frutos con suficiente rapidez.

Mientras pasaba los restos de lasaña a un recipiente de plástico, se aseguró de utilizar la espátula para husmear entre las capas.

—¿Queso provolone? —preguntó.

—No.

—¿Gouda?

Su padre negó con la cabeza.

—No te lo voy a decir.

—¿Puedes al menos decirme si es un producto lácteo?

—No lo es. —Era la mayor pista que le había dado su padre.

—¿Espinacas?

—Laurie, sé que no eres la cocinera más experta del mundo, pero agradecería que me dijeras que hasta tú lo notarías si hubiera trozos de espinaca en tu plato. Y desde luego sabes que jamás podría colarle eso a mi nieto.

Por lo general, Timmy no era tiquismiquis con la comida, pero en el jardín de infancia había decidido que la «comida de Popeye» no era para él. Decía que hacía que sus dientes estuvieran asquerosos.

—Papá, he estado tan liada en el trabajo que no hemos tenido ocasión de hablar del caso de Amanda Pierce. No puedo dejar de pensar en ella.

—Cuando lo mencionaste por primera vez parecía el caso perfecto para tu programa —respondió Leo mientras ponía en marcha el lavavajillas.

—Al principio sentí interés porque sabía que captaría telespectadores. Pero cuanto más averiguo sobre Amanda, más apasionante se vuelve. No era tan solo otra cara bonita de una estupenda familia con una boda de cine. Era complicada... y todavía la estoy conociendo. Era muy joven, pero ya había superado una grave enfermedad. Algunas de las cosas que he oído sobre ella me recuerdan a mí y a lo que yo habría hecho, como organizar vigilias para rezar por una chica desaparecida en la universidad. Pero tampoco era perfecta, ni mucho menos. —Laurie continuó hablando del caso mientras pasaba la bayeta a las encimeras. Cuando acabó de poner al corriente a su padre, echó un vistazo a la cocina—. Me parece que ya hemos terminado aquí.

El móvil empezó a vibrar en la encimera antes de que Leo pudiera responder.

—Sin descanso en la fatiga —comentó él.

El número que aparecía en la pantalla no le era familiar, pero Laurie sí reconoció el prefijo 561 del área de Palm Beach.

Cuando respondió, la voz de un hombre dijo que esperaba que no fuera demasiado tarde para llamar.

—He hablado con su asistente, Jerry, esta tarde. Me ha dicho que debería llamarla si recordaba alguna otra cosa sobre Amanda.

—¿Y usted es...?

—Oh, lo siento. Soy Ray Walker. Tenía que hacer las fotos de la boda de Amanda Pierce y Jeff Hunter.

—Sí, por supuesto, señor Walker. Jerry me ha informado de su conversación con usted.

El fotógrafo había confirmado que no era el hombre del la grabación de vigilancia del hotel, que llevaba una cámara mientras parecía dar media vuelta para seguir a Amanda. Según Walker, ya se había marchado del resort a aquellas horas para trabajar con otro cliente. Más importante aún que eso, Jerry se había enterado de que Walker medía un metro noventa y cinco y era delgado, lo mismo que hacía cinco años. El hombre del vídeo tenía un ligero sobrepeso y era de estatura media.

—Después de colgar no he dejado de darle vueltas a aquel fin de semana. Cuesta recordar cuando han pasado tantos años, pero los hechos destacan debido a lo que ocurrió, desde luego. Me habían cancelado bodas en el último minuto con anterioridad, pero nunca porque la novia desapareciera. Fue muy triste.

—Le agradecemos muchísimo toda la ayuda que pueda prestarnos, señor Walker. Creo que Jerry explicó que estábamos intentando identificar a un hombre que aparece en las grabaciones de vigilancia del hotel.

—Así es, y eso ha sido lo que me ha hecho pensar. Estaba en otra boda la noche en que desapareció Amanda, así que imaginaba que no sabía nada que pudiera ayudar a la policía. Pero cuando ha llamado Jerry, ha dicho que el vídeo que les interesaba era anterior, el de las cinco y media.

—Es correcto.

—Bueno, me he acordado de que tenía un ayudante en prácticas por entonces. Se llamaba Jeremy Carroll. Había aprendido por su cuenta, pero era muy bueno. Tenía buen ojo para las fotos espontáneas, que fue la razón por la que lo acepté. En el mundo de la fotografía, los ayudantes a veces pueden ser más un problema que otra cosa. En fin, estuvo conmigo en el Grand Victoria ese día. Pasamos una o dos horas allí haciendo fotos informales a los invitados de la boda. Llevaba una cámara y su estatura y su peso se asemejaban al del hombre del vídeo que Jerry ha descrito.

El nombre del ayudante no le sonaba de los informes que había leído. Comenzó a secar el cuenco de ensalada que su padre acababa de enjuagar.

—¿Sabe si la policía habló en algún momento con Jeremy sobre esa noche?

—Lo dudo. Como he dicho, supuse que se había marchado al mismo tiempo que yo, a las cinco. Pero ahora me doy cuenta de que no puedo afirmarlo con seguridad. El caso es que un par de meses después de aquello, acabé echando a Jeremy. Incomodó a algunos de los clientes.

El radar de Laurie saltó.

—¿En qué sentido?

—En el trato. Me dijeron que no parecía respetar los límites de lo apropiado. Cuando fotografías acontecimientos de carácter íntimo, como las bodas, puede resultar tentador pensar que te conviertes en parte de ese círculo. No es así. Sea como fuere, nunca había pensado demasiado en él, hasta que me han llamado hoy de su programa. Ahora que lo pienso, puede que decidiera quedarse por allí. Es improbable, pero he creído que debía mencionarlo.

Laurie buscó una libreta y apuntó el nombre de Jeremy Carroll. Walker no tenía ningún teléfono de contacto, pero dijo que tenía unos veinticinco años cuando trabajó con él. Laurie le dio las gracias efusivamente antes de despedirse.

—Supongo que quien te ha llamado tenía algo interesante que decir —comentó Leo.

Laurie le resumió la conversación con Walker.

—Si Jeremy es el hombre del vídeo, tengo que hablar con él. Es verdad que parece que se dio la vuelta para seguir a Amanda. Pero solo tengo un nombre bastante común y una edad aproximada.

—No, tienes más que eso. Tienes un padre que todavía conoce un par de cosillas sobre el trabajo policial básico.

Leo enganchó el trozo de papel de la encimera y Laurie supo que el primer vicecomisario de policía Farley estaba en el caso.

## 31

A la mañana siguiente, Laurie acababa de llegar a su mesa cuando le sonó el teléfono. Sospechaba que sería Brett. «Juro que siempre que llama, hasta el timbre del teléfono parece furioso», pensó.

Mantuvo los dedos cruzados y descolgó. Era Brett. No hubo intercambio de saludos, cosa típica de él.

—¡Laurie, estoy muy molesto! —bramó. Evidentemente, era el comienzo de un gran día—. ¿Puedes decirme por favor por qué un periodista palurdo de Palm Beach, Florida, me está llamando para que haga alguna declaración sobre nuestro plan de rodar un especial sobre la Novia Fugitiva en el Grand Victoria? Se suponía que había que mantenerlo en secreto.

—Brett, hemos intentado mantenerlo en secreto. Teníamos que estar en contacto con el director del hotel, el de seguridad y otros miembros del personal. Es evidente que alguien ha hablado con el periodista.

—¿A quién le importa eso? La cuestión es que tu antiguo caso vuelve a estar de rabiosa actualidad. Laurie, no te preocupes por los gastos —declaró. Aquello era un comienzo, viniendo de él, pensó Laurie—. Lleva a tu equipo allí para ayer. No quiero que *60 Minutos* haga un programa sobre la Novia Fugitiva y se nos adelanten.

El clic del auricular al golpear la horquilla señaló que la conversación había terminado.

## 32

«Ayer» resultó ser seis días después.

Seis días. En el pasado, Laurie había dedicado semanas a investigar un caso entero, de principio a fin, antes de empezar a rodar. Pero ahora estaban en el Grand Victoria, a solo unas horas de encender las cámaras. Y lo que era peor: esos seis días los había pasado casi al completo coordinando la logística. Casi tenía la sensación de que necesitaba otro mes para ahondar en los hechos, pero el acelerado calendario no le dejó más alternativa que seguir adelante a pesar de las dificultades.

Sintió que el estrés de la situación se esfumaba cuando atravesó el pasillo techado de la entrada del hotel. Durante un breve instante pareció que había retrocedido en el tiempo. Recordó a Greg cogiéndola de la mano. «Feliz aniversario, Laurie.» En aquel momento imaginó que disfrutarían al menos de cincuenta aniversarios más.

—¡Mamá! —Timmy se dirigía ya a la piscina del hotel—. ¡Este sitio es alucinante!

El único aspecto positivo del plazo ridículamente apurado era que Timmy estaba aún de vacaciones de verano, por lo que Leo y él se tomaban el viaje como unas verdaderas vacaciones. La temperatura superaba un poco los treinta grados y había bastante humedad, pero si Timmy tenía palmeras y una piscina en la que chapotear con otros críos, se quedaría encantado todo el año.

El resort era todavía más bonito de lo que recordaba: moderno aunque inspirado en las villas clásicas del Renacimiento italiano. Un hombre de unos cincuenta años con traje de popelín de color canela se dirigió directamente hacia ella.

—Por casualidad, ¿no será usted la señora Laurie Moran? —preguntó Irwin Robbins, director general del hotel.

Ella le devolvió el amistoso apretón de manos y le dio las gracias por toda la ayuda que le había prestado hasta el momento. Robbins no bromeaba cuando le dijo que el resort quería ayudar en todo cuanto estuviera en su mano. Habían alojado gratis a los padres de Amanda y a todo el cortejo nupcial, y proporcionado generosos descuentos para el equipo de producción.

—¿Y quién es este hombrecito? —inquirió Irwin, señalando a Timmy—. ¿Su detective número uno?

—No se lo digas a nadie, pero estoy de incógnito —soltó Timmy de sopetón—. Voy a necesitar una piscina para mi trabajo.


Dos horas más tarde, Grace giró en redondo, contemplando boquiabierta la inmensa suite de Alex.

—Esta habitación tiene el tamaño de todas las nuestras juntas.

Por una vez, Grace no estaba exagerando. La suite de Alex parecía más un espacioso apartamento, con un enorme salón. Sugirió de forma generosa que aquella estancia hiciera las veces de sala de conferencias para el equipo.

Eran las cuatro en punto y se habían reunido para mantener una última charla de equipo antes de la primera sesión de rodaje de esa noche; un cóctel de reencuentro para el cortejo nupcial y los padres de Amanda en el salón de baile donde Amanda y Jeff tendrían que haber celebrado la recepción de su boda.

—Alex, es muy probable que el recepcionista te haya dado una habitación mejor al ver esos preciosos ojos —dijo Grace.

Alex se echó a reír. Estaba acostumbrado a que Grace flirteara con él y Laurie sabía que le divertía.

—¿Has conocido ya a los amigos de la universidad de Jeff, Laurie? —Quiso saber.

—En persona no, pero he hablado con ellos por teléfono. Según Sandra, ambos son ricos y solteros.

—El alto, Nick, está como un tren —intervino Grace—. Pero el otro... ¿Austin? Tiene suerte de ser rico. Y Jeff, por otro lado... —Fingió abanicarse—. Parece muy dulce e inocente y no tiene ni idea de lo guapísimo que es. De los tres, él es el partidazo.

—¿Tengo que recordarte que podría ser un asesino? —adujo Jerry.

Timmy entró en la habitación desde la terraza, donde había estado contemplando la vista del mar.

—Alex, ¿te has traído el bañador? ¡Hay un parque acuático con un tobogán de cuatro pisos de alto!

Laurie le dio un abrazo a su hijo.

—Alex y yo tenemos trabajo. Ya te lo he dicho: te llevará el abuelo. Y lo creas o no, a Jerry le hace muchísima ilusión poder unirse a ti. Si me es posible prescindir de él unas horas, puede que te eche una carrera por el tobogán.

—No se echan carreras en un súper tobogán, mamá —la corrigió Timmy, como si hubiera sugerido que los Yankees eran un equipo de fútbol—. Solo cabe una persona. Y no has dejado que Alex responda. Bueno, si Jerry puede perderse parte del día, ¿por qué Alex no puede?

—Porque está ocupado —dijo Leo, haciéndose cargo—. Venga, colega. Vámonos a la piscina. Tenemos tiempo para darnos un chapuzón corto antes de cenar.

Laurie se volcó en el trabajo en cuanto Leo y Timmy se marcharon. Seguía esperando que ocurriera algo espantoso, considerando cuánto se habían apresurado en rodar.

—Jerry, ¿has confirmado que todo el mundo está aquí?

—Hasta la última persona —informó con entusiasmo—. También me he dado una vuelta por el salón de baile con el equipo de rodaje. El hotel lo ha decorado para que se asemeje a una versión más pequeña de la recepción que Amanda y Jeff habían planeado. La estancia está deslumbrante. Flores blancas y velas por doquier. Imagino que al verlo..., y estando todos juntos otra vez..., causará un gran impacto.

Tras realizar un rápido repaso de los participantes y de los puntos que querían tratar en cada entrevista individual, Laurie se levantó y guardó su portátil en el bolso, señal de que la reunión había terminado.

—¿Y cuál es exactamente mi papel esta noche? —inquirió Alex, sonriendo.

La reunión de esa noche no era para entrevistas, el fuerte de Alex en el programa.

—El del hombre encantador que eres.

El programa siempre funcionaba mejor cuando los participantes se sentían lo bastante cómodos con Alex como para permitirse bajar la guardia ante las cámaras. Sin entrevistas preliminares en persona, tendría que dar con formas alternativas para forjar una buena relación.

—Y no te olvides del esmoquin —le recordó Grace con un guiño mientras salía de la habitación detrás de Jerry.

—Te pido disculpas por mi asistente, a la que le vuelven loca los chicos —dijo Laurie en cuanto estuvieron a solas—. Puede que tenga que llamar al departamento de recursos humanos para que le impartan un cursillo de actualización sobre acoso sexual.

Alex fue hacia ella y la estrechó entre sus brazos.

—¿Estamos en situación de quejarnos sobre las aventuras que ocurren dentro de tu equipo de producción?

Laurie le miró mientras él agachaba la cabeza para besarla.

—No, señor asesor, supongo que no.


Laurie encontró a su padre y a su hijo en la piscina «activa», la más familiar de las cuatro piscinas con vistas al mar del resort. Timmy sujetaba por un lado un flotador que llevaba un niño un poco más pequeño que él. Típico de su hijo hacer un nuevo amigo solo unos minutos después de haber llegado. Su padre había sido igual de extrovertido. Se parecía muchísimo a Greg.

Leo estaba en una tumbona cercana, con un ojo pendiente de su nieto y el otro enfrascado en la última novela de suspense de Harlan Coben. Hacía años le había entregado su tarjeta al autor en una firma de libros, ofreciéndose a responder a cualquier pregunta relacionada con la policía que se le pudiera presentar. Laurie jamás había oído a su padre gritar tanto de alegría como cuando vio su nombre en los agradecimientos del siguiente libro de su autor preferido.

Laurie se acomodó en la tumbona de al lado.

—Puedo ocuparme a partir de ahora para que puedas dedicarte al libro un rato.

—Es fácil vigilar a Timmy últimamente. Es más probable que él me salve a mí de ahogarme que yo a él. Oye, por cierto, he llamado otra vez a la policía local por aquel ayudante de fotografía, Jeremy Carroll.

—¿Ha habido suerte? —preguntó.

—Puede. Había un Jeremy Carroll de treinta y un años, residente local hace mucho, cuya estatura y peso que figuran en su carnet de conducir encajan con la descripción general. No tiene antecedentes salvo una condena por violar algún tipo de sentencia judicial. He vuelto a llamar al tipo del juzgado y le he pedido una copia del expediente. Te avisaré con lo que sea.

—Gracias, papá. Debería hablar con Brett sobre la posibilidad de ponerte en nómina.

—No hay cantidad que compense el tener que recibir órdenes de Brett Young. A propósito, ¿no tienes que arreglarte para la gran fiesta de reencuentro?

—Ya me conoces. Arreglarme supone cepillarme el pelo y aplicarme un poco de brillo de labios. —Laurie sabía que era una mujer atractiva, pero nunca se había sentido cómoda bajo varias capas de maquillaje y laca. Llevaba el cabello con un sencillo corte a la altura del hombro y eran muy contadas las ocasiones en que se aplicaba algo más que un poco de rímel en sus ojos de color avellana—. Y tengo un vestido de cóctel nuevo que cuesta un riñón, pero que sé que me queda de fábula.

—Eres preciosa tal y como eres —dijo Leo—. Sé que has estado estresada por el absurdo ritmo que Brett exige, pero debes divertirte un poco. Alex y tú estaréis vestidos de punta en blanco esta noche y yo me quedaré encantado con Timmy si queréis pasar la noche juntos después de la recepción. ¿Quién sabe? A lo mejor tanto hablar de la boda que nunca se celebró resulte ser un estímulo.

Laurie estaba pasmada por la sugerencia de su padre.

—Papá, estamos muy lejos de eso. Por favor, no le metas esas ideas en la cabeza a Timmy. Ni a Alex, ya que estamos.

—Vale, vale. Solo bromeaba. Relájate.

—Bien. Por un momento me has asustado.

Su padre la estaba mirando, con el libro cerrado sobre la mesa a su lado.

—Laurie, que haya una proposición de matrimonio no era más que una broma, pero quiero decirte una cosa. Veo que mantienes a Alex a distancia. La mayor parte del tiempo eres muy formal en su presencia. Siempre diriges la conversación hacia el trabajo. Y cuando Timmy ha preguntado si Alex iba a ir con él al parque acuático le has dicho que no antes de que Alex pudiera siquiera responder.

—Papá, ¿qué intentas decirme?

—Voy a ser claro: da la impresión de que te asusta dejar que vea a la verdadera Laurie.

—Alex ve mucho a mi verdadero yo, pero no somos unos críos que van a dejar su vida entera y a escaparse juntos, papá. Nos estamos tomando las cosas a nuestro ritmo.

—Eso está bien y sé que eres una mujer adulta y no te hace falta que tu padre te diga cómo vivir tu vida. Pero deja que te diga esto, porque creo que es necesario. Sé cuánto amabas a Greg. Todos le queríamos. —A Leo se le quebró la voz durante un instante—. Vivisteis cinco años maravillosos, pero eso no significa que tengas que pasar sola el resto de tu vida. Sería lo último que Greg desearía para ti.

—No estoy sola, papá. Os tengo a Timmy y a ti, y a Grace y a Jerry y, sí, tengo a Alex. Puede que quieras que vayamos más rápido, pero vamos a buen paso, confía en mí. —Leo abrió la boca para hablar de nuevo, pero ella le interrumpió—. Papá, ¿te pregunto yo por qué no se te ha visto en compañía de ninguna mujer desde que falleció mamá? Hay muchas viudas encantadoras que puedo presentarte en la iglesia. No se cortan a la hora de preguntarme qué tal estás.

Leo le brindó una sonrisa triste.

—De acuerdo, ahí me has pillado.

—No te preocupes por mí, papá. Le importo a Alex. Si ha de ser, ocurrirá de forma natural. No deberíamos tener que pensar demasiado en ello.

Las palabras de Laurie resonaban en su propia cabeza mientras regresaba a su habitación.

Con Greg no hubo tiempo para pensar demasiado. Le conoció porque un taxi la golpeó en Park Avenue. Solían bromear con que eran la única pareja con distintas versiones legítimas de cómo se conocieron. Cuando Greg conoció a Laurie, ella estaba inconsciente. Cuando Laurie conoció a Greg, él le estaba mirando los ojos con una linterna para ver si por fin parpadeaba. Se prometieron en cuestión de tres meses.

«Si ha de ser, ocurrirá de forma natural.» Cuando Laurie dijo esas palabras a su padre estaba pensando en Greg, no en Alex.

## 33

Jerry le había dicho a Laurie que el salón de baile estaba bellamente decorado, pero las palabras no le hacían justicia. Parecía una escena sacada de un cuento de hadas. Rosas y lirios blancos por doquier y diminutas velas del mismo color brillaban en el techo, como estrellas en una noche en el campo. Grace y Jerry se había vestido para la ocasión. Ella llevaba un vestido azul intenso, sorprendentemente discreto, y Jerry estaba muy elegante con su entallado esmoquin.

—Los dos estáis muy guapos —comentó Laurie—. Bien hecho. Deberíamos conseguir buen material para sentar las pautas para la secuencia inicial del programa.

Desvió la mirada hacia el equipo de cámaras. El jefe del equipo levantó los pulgares para indicar que estaba listo. No grabarían las voces, pero querían capturar los momentos en que los participantes se vieran por primera vez unos a otros. Luego Alex narraría con la voz en *off* la escena e identificaría a las personas.

Sandra y sus hijos, Henry y Charlotte, fueron los primeros participantes en llegar a la recepción. Sandra, incluso con su elegante traje sastre de seda, había encontrado un lugar para ponerse en la solapa una chapa con la fotografía de Amanda, junto con la imagen de un lazo amarillo. Laurie saludó a Sandra y a Charlotte con sendos abrazos y a continuación se presentó al hermano de Amanda, Henry.

—Oh, a Amanda le habría encantado esto. —Sandra se enjugó una lágrima—. Todo está justo como ella quería.

Charlotte rodeó a su madre con un brazo y le dio un suave apretón.

—Según recuerdo, esto está justo como tú querías, mamá.

—Sé que es así. Me encanta planear una fiesta, es verdad. Y la dicha de planear esta… quería que todo fuera perfecto.

—Lo habría sido, mamá —le aseguró Henry. Entonces empezó a juguetear con su pajarita. Era un hombre guapo, pero con su enmarañado cabello oscuro y la barba de unos cuantos días, no parecía cómodo con atuendo formal.

Charlotte le dio un suave codazo a su madre.

—Jeff acaba de llegar.

Sandra miró y luego apartó la vista con celeridad.

—Con Meghan, por supuesto. —Su tono era de reproche—. Sé que yo insistí en esto, pero ahora que estamos aquí no tengo ni idea de cómo actuar, Laurie. De verdad creo que uno de los dos o ambos son responsables de la desaparición de Amanda. Quería que vinieran aquí, pero no pensé que sería tan duro estar en el mismo espacio que ellos.

Laurie posó la mano con suavidad en el brazo de Sandra.

—Haz solo lo que te salga de manera natural. Ni siquiera tienes que hablar con ellos si no lo deseas.

Lo bueno de la telerrealidad era dejar que las cámaras capturaran el comportamiento humano, sin ensayos y sin guion.

—¡Vaya! —exclamó Charlotte—. Kate está impresionante. No ha envejecido nada.

Laurie se volvió y vio a una tercera persona con Jeff y Meghan, que los abrazó a ambos. Era un poco más baja que Laurie, en torno al metro sesenta y cinco, con el cabello rubio intenso a la altura de la barbilla y unas prominentes y rosadas mejillas. En las viejas fotografías de la universidad que Laurie había visto, Kate era una chica sencilla comparada con sus dos amigas. Pero era obvio que se había esmerado para una ocasión como aquella.

—¿Se ha traído a la familia? —preguntó Henry.

—Su madre se está ocupando de los niños —respondió Sandra—. Imagino que un programa sobre un crimen real no son las vacaciones en familia ideales.

«Salvo en mi casa», pensó Laurie divertida. Se excusó para aproximarse a la gente de Colby entre los participantes y se detuvo cerca para poder escuchar con disimulo. Oyó que Jeff le decía a Kate y a Meghan que era «surrealista» ver recreada la recepción que habían planeado para su boda con Amanda.

—Desde luego no tiene nada que ver con nuestra recepción —repuso Meghan—. Margaritas y una barbacoa en nuestro apartamento fue más nuestro rollo.

Laurie no sabía si percibía resentimiento en el tono de Meghan. Si Kate sospechaba de Jeff y de Meghan o desaprobaba su matrimonio, no lo dejó entrever. Parecían tres viejos amigos poniéndose al día.

—Siento interrumpir, pero quería presentarme —anunció Laurie.

Meghan no había encontrado tiempo para hablar con ella directamente y solo había podido hablar con Kate por teléfono. Meghan pareció abstraerse mientras Kate y Jeff decían que les entusiasmaba la posibilidad de descubrir nuevas pistas sobre la desaparición de Amanda una vez que se emitiera el programa.

Kate se volvió de repente hacia la entrada.

—Mirad, chicos. Nick no ha cambiado un ápice, pero fijaos en el pequeño Austin. ¡Qué mayor! —Kate se arrimó a Laurie para ponerla al corriente—. Nick fue siempre un ligón, incluso en la universidad. Austin era su compinche, pero estaba a su sombra. Un completo desastre con las mujeres, siempre iba demasiado fuerte.

—Bueno, desconozco si tiene éxito en temas de ligoteo, pero dudo que hoy en día esté a la sombra de Nick en ningún aspecto —repuso Laurie—. Los dos han venido hasta aquí en el avión privado de Austin.

Los hombres se dirigieron hacia sus viejos amigos de la universidad.

—Vaya, vaya —exclamó Kate cuando Austin llegó hasta ellos—. Conque un avión privado. ¿Quién iba a pensar que el Austin que conocíamos en la universidad haría eso?

—Cuidado, Kate —protestó Austin con desenfado—. Seguro que puedo desenterrar algunas fotos antiguas de cuando te quedabas demasiado tiempo disfrutando de la hora feliz.

No cabía duda de que aquellos amigos estaban acostumbrados a bromear de manera desenfadada.

Laurie reparó en que Nick le daba un codazo a su amigo Austin.

—Atención —dijo—. Puede que esta noche tengamos algo de competencia para captar la atención femenina en el bar.

Laurie se volvió y vio entrar a Alex en el salón de baile. Notó que se quedaba sin aliento. Estaba un poco moreno y el esmoquin le sentaba como un guante. Laurie bajó de inmediato la mirada a su atuendo y se alegró de haberse gastado el dinero en él. Pero deseó haberse maquillado más.

—Estás preciosa, como siempre —dijo Alex cuando se acercó a él.

—Y tú eres la perfecta encarnación de un hombre de mundo. —Mientras hablaba era muy consciente del instantáneo calor de la cercanía de sus cuerpos.

La última persona en llegar fue Walter Pierce, el patriarca de la familia. A diferencia de su exmujer, Sandra, se acercó directamente a Jeff y lo saludó con un prolongado apretón de manos. Hasta los felicitó a Meghan y a él por su boda y les deseó una vida llena de felicidad.

Mientras Laurie echaba un vistazo a su plantel de personajes no pudo evitar fijarse en que la dinámica había cambiado nada más entrar Walter. Tras saludar al exprometido y a los amigos de Amanda, fue derecho hacia su familia, junto a la cual se quedó el resto de la noche. Las conversaciones que había oído entre Sandra y sus hijos fluían de forma menos natural. Cada miembro de la familia Pierce parecía centrarse ahora en Walter. ¿Qué tal había ido su vuelo? ¿Le gustaba su habitación? ¿Necesitaba otra copa? Aun a pesar de todo lo que había sucedido, seguía siendo el cabeza de familia.

¿Llegaría el día en el que a un hijo no le importara lo que su padre pensara de él?, se preguntó Laurie. Acto seguido respondió a su propia pregunta: no.

Al cabo de diez minutos se aproximó al jefe de cámara.

—Acabo de pedirles al cortejo nupcial y a los padres de Sandra que permanezcan juntos para una toma de grupo —dijo—. Cerraremos con eso.

Mientras se colocaban delante de la cámara quedó de manifiesto que aquella no era una imagen nupcial típica. El anterior velo de cortesía había desaparecido. Jeff rodeaba a Meghan con el brazo de forma protectora. Las lágrimas brotaban de los ojos de Sandra. Nadie intentó siquiera sonreír.

¿Era posible que alguien del cortejo nupcial odiara a Amanda lo suficiente como para haberle quitado la vida?, se preguntó Laurie. A menos que el hombre del granulado vídeo de vigilancia o algún otro desconocido al azar fuera el asesino, era muy probable que una de esas personas que estaban delante de la cámara hubiera matado a Amanda.

Pero ¿cuál de ellas?

## 34

Eran las diez de la mañana del día siguiente y las cámaras estaban listas para entrar en la habitación 217 del Grand Victoria. Jerry había elegido aquella habitación como localización para entrevistar a Sandra y a Walter Pierce. Había averiguado que era su suite cuando llegaron a Palm Beach para lo que debería haber sido la boda de su hija y acabó convirtiéndose en la búsqueda de la joven.

De acuerdo con el plan que Laurie había trazado con Alex, Sandra hablaría primero a la cámara. Durante los últimos cinco años había sido el rostro público de la búsqueda de su hija. Era quien aparecía en televisión de forma regular, suplicando la ayuda del público.

Agarrándose las manos y visiblemente nerviosa, Sandra se sentó en el sillón de dos plazas colocado frente a la silla de Alex. Llevaba una blusa de lino de color turquesa y pantalón blanco, el mismo atuendo que vestía cuando descubrió que su hija había desaparecido. Le dijo a Laurie que no había tenido valor para deshacerse de él.

Inspiró hondo y le hizo una señal de asentimiento a Laurie para indicarle que estaba preparada.

Alex comenzó pidiéndole a Sandra que describiera el momento en que se dio cuenta de que Amanda había desaparecido.

—Creo que lo sentí en las entrañas en cuando entré en el

vestíbulo. Vi a Jeff, a Meghan y a Kate reunidos en el mostrador de recepción y supe que algo había pasado. Y entonces Jeff dijo que Amanda no estaba y sentí que la tierra desaparecía bajo mis pies. Todos los demás estaban preocupados, pero también seguros de que a la larga habría una buena explicación. Yo simplemente sabía que había sucedido algo terrible.

—¿Hubo un momento en que sintió que esos temores se confirmaban? —inquirió Alex.

Ella negó con la cabeza.

—Puede que eso sea lo peor de no saber qué ocurrió. Me quedé paralizada, aturdida, desconcertada. Pero me di cuenta de verdad que Amanda había desaparecido cuando la policía pidió su ropa sucia para dársela el equipo canino. La idea de que unos perros siguieran el rastro del olor de mi pequeña… —Su voz se fue apagando.

—Muchos medios de comunicación se refirieron a su hija como la Novia Fugitiva durante los primeros días de la búsqueda…

Sandra empezó a menear la cabeza con enfado antes de que Alex terminara la frase.

—Fue espantoso. Había humoristas que se dedicaban a adivinar cuánto tardaría en aparecer borracha en algún garito de Miami. Mi hija no es una chica voluble ni caprichosa con un velo de novia en la cabeza. Es fuerte y lista.

—Me he dado cuenta de que habla de ella en presente —dijo Alex.

—Lo intento, sí. Es mi forma de decir que jamás dejaré de luchar por ella. Está ahí…, en alguna parte. Amanda Pierce está ahí, viva o no…, y quiere que la encuentren. No he tenido mayor certeza de nada en toda mi vida.

Alex miró a Laurie para ver si tenía alguna observación que hacerle antes de que continuara. No era así.

—Sandra, si le parece bien, le hemos pedido al padre de Amanda que se una a usted en la conversación —repuso Alex.

Walter entró en la estancia menos de un minuto después,

claramente incómodo, y se sentó junto a Sandra en el sofá de dos plazas. Laurie reparó en que Walter elegía un lugar cercano a su exmujer a pesar de que había espacio de sobra entre ellos para que se sentaran de manera cómoda. Ella le dio una afectuosa palmadita en la rodilla.

—Walter, muchos de nuestros espectadores reconocerán a Sandra —empezó Alex—. Al principio usted también se puso ante las cámaras. Pero, por lo que sé, parece que después de unos tres meses Sandra estuvo al frente de la búsqueda. ¿Está usted tan convencido como ella de que algo terrible le ocurrió a su hija la noche en que desapareció?

Walter bajó la mirada y luego la dirigió hacia Sandra.

—De lo único de lo que estoy convencido es de mi amor por Amanda y por el resto de mi familia. Confío en Sandra cuando dice que tiene una conexión materna con Amanda. Que en el fondo de su ser sabe que Amanda se cruzó con el mal aquella noche. Yo no afirmo tener esa clase de sexto sentido, pero ellas siempre tuvieron ese tipo de conexión. Antes de que existieran los monitores para el cuarto del bebé, Sandra se despertaba en plena noche y comprobaba que Amanda había hecho lo mismo. ¿Te acuerdas de eso?

Sandra asintió.

—Sí —dijo en voz queda.

—Según tengo entendido, parece ser que Amanda era ya una empleada muy valiosa para Ladyform, la empresa de su familia.

—En efecto, lo era —confirmó Walter con orgullo.

—Hay quien ha especulado que las expectativas de continuar con su legado podrían haber sido una pesada carga para la siguiente generación de los Pierce. Ella tenía solo veintisiete años y su carrera estaba ya planeada. Además, estaba a punto de contraer matrimonio. ¿Es posible que la presión fuera excesiva? ¿Cree que Amanda escapó y empezó una nueva vida?

—Cuanto se trata de lo que le ocurrió a Amanda, imagino

las mismas cosas que cualquiera que ve su programa. Pero quiero decir algo, por si cabe la posibilidad de que mi hija nos esté viendo. Por favor, vuelve a casa, cielo. O simplemente haz aunque solo sea una llamada de teléfono a tu madre para que sepa que estás bien. Y si alguien tiene a nuestra hija, por favor, haremos cualquier cosa, pagaremos lo que sea, con tal de recuperarla.

Walter estaba a punto de ponerse a llorar y Laurie vio que Alex desearía no tener que pasar a la siguiente pregunta. Laurie tenía que abrigar la esperanza de que todo aquello llevara a algo.

—Siento sacar esto a colación, pero dado que nuestro programa trata sobre crímenes y el daño que producen a los seres queridos, cabe mencionar que tras treinta y dos años de matrimonio, ustedes se divorciaron hace poco más de dos. ¿Contribuyó la desaparición de Amanda al fin de su matrimonio?

Walter se volvió hacia Sandra.

—¿Quieres responder tú? —preguntó con una sonrisa nerviosa.

—Walter y yo nunca pensamos que seríamos de esas parejas de que divorcian. No creíamos en ello. La gente solía preguntarnos cuál era el secreto de un largo matrimonio y Walter respondía: «¡Ninguno de los dos abandona!». Pero sí, la desaparición de Amanda nos cambió de forma individual y como pareja. Tomamos rumbos distintos. Walter quería…, no, necesitaba…, retomar nuestra vida cotidiana. Debía dirigir su empresa y teníamos otros dos hijos, además de nuestros nietos, cuyas vidas tenían que continuar. Yo intento seguir adelante por el bien de Henry y de Charlotte, pero soy consciente de que estoy paralizada. Estaré en el limbo hasta que encuentre a Amanda. Eso provocó una enorme tensión en nuestro matrimonio.

—Walter, ¿hay algo que desee añadir? —dijo Alex con serenidad.

—Si tiene la suerte de llegar a nuestra edad, es inevitable

que se arrepienta de algunas cosas. De lo que yo más me arrepiento es de hacer que Sandra se sintiera tal y como acaba de describir. Pero la verdad es que mi vida nunca ha vuelto a la normalidad y no ha seguido adelante. A mi manera, yo también continúo en ese limbo, pero solo, Sandra. —Miró a su exmujer—. Porque lo que nunca has llegado a entender es que no era yo el fuerte. Eras tú. No podía acompañarte en tu viaje para encontrar a Amanda porque no era lo bastante fuerte. No quería descubrir que estaba muerta y no podía soportar la idea de que me guardara tanto rencor como para abandonar a toda la familia. Así que me escondía en el trabajo y fingía que teníamos que seguir adelante. Pero ya no me escondo. Estoy aquí contigo, con Henry y con Charlotte. Y estoy listo para conocer la verdad, sin importar adónde nos lleve.

Laurie le hizo una señal con la mano al cámara para que parase de grabar y dejara que el silencio se impusiera en la habitación. Los Pierce merecían cierta intimidad. Era un momento de silencio para Amanda.

## 35

Cuando Laurie volvió a su habitación, su padre estaba sentado en el sillón viendo las noticias por cable. Silenció el televisor con el mando a distancia y ella se quitó los zapatos y se acomodó en el sillón junto a él.

—Ha sido muy fuerte —susurró.

Leo y ella tenían habitaciones contiguas, con dos camas cada una. La puerta estaba abierta y podía ver a Timmy con su Wii en el cuarto del abuelo.

Tras haber presenciado las descarnadas emociones de Sandra y de Walter respecto a la desaparición de su hija, solo podía pensar en lo afortunada que era de que su padre hubiera estado siempre a su lado.

Leo la rodeó con el brazo.

—Estoy seguro de que ha sido duro, pero creo que tengo buenas noticias para ti. Tu nueva pista, el hombre que aparece en la grabación de vigilancia, puede haber dado sus frutos y es muy interesante.

Mientras Laurie esperaba, Leo se levantó y fue hasta la mesa situada en el rincón de la habitación.

—¿Recuerdas que mencioné que el ayudante de fotógrafo tenía una sola condena? —preguntó.

—Claro. Era algo sobre el incumplimiento de una sentencia judicial. ¿Qué hizo? ¿No se presentó a la vista por una multa de tráfico?

—Eso no sería ni mucho menos tan fascinante como esto. —La expresión de Leo se tornó seria cuando le entregó una carpeta marrón—. Empieza por el primer documento. Es la sentencia judicial en cuestión.

El encabezado de la primera página rezaba «Orden de alejamiento». Había sido solicitada por Patricia Ann Munson y Lucas Munson, los demandantes, contra Jeremy Carroll, el demandado. En el primer párrafo, el juzgado concluía que Carroll había infligido a los demandantes «considerables daños morales o emocionales» al acosarlos repetidamente sin «fines legítimos». La sentencia judicial prohibía a Carroll acercarse a menos de doscientos cincuenta y seis metros de los Munson o contactar o comunicarse con ellos de forma intencionada mediante ningún método.

—Es una orden de acoso —dijo Laurie, que siguió hojeando las páginas—. ¿Por qué doscientos cincuenta y seis metros? Parece un número extraño.

—Los Munson era sus vecinos. Supongo que es la distancia de su puerta a la propiedad de ellos. El tribunal no podía obligarle a mudarse de casa.

El siguiente documento era una declaración jurada de Lucas Munson, exponiendo las alegaciones que formaban la base de la orden de alejamiento.

—Vaya, parece un auténtico chiflado —exclamó Laurie—. No es de extrañar que algunos clientes del fotógrafo se quejaran de que no respetaba los límites.

Revisó con rapidez los documentos judiciales. Según los Munson, que tenían más de sesenta años, al principio habían agradecido los esfuerzos de Carroll por ser amable. Los ayudaba a meter la compra en casa y con el tiempo empezó a llevarles verduras de los mercados agrícolas los fines de semana. Pero entonces se dieron cuenta de que sus cortinas se movían cuando ellos cortaban el césped o estaban sentados en la terraza de atrás, disfrutando de un cóctel al atardecer. Lucas estaba seguro de haber visto un par de veces el objetivo de una cámara asomar por las cortinas entreabiertas.

Cuando Lucas le preguntó a Jeremy si los había estado fotografiando, este volvió al porche delantero con un álbum lleno de fotografías. Patricia podando sus rosales. Lucas encendiendo la barbacoa en el patio de atrás. Los dos viendo la televisión en el sillón, visible a través de la ventana del comedor. Lucas se quedó tan estupefacto que no supo qué decir y simplemente se marchó. Al parecer Jeremy entendió la falta de una reacción negativa como aprobación y comenzó a dejarles fotografías en el porche delantero todos los sábados; una pequeña colección de lo que ellos pensaban que eran momentos privados. La gota que colmó el vaso y llevó a los Munson a pedir una orden de alejamiento fue que Jeremy empezó a llamarlos «mamá» y «papá». Cuando Lucas reunió el coraje para preguntar por qué, la única explicación de Jeremy fue: «Estoy distanciado de mis padres biológicos».

Cuando terminó de leer, Leo le entregó una copia de un tipo de fotografía muy diferente: una foto policial. El hombre sujetaba un cartel en el que se leía JEREMY CARROLL, seguido de su fecha de nacimiento y de la de detención, hacía cinco meses. Gracias a la tabla de estatura en la pared detrás del sospechoso pudo ver que Jeremy medía un metro y setenta y siete centímetros. Tenía cabello ralo de color castaño y unas mejillas pálidas y regordetas. Estaba encorvado.

—Sin duda podría ser el hombre que vi darse la vuelta y seguir a Amanda en la grabación de vigilancia —dijo con entusiasmo—. Veo que fue condenado por violar la orden.

—Fue una violación relativamente leve. Les dejó en el buzón una foto enmarcada de una espátula rosada, junto con una nota en la que se disculpaba por lo que llamaba un «malentendido».

—¿Una espátula rosada? ¿Qué narices es eso?

—Un ave. Se parece a un pelícano. Son una monada.

—No voy a preguntar cómo es que sabes eso.

—Timmy lo ha buscado en Google.

—No querrías saber las cosas que estaba imaginando. ¿Una foto de un ave viva? Eso no suena tan espeluznante.

—No por sí solo. Esa es la razón de que existan leyes contra el acoso. El contexto es importante. Aquello asustó mucho a los Munson. El juez no fue nada permisivo. Lo declaró culpable de desacato y le condenó a dos años de libertad vigilada con una ampliación de la orden de alejamiento. Le advirtió que iría a la cárcel si volvía a cometer otra violación de la orden.

—Papá, si el tal Jeremy creyó haber encontrado unos padres de acogida en sus vecinos, ¿qué clase de relación imaginaría tener con una mujer tan hermosa como Amanda?

## 36

Laurie estaba tan enfrascada en la conversación con Leo que estuvo a punto de llegar tarde a la siguiente sesión de rodaje. Iban a entrevistar a Henry, el hermano de Amanda, en los límites de la propiedad del resort, junto al mar. Cuando llegó allí, las cámaras estaban ya colocadas y una maquilladora estaba aplicando unos últimos toques de polvos en las quemadas mejillas de Henry.

La noche anterior Laurie notó la incomodidad de Henry al vestir de etiqueta. Al parecer no le había fallado la intuición. Ese día llevaba unos pantalones informales y una camisa de manga corta y parecía una persona completamente distinta del hombre que conoció la noche anterior.

—Siento llegar tarde —le susurró a Jerry, que estaba prendiendo un micrófono inalámbrico al cuello de la camisa de Henry.

—Sabía que llegarías a tiempo. Siempre lo haces.

Henry se toqueteó el pelo, como si intentara encontrar una posición cómoda.

—¿De verdad piensa que este programa puede ayudarnos a descubrir qué le pasó a Amanda?

—No hay garantías, pero no cabe duda de que los dos especiales anteriores dieron sus frutos —respondió Laurie.

Alex había optado también por un atuendo más informal. Laurie tomó nota mental de que su polo verde resaltaba el color azul verdoso de sus ojos.

—¿Todo bien? —preguntó.

Normalmente Laurie era la primera persona que aparecía en el set.

—Todo bien. Odio pedirte que improvises algo, pero ¿puedes asegurarte de preguntarle a Henry sobre el fotógrafo de la boda y su ayudante, Jeremy Carroll? Te lo explico más tarde.


—Henry, ¿puede empezar hablándonos de la última vez que vio a su hermana? —dijo Alex cuando comenzó el rodaje.

—Fue en torno a las cinco del jueves. Los ocho…, Amanda, Jeff, y el cortejo nupcial…, teníamos que reunirnos con el fotógrafo para hacernos algunas fotos informales en la propiedad. Cuando terminamos, todos volvimos a nuestras habitaciones para disfrutar de un descanso y vestirnos para la cena.

—Se reunió con Jeff y sus amigos de la universidad, Nick y Austin, a las ocho en punto, ¿es correcto?

—Así es. Pensé que era una tontería hacer despedidas de soltero por separado, pero acepté. Con Nick y Austin de por medio, temía algunas payasadas relacionadas con bailarinas con poca ropa, pero Jeff insistió en que todo fuera civilizado.

—Aun así se retiró temprano esa noche.

Henry asintió.

—Teníamos una recién nacida, por lo que mi esposa no vino. El plato fuerte de mi viaje era dormir toda la noche de manera ininterrumpida. Además, yo estaba un poco de más con el resto de los chicos. Los tres eran amigos, pero yo solo conocía a Jeff; no era más que el hermano de Amanda.

—Ha mencionado al fotógrafo —adujo Alex—. ¿Se refiere a Ray Walker?

Henry se encogió de hombros.

—No recuerdo su nombre, pero era muy alto. Creo que aún más alto que usted.

—¿Recuerda a un ayudante que iba con él? Se llamaba Jeremy Carroll.

Laurie esbozó una sonrisa. Alex tenía un don para hacer que cada pregunta pareciera que se le acababa de ocurrir.

Henry entornó los ojos y en su rostro surgió una expresión de reconocimiento.

—Oh, sí, el tío ese. Sí que lo recuerdo. Fue quien tuvo la idea de que nos colocásemos todos junto al borde de la piscina y fingiéramos que estábamos a punto de saltar. El fotógrafo alto les dio las fotografías a mis padres después, como regalo, y esa era mi favorita.

—¿Cuánto tiempo pasó el grupo con los fotógrafos?

—Unos cuarenta minutos.

—Por casualidad, ¿los vio en el hotel después de aquello?

—No, pero en realidad no pasé mucho tiempo por ahí. Estuve en mi habitación hasta que me reuní en el vestíbulo con el resto de los chicos un poco antes de las ocho y nos fuimos en el minubús al restaurante Carne y Pescado, junto al campo de golf. Me marché cuando se pusieron a pedir algo de beber después de la cena. Regresé a mi habitación y me acosté.

—¿Fueron en el minibús? —preguntó Alex—. ¿Alguno de ustedes tenía coche de alquiler?

A Laurie no dejaba de impresionarle lo sagaz que Alex era en aquellas entrevistas. Que otros miembros del cortejo nupcial tuvieran acceso a un coche era otro detalle en el que debería haber pensado antes de que empezase el programa, pero Alex lo había cazado al vuelo con la sola mención de un minubús.

—Yo no y tampoco Charlotte —repuso—. Pero sé que Amanda y Jeff habían alquilado un coche. Ella quería poder ir de compras por Worth Avenue sin tener que preocuparse de coger un taxi.

—¿Montó alguna vez en el coche de alquiler? —inquirió.

Henry asintió y rio acto seguido.

—Lo crea o no, los chicos también tuvimos que ir de compras. Todos nos las arreglamos para olvidarnos alguna cosa: un cinturón, calcetines, espuma de afeitar. Los cuatro fuimos al centro de la ciudad el miércoles por la tarde.

—Para ser claros, ¿hablamos del mismo coche que desapareció cuando lo hizo Amanda?

—Sí.

—¿Alguien más del cortejo disponía de un coche de alquiler?

—Creo que no.

—De acuerdo; volviendo al tema del ayudante del fotógrafo, ¿reparó usted en algo inusual en él?

—¿Como qué?

Siempre procuraban no orientar a sus testigos, pero en un caso sin resolver antiguo a menudo era necesario refrescarles la memoria.

—¿Mantenía una conducta profesional durante sus encuentros?

—Diría que sí. Pero, ahora que lo menciona, recuerdo que Kate dijo que estaba siendo demasiado amistoso.

—¿Cómo?

—Nada llamativo. Tenía más o menos nuestra edad, sobre todo comparado con el fotógrafo jefe, y parecía interesado en pasar el rato con nosotros, como si formara parte de la pandilla o algo parecido. No reparé en ello, pero no soy precisamente un experto en etiqueta social.

—Parece usted una persona optimista —comentó Alex.

—Eso me gusta pensar.

—¿Es en parte por eso por lo que deseaba seguir su propio camino y no trabajar en el negocio familiar? Imagino que puede haber ciertas tensiones cuando los hermanos intentan dirigir una empresa todos juntos.

—Seguí mi propio camino porque me gusta elaborar vino más que «ropa interior» femenina. —Henry hizo con los dedos la señal de las comillas—. Puedo participar de verdad en el producto.

—Pero estará de acuerdo en que podía haber cierta rivalidad entre sus hermanas, ¿verdad?

Laurie notó que Henry no aprobaba la pregunta, pero durante la breve conversación telefónica que mantuvo con él la semana anterior había aludido un par de veces al drama laboral entre sus hermanas. Ahora no podía negarlo.

—Todos los hermanos compiten por el afecto de sus padres y la forma de llegar al corazón de mi padre siempre ha sido su empresa. Y, claro, todo el mundo quiere que se le respete en el trabajo, y mis hermanas no eran diferentes.

—Pero la rivalidad no siempre fue recíproca, ¿no?

—Amanda tuvo siempre más confianza en sí misma que Charlotte.

—¿Sería justo afirmar que a veces Charlotte podía tener celos de Amanda? —Alex había empezado con las repreguntas. Tenía un control absoluto.

—Supongo que sí.

—¿Incluso se enfadaba con ella?

—A veces.

—De hecho, ¿no le molestó a Charlotte que su padre le permitiera a su hermana abrir una filial en Nueva York y expandir las operaciones de la empresa a pesar de las dudas que ella expresó con respecto a la idea?

Laurie había obtenido esa información de la antigua asistente de Amanda.

—Sí, se disgustó mucho. Pero si está insinuando que Charlotte le haría daño a nuestra hermana, es que está loco. ¿Lo ve? Por esto no quería hacer este estúpido programa.

—No estamos acusando a nadie, Henry. Solo queremos comprender mejor…

Henry empezó a quitarse el micrófono.

—¿Ha dicho que yo era una persona optimista? Eso es porque digo las cosas tal y como las veo, y esto es lo que veo: están apuntando con el dedo a todo el que conocía y amaba a Amanda cuando lo que deberían estar haciendo es seguir los pasos a los bichos raros del lugar. Me largo de aquí.

Alex se encogió de hombros cuando se dio cuenta de que Henry no iba a volver.

—De vez en cuando van a pasar estas cosas.

Dada la naturaleza de su programa, Laurie estaba acostumbrada a que la acusaran de llevar sus sospechas en la dirección equivocada, pero esa vez las palabras de Henry le dolieron. Todos los que estaban allí eran personas a las que Amanda quería lo suficiente como para invitar a su boda. A la mayoría de las víctimas de asesinato las mataba alguien cercano a ellas, pero era posible que a Amanda le hubiera hecho daño alguien a quien no conocía antes de llegar a aquel hermoso lugar, pensó.

Tal vez ese alguien fuera Jeremy Carroll.

## 37

Sentada en el bar del resort, Laurie examinó con detenimiento las arriesgadas opciones de la lista de «bebidas de autor». Según el menú, todas las preparaba a mano el barman de la casa. Gracias al entorno de estilo art déco tenía la impresión de haber entrado en un bar clandestino.

Notó una suave mano en el hombro y al alzar la mirada vio a Alex. Él le dio un beso rápido.

—Espero que no hayas tenido que esperar mucho.

—Acabo de sentarme. Bueno, ¿quién ha ganado?

Alex y Leo se habían escabullido a un bar deportivo para ver el partido de los Yankees en una pantalla grande. Leo había jurado no saltarse la dieta cardiosaludable que había seguido desde que el año anterior le colocaron dos stents en el ventrículo derecho, pero Laurie apostaría la vida a que había sido incapaz de resistirse a unas cuantas alitas de pollo.

—Los Red Sox —gruñó Alex—. Nueve a uno, una auténtica paliza. ¿Cómo ha ido tu cena madre e hijo?

—Genial. Timmy se ha comido todos los espaguetis con albóndigas y también la mitad de mi lasaña. Mi chiquitín tiene buen apetito. Y todavía me está dando la tabarra para conseguir que vayas con él a ese tobogán acuático.

—Será un placer para mí llevarle —dijo Alex—. Podríamos ir pronto por la mañana, antes de que empecemos a rodar.

—¿Y estropear tu pelo perfecto?

—Primero Grace y ahora tú. —Esbozó una amplia sonrisa—. Siempre que te parezca perfecto.

Se acercó una camarera con dos vasos de agua y un platito con aceitunas. Laurie había pedido un martini con vodka y Alex pidió un ginger ale.

—Tu padre y yo nos hemos tomado unas cuantas. Y no querrás que mañana tenga los ojos hinchados en cámara, ¿verdad?

Alargó la mano por encima de la mesa y tomó la de Laurie. La tenía caliente; era una sensación maravillosa.

—Yo he disfrutado de una cena abstemia. Cuando tu pareja es un niño de nueve años, tú eres el conductor. Y cambiando de tema, ¿algo de lo que ha dicho hoy Henry sobre el coche de alquiler nos resulta útil?

Alex exhaló un suspiro.

—En realidad no. Me he topado con Austin hace un rato en el vestíbulo. Ha confirmado la historia de Henry sobre que los cuatro utilizaron el coche para ir al centro. Supongo que Kate, Charlotte o Meghan corroborarán que las chicas del cortejo nupcial también cogieron el coche para ir de compras.

—Revisaré de nuevo el informe policial sobre la búsqueda del coche de alquiler —declaró Laurie—. Jerry dijo que no hallaron pruebas pertinentes allí, pero me aseguraré.

—Lo he releído después de la entrevista con Henry. —Tomó un trago de su bebida y rio entre dientes—. Un anciano encontró el coche tres días después de la desaparición de Amanda e informó a la policía. Cuando los agentes le presionaron sobre lo que estaba haciendo detrás de una gasolinera abandonada, el hombre admitió que tenía que orinar y le preocupaba no llegar a casa.

Laurie sonrió.

—¿Qué le hizo llamar a la policía?

—No iba a hacerlo, pero vio un juego de llaves en el suelo, cerca de la puerta del conductor. Supuso que era un coche robado y abandonado y llamó al 911 cuando llegó a su casa.

—¿Se halló ADN o huellas dactilares? —preguntó Laurie.

—La policía buscó ambas cosas. Consiguieron sacar huellas pertenecientes a Amanda y a Jeff en el volante. Cotejaron las de Amanda con algunos objetos personales de su habitación. Jeff proporcionó las suyas de forma voluntaria. Ambos habían conducido el coche, así que los resultados no sorprendieron a nadie. El rastro de ADN tampoco condujo a nada. Los seis miembros del cortejo nupcial habían estado en el coche, por lo que encontrar su ADN no nos diría nada. Y recuerdo que se trataba de un coche de alquiler. Aunque lo limpiaran después de cada alquiler, tendría ADN en abundancia de los ocupantes anteriores. La policía cotejó las muestras de ADN que hallaron con su base de datos de agresores sexuales, pero no encontraron ninguna coincidencia.

—Así que el coche no nos dice nada —puntualizó Laurie.

—Eso no es del todo cierto —replicó Alex—. Si hubieran encontrado sangre o cabellos, habrían sugerido que hubo lucha. Pero no fue así. Y otra cosa más: la noche antes de que hallaran el coche había diluviado. El agua habría hecho desaparecer las huellas de pisadas que pudiera haber de Amanda o de cualquiera que estuviera con ella, y las posibles rodadas de neumáticos de otro coche.

—Un callejón sin salida. —Laurie exhaló un suspiro.

—Oh, no mires ahora, pero tenemos compañía, en la barra —dijo Alex en voz baja.

Laurie lanzó una mirada hacia la barra principal. Austin y Nick estaban bebiendo lo que parecía whisky. Giraron la cabeza a la vez cuando pasó por allí un grupo de mujeres jóvenes con vestidos de cóctel.

—Parece que están de ligue —comentó Laurie.

—Sin duda.

—¿Crees que les molestará que los interrumpa? Quiero preguntarles si se acuerdan de Jeremy Carroll.

—Esta tarde estaba pensando en él —repuso Alex—. Seguro que la policía nunca lo ha relacionado con Amanda.

—Estoy segura de que no. El fotógrafo, Ray Walker, no pensó en él hasta que Jerry lo llamó. Algunos clientes se quejaron de Jeremy solo tras la desaparición de Amanda. Y los vecinos no pidieron una orden de alejamiento hasta el año pasado. Es imposible que la policía se percatara de que Jeremy había estado trabajando en el reportaje fotográfico de la boda de Amanda.

—¿Has considerado la posibilidad de abordarle para el programa?

—Está claro que no podemos obviarlo. Ojalá tuviéramos un modo de saber si era el hombre que dio media vuelta para seguir a Amanda en la grabación. Déjame averiguar qué recuerdan Nick y Austin.

—¿Quieres que vaya contigo? —preguntó Alex, disponiéndose a levantarse

—No, creo que tú los intimidas. Demasiada rivalidad por el título de hombre más guapo del Grand Victoria.

En los labios de Alex se dibujó una sonrisa mientras la veía alejarse.


—¡Señora Moran! —exclamó Nick—. Permita que la invitemos a tomar algo.

Laurie advirtió que a Austin no le hacía gracia la sugerencia de que se uniera a ellos. Sin duda la suya no era la clase de compañía femenina que esperaba disfrutar esa noche.

—Por favor, llamadme Laurie. Y gracias, pero ya estoy tomando algo. —Señaló a Alex, que saludó con la mano—. No quiero molestaros mucho rato, pero ha surgido una cosa en la investigación. Por casualidad no os acordaréis de un hombre joven que estaba trabajando para el fotógrafo de la boda de Jeff y de Amanda, ¿verdad? Se llamaba Jeremy Carroll.

—El ayudante —dijo Austin de inmediato—. Un tipo bastante entrometido e insulso. Según recuerdo, hizo buenas fotos.

—¡Así que lo recordáis!

—Austin se acuerda de todo el mundo —repuso Nick—. Es el Rainman de la observación. Yo ni siquiera me acuerdo de que hubiera un fotógrafo de bodas.

Austin expuso una detallada descripción de la sesión fotográfica junto a la piscina la tarde de la fiesta de despedida de soltero, pero el rostro de Nick continuaba en blanco.

—¿Notaste alguna cosa inusual en él? —inquirió Laurie.

—¿Piensas que podría ser sospechoso? —Quiso saber Austin, con voz tensa—. Todos estos años hemos estado diciendo a la gente que era imposible que Jeff hiciera daño a Amanda. Henry dijo desde el principio que lo más seguro era que saliera a pasear y se topara con un tío rarito y peligroso. ¿Es posible que sea ese ayudante?

—En este punto solo intentamos cerciorarnos de que tenemos una lista completa de las personas con las que Amanda se habría encontrado aquí abajo.

—Ahora que lo pienso, el tipo ese sí parecía muy interesado en todos —dijo Austin—. Pensé que se mostraba demasiado ansioso, como pueden mostrarse los ayudantes.

—¿Demostró especial interés por Amanda?

—Sí, eso creo. —Su voz traslucía una profunda preocupación ahora—. Aquello parecía algo normal en ese momento. A fin de cuentas era la novia. Alguien tendría que habérselo mencionado a la policía.

—Entre mostrar un celo excesivo en tu trabajo y hacer daño a alguien hay un buen trecho. —No vio razón alguna para mencionar los recientes problemas de Jeremy con la justicia.

Nick apuró el resto de su whisky y pidió la cuenta.

—¿Es eso lo único en lo que podemos ayudarte por ahora, Laurie?

Era evidente que estaban deseosos de pasar a conversaciones más divertidas con mujeres más disponibles.

—Solo una pregunta más, ya que os tengo aquí: estamos intentando aclarar quién tuvo acceso a algún coche de alquiler aquella semana. Jeff y Amanda alquilaron uno; ¿alguno de vosotros también?

—No, solo Jeff tenía uno. En este viaje somos lobos de mar —dijo Nick con una sonrisita de superioridad ante su propia gracia. Austin comenzó a hablarle a Laurie con agónico detalle de su recién descubierta pasión por los barcos y de las placas LAS DAMAS PRIMERO y PALOMA SOLITARIA en los veleros de alquiler—. En fin, ¿eso es todo? —preguntó Nick.

Laurie tenía la impresión de que o bien se marchaba ya o iba a pedirse otra copa.

—Sí. Y os ruego que dejéis que os invite a esto —repuso, cogiendo la cuenta—. Es lo menos que puedo hacer.

Nick posó con delicadeza una mano sobre su brazo. No cabía duda de que era todo un ligón.

—Odio informarte de esto, pero no es la única cuenta que pagas, Laurie. Lo hemos cargado todo a nuestras habitaciones.

«A Brett Young le va a encantar», pensó Laurie.

## 38

—¿Qué tal ha ido? —preguntó Alex cuando Laurie regresó.

Laurie le hizo partícipe de la nueva información.

Como de costumbre, él lo procesó con rapidez.

—Así que otra persona más que dice que Jeremy Carroll es un poco rarito.

Jeff, Austin y Nick le habían dado la misma línea temporal a la policía. De acuerdo con los tres amigos, después de cenar fueron a la habitación de Jeff a tomar una copa. Alrededor de las once se despidieron y Nick y Austin se fueron a dormir a sus respectivas habitaciones.

—Alex, piensa en esto. Se supone que los cuatro estaban solos en sus habitaciones a la once en punto. Henry afirma que se acostó temprano, en torno a las diez. Eso significa que nadie puede confirmar el paradero de esos cuatro después de las once la noche que desapareció Amanda.

—Sí, así es —convino Alex.

—Y fue más o menos a las once cuando Amanda salió del ascensor tras haber entrado en él.

—¿Crees que iba a reunirse con uno de los cuatro?

—No lo sé. Y la cuestión es: ¿era Jeremy el que estaba merodeando por el hotel a esa hora? De ser así, pudo haber visto a Amanda y haberla seguido.

—Sé que tu padre ha encontrado la dirección de Jeremy y que no está lejos de aquí.

—Eso mismo estaba pensando yo. Después del rodaje de mañana quiero ir a hacerle una visita al señor Carroll.

—Laurie, por favor, no me digas que piensas ir sola.

—No te preocupes. El inspector Leo me acompañará, armado.

—Eso hace que me sienta mejor. Y, cambiando de tema, ¿podemos cenar tú yo mañana por la noche? He oído que hay un nuevo restaurante gourmet en la ciudad que es una maravilla.

—¿De veras? ¿Los dos solos?

—Durante una cena romántica podrás hablarme de tu encuentro con Jeremy Carroll.

Laurie rio.

—¿Qué podría ser más romántico que eso? —replicó—. Hecho.


Media hora más tarde se dirigieron al ascensor. Laurie iba pensando en Jeremy Carroll. Su mirada se desvió hacia el patio interior del bar, ahora a oscuras. Podía imaginar a Carroll acechando allí, con la cámara colgada en bandolera. Imaginó a Amanda pasando por su lado aquella noche, sin percatarse en ningún momento de que el joven fotógrafo la estaba observando. Y siguiéndola.

## 39

El barrio de Jeremy Carroll, una mezcla de casa de estilo ranchero y bungalows, era modesto pero estaba bien cuidado. La única excepción era su casa. La vivienda de dos pisos necesitaba desesperadamente una mano de pintura y que cortaran el césped. Según la petición de la orden de alejamiento de sus vecinos, Jeremy había heredado la casa de su tía abuela hacía tres años.

Laurie se detuvo en el camino de entrada.

—Ahora que estamos aquí, pienso que quizá debiéramos haber llamado a la policía local.

—He estado tres décadas en el cuerpo, Laurie. Conozco el trabajo policial. Si vamos con nuestras sospechas al departamento de policía de aquí, se pasarán todo el día dándoles vueltas a las cosas. Hasta podrían llamar a un ayudante del fiscal del distrito para buscar asesoramiento. Jeremy tendría un abogado en cuanto empezaran a hacer preguntas sobre Amanda. Pero nosotros no somos más que una pareja de civiles de un programa de televisión de Nueva York. Podemos aprovechar eso para hacerle hablar.

—¿Es seguro acercarnos ahí y llamar a la puerta sin más?

—Mientras yo esté aquí, no pasa nada.

Laurie vio que Leo se metía la mano dentro de la chaqueta, donde llevaba guardada el arma. Después de tantos años en el departamento, le resultaba algo natural.

Sintió que el corazón se le empezaba a acelerar cuando su padre llamó al timbre de la puerta. ¿Estaban a punto de mirar a la cara al asesino de Amanda?

Cuando la puerta se abrió despacio, reconoció de inmediato a Jeremy por su foto policial. Hasta mostraba la misma expresión acorralada y temerosa.

—¿Qué hacen ustedes aquí?

Laurie le miró las manos y la ropa de forma instintiva para ver si podía estar armado. Tenía las manos vacías y llevaba puesta una camiseta y unos pantalones de chándal, algo poco adecuado para ocultar un arma. Sintió que su pulso retornaba a la normalidad.

Pero entonces dirigió la mirada más allá de él, hacia el interior de la casa. Un ajado sofá marrón y un viejo televisor eran los únicos muebles del salón. Después de eso vio una pequeña mesa y dos sillas en lo que debía de hacer las veces de comedor. A pesar de la escasez de mobiliario, la casa estaba abarrotada. Había ordenadores viejos, equipos de vídeo e impresoras desperdigados por doquier. Montañas de revistas y periódicos de más de metro y medio de altura. Y allá adonde mirara había fotografías: en el suelo, desparramadas por la mesa, sujetas a las paredes, cubriendo la escalera.

Abrió los ojos como platos mientras miraba a Leo.

Él tomó el mando.

—Trabajamos en el Estudio Fisher Blake y queremos hablar con usted sobre su trabajo fotográfico.

Era un movimiento inteligente. El nombre de su programa alertaría a Jeremy. De todas formas, este parecía desconfiar.

—He enviado mi trabajo a todos los fotógrafos importantes del sur de Florida. No he oído hablar de ustedes, señor Blake.

—Oh, yo no soy el señor Blake. Me llamo Leo. —Le tendió la mano—. Ella es Laurie. Y no somos de aquí. Somos de Nueva York.

A Jeremy se le iluminaron los ojos al oír que mencionaba

la Gran Manzana, pero de inmediato se apagaron cuando Leo le pasó una imagen congelada de la grabación de vigilancia del Grand Victoria. Laurie notó que Jeremy se había reconocido. No le cabía la menor duda: Jeremy era el hombre que había visto caminando detrás de Amanda a las cinco y media de la tarde, el día en que ella desapareció.

—Esto es del hotel Grand Victoria —declaró Leo—. ¿Ve la fecha que aparece al pie de la foto? ¿Se acuerda de esa tarde? —le preguntó y Jeremy asintió despacio. No negaba que fuera el hombre del vídeo de seguridad—. Ray Walker, el fotógrafo que le contrató, nos dijo que habían terminado de hacer fotos a las cinco. Pero usted seguía allí media hora después, con su cámara. Y cuando vio a Amanda cambió de dirección para seguirla. Lo tenemos todo grabado.

—No entiendo. ¿Quiénes son?

Laurie decidió que tal vez era mejor dejar que Jeremy experimentara un poco de miedo y le dijo que eran de *Bajo sospecha* y que estaban investigando la desaparición de Amanda Pierce.

—¿Podemos pasar?

Entró sin esperar la respuesta y Leo la siguió. Ya no tenía miedo. Aquel hombre era un cobarde que buscaba poder en las sombras, detrás de una cámara. No iba a agredirla con su padre presente.

—¿Por qué no le contó a la policía que vio a Amanda después de que Walter y usted hubieron terminado de hacer fotos? —exigió Leo.

—Porque nadie me preguntó si la había visto. Y sabía que sospecharían de mí si lo decía. Todo el mundo sospecha siempre de mí.

—Le gusta hacer fotos cuando la gente no mira.

Laurie señaló las fotografías dispersas por toda la casa. Aun con solo un vistazo superficial vio que la mayoría habían sido tomadas con objetivo de largo alcance y que los sujetos eran ajenos al desconocido que los observaba.

—Es mi arte. Yo no fotografío flores ni paisajes. Fotografío personas y no cuando están posando o en posturas artificiales. Capturo su realidad. ¿No es eso lo que todo el mundo desea? Fíjense en todos los selfis publicados en internet. A la gente le encanta que le hagan fotos.

—¿Incluso a sus vecinos? —dijo Leo—. No parecían muy contentos con su arte.

—Eso fue un completo malentendido. Intenté explicarlo. En cuanto me di cuenta de que se habían molestado, me deshice de todas las imágenes suyas. No era correcto conservarlas.

—¿Qué hay de Amanda? —preguntó Laurie—. ¿Tiene fotos de ella? ¿Fotos que ella ignoraba?

Laurie fue hasta el comedor y comenzó a revolver en las fotos esparcidas sobre la mesa.

—¡Pare! —tronó Jeremy. Leo se abalanzó en dirección a Laurie, colocándose entre Jeremy y ella—. Por favor, tienen que irse —dijo, bajando la voz—. No tienen derecho a estar aquí. Han entrado sin permiso. Fuera.

Laurie miró a su padre en busca de orientación.

—Llamaré a la policía si no se marchan —amenazó Jeremy.

Leo cogió a Laurie de la mano y la condujo a la puerta. No tenían opción.

—Papá, tiene fotos de Amanda —dijo en cuanto estuvieron sanos y salvos en el coche—. Lo presiento. Ahora va a destruirlas.

—No lo hará —repuso Leo con seriedad al tiempo que arrancaba el coche—. Significan mucho para él. Son sus recuerdos.

## 40

Alex abrazó a Laurie cuando ella entró en su suite.

—No quería que supieras lo preocupado que estaba, pero gracias a Dios que los dos estáis de una pieza. ¿Qué tal ha ido? ¿Cómo es?

Laurie se sentó en el sillón y se cubrió la cara con las manos.

—Siniestro.

—Un tío raro —dijo Leo—. Raro de verdad.

—Vive como si tuviera síndrome de Diógenes —explicó Laurie—. Hay fotos desde el suelo hasta el techo por todas partes. Cuando le he presionado acerca de si tenía fotos de Amanda, nos ha echado de la casa. Papá, ¿deberíamos llamar a la policía?

—¿Y decirles qué? —repuso Leo—. No tenemos ninguna prueba. Pero una cosa es cierta: es el hombre, el que se le pasó a la policía todos estos años. Vincularle con el caso es un gran avance.

—No lo entiendo —arguyó Alex—. Acabas de decir que no tenéis ninguna prueba. ¿Cómo puedes estar tan seguro de que es culpable?

Leo meneó la cabeza.

—A veces me olvido de que eres abogado defensor. Confía en mí, nosotros hemos estado en esa casa. Jeremy Carroll sabe algo.

—Leo, con el debido respeto, eso no significa que sea culpable. Veo clientes todo el tiempo que son condenados de forma injusta por la policía solo porque estaban nerviosos o intentaban proteger algún inofensivo secreto.

—Nadie está condenando a nadie de forma injusta…

—Vale, os ruego que no discutáis —suplicó Laurie—. Alex, mi padre tiene razón: tú no has estado en esa casa. No hay duda de que Jeremy es un… —Hizo una pausa para buscar la palabra— bicho raro. Y ni siquiera ha negado ser el hombre de ese vídeo. Dio media vuelta para seguir a Amanda y ha sido condenado por acosar a gente.

—Pero estáis insinuando que hizo algo mucho peor —puntualizó Alex.

Laurie se volvió hacia su padre.

—Papá, Alex tiene razón al decir que no deberíamos sacar conclusiones precipitadas hasta que tengamos pruebas irrefutables.

—Entonces ¿qué quieres hacer? —preguntó Alex—. Depende de ti.

—Papá —comenzó Laurie muy despacio—. Basándote en tu experiencia, ¿no crees que Jeremy huirá o destruirá las pruebas si no actuamos enseguida?

Leo se encogió de hombros.

—Nunca se sabe, pero si ese tipo es incapaz de tirar los periódicos viejos, no creo que tire las fotos a las que lleva más de cinco años aferrándose. Y es posible que esa casa sea su único bien inmueble. No es la clase de hombre que pueda subirse a un jet y vivir como un fugitivo en el otro extremo del mundo.

—Y ten presente una cosa: que sea posible que sepa algo sobre la desaparición de Amanda no significa que estuviera involucrado —arguyó Alex.

Laurie asintió.

—¿Qué te parece esto? Jerry puede llamarle y tratar de suavizar las cosas. Puede decir que estamos contactando con todo aquel que estuvo en el Grand Victoria ese fin de semana y que no pretendíamos invadir su intimidad. Tal vez eso le calme los nervios.

—Es buena idea —repuso Alex.

—Y, Alex, ninguno quiere precipitarse en emitir un juicio. Mantendremos la mente abierta, pero eso hace que cobre mayor importancia apretarles las tuercas a todos los demás. No seas blando con nadie.

—No tengo intención de ser blando con nadie. —En los ojos de Alex brillaba una chispa.

—La siguiente es Meghan. Estoy deseando oír cómo acabó casándose con el prometido de su mejor amiga —dijo Laurie mientras se ponía en pie y se dirigía a la puerta.

## 41

—¿Está ya lista, señora White? Tenemos las cámaras programadas con la luz actual y las sombras pueden cambiar muy rápido al aire libre.

Meghan White levantó un dedo. Ya habría terminado si hubiera podido conseguir mejor cobertura de teléfono. Cuando le dijo a Jeff que formaría parte de ese espantoso programa, dio por sentado que tendrían tiempo de sobra para dejar las cosas preparadas en el trabajo. En cambio, se habían visto arrastrados hasta ese lugar de improviso, como si pudiera dejar todos sus casos en espera con solo apretar un botón.

Estaba haciendo todo lo posible para trabajar a distancia, pero la conexión wifi del hotel no era nada segura, por lo que había creado la suya propia utilizando la cobertura inalámbrica de su teléfono móvil. Vio la barra de estado avanzar con lentitud mientras se descargaba aquel escrito de apelación. Era evidente que el ayudante de producción —¿se llamaba Jerry?— se estaba poniendo nervioso. Tenía ganas de decirle que si el tiempo era tan importante, deberían haber rodado dentro.

—Solo un segundo más, lo prometo.

Cuando la descarga se completó por fin, Meghan cerró su portátil y siguió a Jerry hasta el plató con mobiliario de mimbre que Laurie Moran había dispuesto en la terraza detrás del edificio principal. Resistió la tentación de quitarse todo el maquillaje de la cara. La mujer que se lo había aplicado le había prometido que tendría un aspecto natural en cámara, pero Meghan tenía la sensación de llevar puesta una capa de barro. Había dejado de discutir cuando la maquilladora le dijo: «No querrá salir demacrada en pantalla. Hace que la gente parezca asustada».

Meghan estaba asustada, pero no quería parecerlo. Pidió que le aplicaran un poco más de colorete.

Laurie Moran, la mujer que la había estado acosando por teléfono la semana anterior, parecía bastante simpática, pero creía haber notado cierto sarcasmo en la voz de la productora cuando le dijo que se alegraba de conocerla por fin en persona. Estaba aún más nerviosa por el cara a cara con Alex Buckley. Su destreza en los contrainterrogatorios era bien conocida.

Con el ordenador portátil ya guardado, no tenía excusa para demorarse más. «De acuerdo —se dijo—, hagamos esto y luego Jeff y yo podremos irnos a casa y seguir adelante con el resto de nuestras vidas.»

En cuanto se hicieron las presentaciones, Alex Buckley comenzó pidiéndole a Meghan que explicase cómo se había desarrollado su relación con Jeff.

Era evidente que no iba a asestar ningún golpe, pensó. Iba a lanzarse a la yugular.

—Usted debía de saber que algunas personas desaprobarían que iniciara una relación con él cuando Amanda, la prometida de él y la mejor amiga de usted, seguía desaparecida.

Meghan había practicado la respuesta cientos de veces, pero ahora que estaba ahí solo podía pensar en los focos y las cámaras que la apuntaban. Se había esforzado mucho por eludir toda esa atención.

Logró soltar la respuesta que había memorizado.

—A nosotros mismo nos sorprendió tanto como a los demás, Alex.

—A lo largo de los años le ha dicho a la gente que fue usted quien volvió a poner en contacto a Amanda y a Jeff.

—Así es. En una cafetería de Brooklyn. A Amanda le encantaban sus panecillos —dijo con tristeza.

—Pero no los unió de forma premeditada, ¿verdad? —inquirió en un tono comprensivo—. ¿No es cierto que Jeff acababa de encontrarse con usted por casualidad?

—Sí, supongo que sí.

—De hecho, ¿no estaba usted interesada a nivel romántico en Jeff desde la universidad?

Ella se encogió de hombros.

—Los amores de la universidad van y vienen.

—Así que estaba enamorada. Y luego se ilusionó cuando los dos terminaron en Nueva York después de acabar los estudios en la facultad y él la invitó a salir.

—Sí, supongo que así fue.

—¿Y fue usted quien le dijo que ya no quería seguir viéndole o fue decisión de él?

—No ocurrió así. Ni siquiera mantuvimos esa conversación. Simplemente no hubo una tercera cita.

—¿Fue por eso por lo que Jeff no la invitó?

—Claro, supongo que sí.

Meghan pudo percibir la insinuación en el silencio que se hizo a continuación. El programa se había anotado un tanto a su costa. Durante todos esos años había permitido que la gente pensara que había hecho de celestina entre Amanda y Jeff. ¿Todo el mundo vería ahora la verdad? ¿Sabrían que había amado siempre a Jeff? ¿Que había llorado durante horas después de que Amanda la llamara el día después del encuentro casual en la cafetería para contarle que Jeff la había invitado a cenar? Meghan supo al instante que había perdido su oportunidad. Jamás podría competir con Amanda.

En esos instantes, llevada por la desesperación, trató de volver las tornas contra su interrogador.

—¿Alguna vez ha oído hablar de la estrechez de miras?

—barbotó—. Permita que se lo explique. Ocurre cuando un investigador sospecha de una persona y considera todas las pistas a través de ese prisma. Yo podría señalar a cualquier persona del cortejo nupcial y empezar a suscitar preguntas. Pero eso no significa que alguno de nosotros esté involucrado. Tomemos por ejemplo a Kate. La noche en que Amanda desapareció dijo que había bebido demasiado y tenía que irse a su habitación. Pero cuando fui a ver qué tal estaba, no abrió nadie a pesar de que aporreé la puerta. Por la mañana afirmó que no había oído que llamasen, aunque es la persona con el sueño más ligero que he conocido. En la universidad se despertaba si alguien ponía música dos habitaciones más allá de la suya. ¿Sé dónde estaba Kate esa noche? En realidad no. Pero ¿tuvo Kate algo que ver con la desaparición de Amanda? Apostaría mi vida a que no. ¿Va usted a jugar al «cogido» con todos nosotros? ¿Está intentando hacer que parezcamos culpables?

Meghan creía que había presentado un argumento muy válido, pero se dio cuenta de que los productores siempre podían editar cualquier cosa que no les gustara. Era posible que apareciera como una lunática a la defensiva cuando hubieran terminado con el montaje.

Alex cambió de rumbo.

—¿Amenazó usted con demandar a Amanda por robarle la idea de un producto?

Los peores temores de Meghan se estaban haciendo realidad. Bueno, no sus peores temores, pero sabía que aquella entrevista no estaba yendo bien. Sintió que el estómago se le encogía más aún que durante la última semana. ¿Cómo narices estaban al corriente de la pelea ocurrida en las oficinas de Ladyform? Creía que hacía mucho tiempo que la desaparición de Amanda había restado importancia a su pelea. Tenía que haber sido Charlotte. Esa mujer jamás olvidaba.

—No la amenacé, pero sí le avisé de que había herido mis sentimientos. En la universidad se nos ocurrió una forma de llevar encima las llaves y el iPod mientras hacíamos ejercicio. Cosimos bolsillos de neopreno en nuestra ropa de deporte. Mantenía el contenido seco y a buen recaudo. Además, nos parecía que era bastante chulo. Cuando vi la colección X-Dream de Ladyform en las tiendas me disgusté tanto que fui al despacho de Amanda. Discutimos por la autoría de la idea. Yo pensaba que era mía o por lo menos conjunta. Ella insistió en que el verdadero trabajo y la propiedad eran suyos y de la empresa. En mi opinión, si no hubiera pensando que estaba haciendo algo malo, me lo habría contado de antemano.

—Usted gritó tan fuerte que la gente podía oírla desde el vestíbulo. ¿Hizo que aumentara su enfado el hecho de que Amanda fuera a casarse con el hombre en el que usted seguía interesada?

Meghan empezaba a lamentar no haber intentado disuadir a Jeff de ir a ese lugar. Ahora estaba atrapada. No tenía más alternativa que hablar.

—Reconozco que la pelea en su despacho fue acalorada. Pero ella me llamó al día siguiente. Quedamos para comer. Me explicó que todo el trabajo de diseño y la experimentación que se habían realizado habían convertido nuestro sencillo truco en un producto vanguardista. Se disculpó por no habérmelo contado de antemano y le dije que me lo podía compensar invitando a la magnífica botella de champán que nos estábamos bebiendo y mandándome una caja llena de ropa de deporte de forma gratuita. —Sonrió al recordar—. Al final fue un incidente de poca importancia en nuestra amistad. Y durante esa misma comida mantuvimos la conversación que siempre rememoro. Es la razón por la que de verdad creo que Amanda se marchó del hotel por voluntad propia. —declaró. Alex se inclinó hacia delante. Meghan rogaba que la creyera. Nunca antes se lo había contado a nadie, salvo a Jeff—. La enfermedad cambió a Amanda de manera radical. Me dijo que ya no iba a hacer las cosas solo por lealtad u obligación. Iba a vivir para ella misma. Fue su razón para no darme el reconocimiento por X-Dream. En el fondo no creía que yo lo mereciera, así que compartir el mérito conmigo disminuiría su propio logro.

—¿Y qué relación tiene eso con su desaparición? —preguntó Alex.

—Era muy diferente de la Amanda que conocía antes de que cayera enferma. Al volver la vista atrás pienso que estaba intentando decirme que ya no iba a ser más una buena chica. La buena hija. La buena amiga. La buena esposa. Quería libertad y quería poder, y no deseaba sentirse culpable por ser la mujer fuerte e independiente en que se había convertido. Pero no podía hacer todo eso a la sombra de su familia, de sus amigos y de su inminente boda.

—Los amigos han dicho que usted se preocupó menos que todos los demás cuando ella desapareció. ¿Por qué no le ha contado todo esto a nadie con anterioridad?

—Con el tiempo, se lo expliqué a Jeff. Pero no me pareció correcto contárselo a nadie más. Tenía la sensación de estar criticándola, como si estuviera diciendo que el cáncer la volvió egoísta. ¿No suena eso espantoso? Pero yo no lo veo así. Me alegré por ella. Pensaba que había encontrado una forma de empezar de nuevo. Por eso no me sentí culpable cuando la relación entre Jeff y yo empezó a hacerse más estrecha. ¿Sabe que desaparecieron las alianzas de boda?

Había esperado sorprender a Alex, pero él estaba preparado para la pregunta.

—Sí, Jeff explicó que no se dio cuenta de que faltaban los anillos hasta que volvió a Nueva York. Admitió que fue descuidado y no siempre cerraba la caja fuerte del hotel. Piensa que algún empleado pudo haberlas robado.

Por primera vez desde que ocupó su asiento Meghan sintió que tenía el triunfo en su mano. ¿De verdad creían que los anillos habían desaparecido casualmente junto con la novia?

—Menuda coincidencia sería esa —dijo—. Y seguro que, si lo comprueban, los robos son muy poco frecuentes aquí.

Son piezas excelentes. No me imagino a ningún empleado arriesgándose de ese modo.

—Entonces ¿cuál es su teoría? —quiso saber Alex.

—Siempre he pensado que Amanda se los llevó como recuerdo. Puede que quisiera una vida nueva, pero sí amaba a Jeff. Lo que pasa es que yo lo quería más y eso no es ningún delito. —Miró directamente a la cámara—. Amanda, soy feliz y espero que tú también lo seas.

Fue cuanto Meghan pudo hacer. Cuando Jerry le quitó el micrófono tuvo la sensación de que le habían quitado un enorme peso del pecho. Quería irse a casa. «Por favor, Jeff —pensó para sus adentros—, vámonos a casa. Tengo una cosa que contarte.»

## 42

—Si crees a esa mujer, tengo un puente que me gustaría venderte y está hecho de oro. —Grace apuntó con el dedo índice, con su manicura francesa, para dar mayor énfasis.

El equipo estaba reunido en el salón de la suite de Alex, discutiendo de nuevo la entrevista de Meghan. Era la primera vez que se habían puesto ante las cámaras sin antes haber mantenido una conversación más amplia fuera de ellas.

Jerry y Grace tenían impresiones diametralmente opuestas sobre Meghan.

—Eres muy cínica —le dijo Jerry a Grace—. Me ha parecido muy sincera. Creo que es justo lo que los hermanos de Amanda dijeron que debíamos esperar. Es objetiva. Directa. A mí me parece creíble todo lo que ha dicho.

Parecía que Grace tuviera ganas de saltar mientras esperaba a que Jerry terminara.

—Podría decirse que ha memorizado cada palabra. Hasta las pausas parecían ensayadas.

—Eso no significa que estuviera mintiendo —replicó Jerry.

—No, pero sí que creía que tenía algo que ocultar. La única cuestión es si Alex ha conseguido que lo confesara todo o queda más por saber. Como mínimo, esa mujer ha mentido durante años sobre sus sentimientos por Jeff. No se lo presentó a Amanda, al menos no a propósito. Imagino que deseó que jamás se hubieran encontrado en esa cafetería. Seguro que estaba coladita por Jeff desde la universidad. Hasta puede que fuera esa la razón de que se marchara a Nueva York al terminar la facultad y que casualmente viviera cerca de él en Brooklyn.

Laurie estaba siguiendo la conversación, pero se encontraba distraía por sus propios pensamientos con respecto a Meghan.

Alex se acomodó sus gafas de montura negra después de alzárselas para revisar sus notas.

—Grace, estoy de acuerdo contigo en que es probable que estuviera más interesada en Jeff antes de la desaparición de Amanda de lo que jamás ha dicho. Pero la creo cuando ha dicho que Amanda y ella arreglaron las cosas después de la pelea en las oficinas de Ladyform.

—¿En serio? —preguntó Grace—. Es mucho dinero del que olvidarse con una simple comida con champán y una caja de ropa deportiva.

—Si hubieran estado peleadas, ¿habría sido Meghan su dama de honor? —Alex hizo una pausa—. ¿Qué opinas tú, Laurie? Algunas personas han mencionado la enfermedad de Amanda, pero esta es la primera vez que alguien ha intentado explicar cómo la cambió en realidad.

Esa era la parte de la conversación que Laurie había estado rememorando en su cabeza durante la última media hora. La forma en que Meghan describía la transformación de su amiga parecía completamente auténtica. Y como amiga de ella, era posible que estuviera en mejores condiciones para reconocer el cambio que la familia de Amanda o incluso su prometido. Por primera vez Laurie creía que de verdad era posible que Amanda quisiera liberarse. Quizá huyera, tal y como creía Meghan. Pero tal vez le dijera a Jeff que no quería seguir adelante con la boda. Y si eso ocurrió, estaban de nuevo donde habían empezado: con un dedo señalando a Jeff.

—Las alianzas desaparecidas —dijo Laurie de repente—. No le di demasiada importancia cuando Jeff lo mencionó. Pero

Meghan ha señalado con toda la razón que es mucha coincidencia que desaparecieran durante su estancia en el resort. Jeff dijo que dio por hecho que algún empleado las sustrajo de la caja fuerte en medio del caos, pero eso sería un acto demasiado arriesgado. Que te pillen con unas alianzas de boda pertenecientes a una mujer desaparecida te convertiría en el sospechoso principal de su desaparición.

—Y las alianzas no valen tanto comparadas con lo que sin duda muchos de los invitados tenían en sus cajas fuertes —apostilló Jerry—. Meghan tiene razón: era más probable que se las llevaran como recuerdo que como botín. A mí me ha convencido de verdad cuando Meghan ha mirado a la cámara y ha dicho que quería a Amanda. ¿A que sería alucinante que Amanda viera nuestro programa y se pusiera en contacto con su familia?

—Anda ya, tío —dijo Grace—. ¿De verdad te has tragado sus gilipolleces…? ¡Has picado hasta el fondo!

«Dos días de rodaje y no siento que esté más cerca de la verdad», pensó Laurie.

## 43

—¡Abuelo, ven con nosotros! —Timmy y otros cuatro chicos estaban jugando en el agua a Marco Polo—. El padre de Jake dice que jugará si se apunta con otro adulto.

Leo escudriñó la zona de la piscina. Un hombre de cuarenta y tantos captó su atención y meneó la cabeza con sutileza, con una expresión de súplica en los ojos. Tal y como preveía Leo, el padre de Jake estaba buscando un modo de evitar que le persiguiera una pandilla de niños en el agua.

—Creo que ya habéis acaparado suficiente trozo de la piscina vosotros solos, chicos.

Mientras continuaban los rítmicos cánticos de «Marco… Polo», Leo sonrió para sí y tomó otro sorbo de su piña colada. Laurie no aprobaría las calorías, pero creía que tenía derecho a una pequeña celebración. Cuando Timmy y él se fueron de la suite de Alex, todo el equipo estaba dándoles vueltas a varias teorías sobre lo que le había ocurrido a Amanda.

Pero Leo estaba dispuesto a cerrar el caso. Cuanto más lo pensaba, más creía que Jeremy Carroll tenía que ser su hombre. Había sentido la vieja y familiar punzada en las tripas cuando estuvo seguro de haber descubierto la conexión que faltaba en la investigación. Por lo general, la encontraba en veinticuatro horas; se pillaba al cónyuge en una mentira o uno de los colegas de la víctima no se presentaba a trabajar a la mañana siguiente. Pero cuando la clave del caso desempeñaba un papel de escasa relevancia en la vida de la víctima —el paisajista, el chico del supermercado o un ayudante que trabaja para el fotógrafo de la boda—, se podían tardar años en establecer la conexión.

Jerry había dicho que la llamada telefónica a Jeremy había ido bien; había aceptado las disculpas y parecía que también la explicación de que la visita a su casa de aquella mañana había sido de documentación rutinaria, realizada de forma chapucera por dos empleados del programa con exceso de entusiasmo. Ahora que Jeremy se sentía a salvo, Laurie y Alex podían terminar de entrevistar al resto de los participantes del programa, pero Leo convencería a su hija para que acudiera a la policía local a fin de contarles lo que sabían. Ya tenía una idea para utilizar al agente de la condicional de Jeremy para que registrara su casa. Si encontraban fotografías de Amanda, y sabía que lo harían, un buen detective podría usarlas para obtener una confesión.

Leo sentía que los viejos músculos del policía funcionaban de nuevo. Podía visualizar que cada pieza de la investigación encajaba en su lugar. No lamentaba haberse jubilado para ayudar a Laurie a criar a Timmy, pero siempre echaría de menos el trabajo.

«Tal vez me piense si hacer algo como detective privado de forma extraoficial ahora que Timmy se hace mayor —pensó—. Se me daría bien.» Cerró los ojos y sintió el calor del sol en la cara. Mientras sus pensamientos se dispersaban, recordó que Laurie había mencionado que Amanda había organizado vigilias de oración para una chica que fue asesinada en su universidad. Se preguntó si habían resuelto aquel caso. Quizá podría ser el siguiente caso sin resolver de Laurie.

Metió la mano en la bolsa de playa de Timmy, sacó su iPad y se conectó a la red wifi del hotel. No recordaba el nombre de la mujer, por lo que buscó por «estudiante de la Universidad de Colby desaparecida».

Se llamaba Carly Romano, tenía veinte años y era una estudiante de segundo curso, lo que la situaba uno por detrás de

Amanda y sus amigos en el momento de su desaparición. Era de Michigan y se la vio por última vez en una fiesta fuera del campus. Nadie la vio marcharse, pero se suponía que había intentado regresar a pie al campus ella sola. Estuvo desaparecida durante dos semanas antes de que hallaran su cadáver, estrangulado, en el lago Messalonskee.

Leo levantó la vista para asegurarse de que Timmy estaba bien en la piscina. Estaba convencido de que aquellos críos iban a seguir jugando hasta caer rendidos por el agotamiento.

Continuó revisando los nuevos resultados. Por lo que veía, no habían arrestado a nadie y la policía no había nombrado a ningún sospechoso.

Buscó el número de teléfono del departamento de policía de Waterbille, Maine, donde se encontraba la Universidad de Colby, y se lo envió por e-mail a sí mismo junto con el nombre de Carly Romano. «Puede que no esté listo para abrir mi propia agencia de detective privado, pero eso no significa que no pueda hacer una pequeña investigación independiente», pensó.

## 44

—¿De verdad vamos a dejar que beban whisky durante su entrevista?

Jerry estaba montando la mesa del bar para que quedara perfecta en el salón de cócteles. Desde el ángulo correcto, las cámaras podrían captar la oscura madera del bar del hotel, y el sol y las palmeras que se encontraban justo afuera.

—Confía en mí —dijo Laurie—. Este es el lugar en el que Nick y Austin se sentirán más a gusto. Eso es lo que más importa, lo cual implica facilitarles su bebida predilecta.

Laurie había decidido entrevistar a los dos amigos a la vez. Parecían abrirse en presencia del otro y eso era lo que ella quería.

En cuanto al vestuario, Laurie no podría haber pensado en nada mejor aunque les hubiera elegido la ropa ella misma. Ambos aparecieron ataviados con sendos trajes de verano de color marrón, con camisa azul chillón y el cuello abierto. La única diferencia era el dibujo del pañuelo del bolsillo de la chaqueta. Pese a que sus atuendos eran casi idénticos, no se parecían en nada. Nick era increíblemente guapo y estaba en forma; era uno de esos hombres que llevaban un traje con elegancia. Austin, en el mejor de los casos, tenía un aspecto normal y una incipiente barriga. El corte de su traje era impecable, pero no servía para potenciar su aspecto general. Recordó lo que la madre de una de sus amigas había contado sobre el ligue de su hija: «Todavía no parece cómodo con su traje de Paul Stuart».

—Vayamos directos al grano —dijo Alex cuando empezaron a rodar—. Según dicen, son dos solteros de éxito y están disponibles. Hasta nuestra asistente en el programa afirma que no pueden evitar coquetear con cada mujer que se cruzan. Como dice el refrán, Dios los cría y ellos se juntan. ¿Estaba su amigo Jeff preparado para sentar la cabeza con Amanda?

A Laurie no le sorprendió que Nick tomara la delantera. No cabía duda de que era el macho alfa de los dos.

—Por supuesto —respondió con confianza—. Mire, Jeff y yo nos hicimos muy amigos desde el momento en que nos asignaron como compañeros de habitación en la universidad, pero él nunca fue un verdadero compinche.

—¿Puede explicar a nuestros telespectadores qué significa eso? —preguntó Alex.

—Ah, sí, claro. —Nick y Austin intercambiaron una mirada divertida—. Es un colega cuando quieres hablar con mujeres. Un compañero de caza, por así decirlo.

Laurie tenía ganas de eliminarlos del programa de un plumazo. No era de extrañar que siempre hubiera evitado las citas.

—¿Jeff no era así?

—Desde luego que no —repuso Austin, tratando de intervenir—. En la universidad se centraba en sus estudios. Casi siempre pasaba el rato en grupos.

—¿Y más tarde, cuando trabajaba como abogado en Nueva York?

Era evidente que Austin no conocía la respuesta. Era Nick quien estaba unido a Jeff.

—Tenía alguna cita de vez en cuando, pero nada serio —dijo Nick—. En realidad fui yo quien mantuvo una relación seria durante un tiempo...

—Melissa —apostilló Austin—. No duró mucho.

—Cierto. Tuve un desliz en una despedida de soltero de un colega. Melissa lo descubrió y rompimos. No he vuelto a intentarlo, pero bueno, a diferencia de alguien que yo me sé, por lo menos lo intenté. En fin, en cuanto Jeff empezó a salir con Amanda, solo hablaba de ella.

—Pero ¿no estuvieron saliendo de forma intermitente durante un tiempo? —inquirió Alex.

—Al principio —contestó Nick—. O el uno o el otro estaba tan ocupado en el trabajo que relegaban su relación a un segundo plano. Pero cada minuto que no estaba trabajando lo pasaba con ella. Cuando Amanda le dijo que tenía cáncer, le pidió que se casara con él al día siguiente.

—¿Y después de que ella enfermara? ¿Los vieron discutir alguna vez?

—Discutían como cualquier pareja, pero él jamás le habría hecho daño —adujo Austin.

Nick lanzó una mirada de desaprobación a su amigo.

—Créame; fuera lo que fuese lo que le ocurriera a Amanda, Jeff no tuvo nada que ver. Se quedó destrozado cuando desapareció.

—Hasta que empezó a salir con Meghan —comentó entonces Alex.

Una chispa de ira cruzó el rostro de Nick.

—Eso no es justo. ¿Qué se supone que tiene que hacer un hombre? ¿Ser un monje el resto de su vida? ¿Tan sorprendente es que se enamorara de alguien a quien Amanda también amaba y respetaba?

—Tendrá que perdonar a Nick —medió Austin—. Es muy protector cuando se trata de Jeff.

Laurie creyó detectar ciertos celos en la voz de Austin.

—Bueno, ambos han dicho que vieron a Amanda por última vez alrededor de las cinco, después de terminar con la sesión fotográfica en grupo.

Los dos confirmaron la misma línea temporal que le habían contado a la policía. Después de la sesión de fotos, pasaron una hora en el bar y luego se dirigieron a sus habitaciones. Un poco antes de las ocho, se reunieron en el vestíbulo y fueron a cenar al Carne y Pescado y terminaron en torno a las diez. Henry se marchó mientras ellos se quedaban a tomar unas copas allí después de la cena. Luego bebieron algo en la habitación de Jeff y se fueron a sus respectivas habitaciones a eso de las once.

—Tenemos entendido que estaban aquí abajo cuando Amanda y sus amigas regresaron al hotel. ¿Se cruzaron con ellas?

Nick meneó la cabeza.

—No, yo no volví a ver a Amanda después de que hicieran las fotos.

Austin dio la misma respuesta.

Laurie escuchó con atención mientras Alex les acribillaba a preguntas.

—Así que dos solteros amantes de la diversión como ustedes se marcharon de la habitación de Jeff y se fueron a acostar alrededor de las once. ¿No es un poco temprano para ambos?

—Habíamos salido hasta tarde la noche anterior. Pasamos todo el día tomando el sol. Bebimos mucho antes y durante la cena y después en la habitación de Jeff. —Nick se volvió hacia Austin—. No sé tú, pero yo estaba rendido.

—Yo ya estaba cansado —se apresuró a convenir Austin, como de costumbre—. Me fui derecho a mi habitación y me acosté.

—De acuerdo, volvamos a cuando estuvieron los dos solos con Jeff en su habitación. Ambos me contaron con anterioridad que Jeff expresó dudas en cuanto a casarse con Amanda. ¿Qué dijo en realidad?

—Yo le pregunté en broma si se estaba arrepintiendo —dijo Nick—. Los dos nos quedamos atónitos cuando respondió que sí.

—¿Y qué se dijeron después de eso?

Esa vez fue Austin quien respondió:

—Jeff dijo que Amanda quería que él cambiara de empleo. Que era un abogado demasiado bueno como para desperdiciar su tiempo trabajando por una miseria en calidad de abogado de oficio. Jeff le dijo que le gustaba su trabajo y ayudar a la gente, y era realmente bueno.

—¿Qué respondieron ustedes a eso? —preguntó Alex.

—Nos reímos de ello —repuso Nick—. Le dije que casarse siempre conlleva que ella empiece a dirigirte la vida. Que se acostumbrara.

—¿Y qué contestó Jeff?

—Rio con nosotros —adujo Nick—. Pero ambos teníamos la impresión de que se arrepentía de haber empezado esa conversación. Nos despedimos justo después de eso y nos dirigimos a nuestras habitaciones.

—Así que se fueron a sus respectivas habitaciones a las once y se conformaron con quedarse en ellas toda la noche. ¿Es correcto?

—Sí —afirmaron ambos.

—Y, por lo que saben, ¿Jeff no tenía pensado salir de su habitación hasta después de las once?

—Así es.

—¿Es acertado decir que nadie puede confirmar que pasaran la noche en sus habitaciones después de las once, la hora aproximada a la que se vio a Amanda por última vez?

Una chispa de ira surgió en el rostro de Austin.

—Supongo que sí. —Nick asintió.

—¿Estaban ustedes al tanto por entonces de que en su testamento Amanda había dejado su fondo fiduciario de dos millones de dólares a Jeff?

—Lo descubrimos después de que ella desapareciera —dijo Nick.

—¿Creen que Amanda le había hablado a Jeff sobre su posible herencia?

Se miraron el uno al otro.

—Es muy posible —repuso Austin en voz queda.

Laurie se daba cuenta de que ambos deseaban con todas sus fuerzas poner la mano en el fuego por su amigo, pero no podían. Había un hecho ineludible: Jeff era quien más tenía que ganar con la desaparición de Amanda.

## 45

—Mamá, esas mujeres de ahí están bebiendo martini azul.
—Timmy estaba señalando a un grupo de cuatro mujeres. Sus
bebidas tenían el mismo color que los detergentes para lavavajillas—. No quieres uno de esos. A ti te gusta el martini seco.

Los ojos de Alex tenían una expresión divertida detrás de
sus gafas.

—Está claro que Timmy conoce bien a su mamá.

Laurie y Alex habían pospuesto sus planes de cenar a solas en un restaurante con tres estrellas Michelin después de
que Timmy suplicara ir al restaurante de sushi del hotel. Leo
no soportaba la idea de comer pescado crudo. Lo llamaba «fan-
go de mar».

Por el contrario, Timmy era aún más atrevido que Laurie
con el menú del sushi. Pero esta sospechaba que el entusiasmo de su hijo por aquel restaurante en particular se debía
menos a la comida que a los dos acuarios en forma de L sobre
los mostradores de la barra tras cuyos cristales nadaban peces
vivos.

Alex estaba a punto de anunciarse a la jefa de comedor del
restaurante, cuando Timmy preguntó si podían sentarse a la
barra.

—Siempre dices que deberíamos probar nuevas experien-
cias —arguyó—. No tenemos de esto en casa.

Alex le dio las malas noticias.

—Eres demasiado joven para el bar, colega. Inténtalo de nuevo dentro de doce años.

—Estoy deseando ser lo bastante mayor para sentarme a la barra.

—Justo lo que una madre quiere oír —dijo Laurie con sequedad—. No quiero que acabe como esos dos borrachos de Austin y Nick.

—Hablando de los dos Romeos, ¿qué has sacado de su entrevista de hoy? —dijo Alex una vez que estuvieron en la mesa.

Laurie se encogió de hombros.

—Que son tal y como Sandra los describió. Personalmente, no les encuentro el atractivo, pero sé que Brett estará contento. Al menos resultan entretenidos para la televisión.

—Basta de hablar de esos dos. —Alex exhaló un suspiro—. Así que Leo ya está convencido de que el ayudante de fotógrafo estuvo implicado.

Al no disponer de hechos nuevos, Laurie no tenía demasiadas ganas de volver con ese tema.

—Sé que piensas que está sacando conclusiones precipitadas —dijo—. Tal vez debamos dejarlo en un segundo plano por ahora.

Más tarde, mientras cruzaban el vestíbulo, Timmy preguntó si esa noche podía dormir en la habitación del abuelo. Laurie se alegró de disponer de más tiempo aún para pasarlo con Alex.

Laurie se quedó sorprendida a la mañana siguiente cuando Charlotte Pierce llegó al set en el patio trasero del hotel. Llevaba un impecable traje blanco hecho a mano con una blusa negra de seda. Su cabello y su maquillaje eran perfectos para la cámara. No parecía la misma mujer que conoció en la sede de Ladyform.

—No se sorprenda tanto —dijo Charlotte, acomodándose en el sofá de dos plazas que habían dispuesto para la ocasión—. No creería que iba a aparecer en la televisión nacional con pinta de patito feo, ¿verdad?

Alex ocupó su lugar, asintió y las cámaras empezaron a grabar.

Cinco minutos más tarde, Laurie miró su reloj. Charlotte ya había recitado la misma información que le había dado a Laurie cuando se vieron en Nueva York. Era una mujer de negocios que estaba acostumbrada a expresarse de manera eficaz.

Pero parte del talento de Alex consistía en introducir preguntas que sus entrevistados no habían previsto.

—¿Cómo era ser la hermana de Amanda? —preguntó de manera desenfadada.

—No tengo ni idea de qué quiere decir con eso. Es como si me preguntara cómo es respirar. Ella era la única hermana que he tenido.

—Pero percibo en usted a una mujer que de hecho podría describir cómo es respirar, en caso de que alguien le hiciera esa pregunta.

Charlotte le brindó una media sonrisa. Laurie casi pudo oírla decidir que le seguiría el juego.

—De acuerdo. Era como ser la mala hierba que crece junto a la rosa. En cualquier otra familia yo habría sido una superestrella. Me licencié entre los primeros de mi clase en la Universidad de Carolina del Norte. Soy una persona bastante agradable. Trabajo duro. Pero Amanda era especial. Los hombres deseaban casarse con ella y las mujeres deseaban ser ella. Sabía complacer a la gente.

—Los amigos de Jeff percibieron que a usted no le hacía especial ilusión la boda. La palabra que uno de ellos empleó en relación con su actitud fue «apática».

—Bueno, en primer lugar, los amigos de Jeff son imbéciles. —Charlotte agitó las manos con desdén—. En segundo, no estaba apática. Estaba preocupada, y no por Amanda. Creía que Jeff estaba cometiendo un error. Yo quería a mi hermana, pero probablemente era la única persona que la conocía de verdad. Parecía una princesa de un cuento de hadas, con pajarillos azules cepillándole el cabello. Pero era astuta. Ambiciosa. Y no tenía nada de malo, pero lo escondía tras esa fachada perfecta y amable.

La descripción de Charlotte fascinó a Laurie. Parecía del todo sincera.

—Entonces ¿por qué le preocupaba Jeff? —inquirió Alex.

—Porque no tenía ni idea de en qué se estaba metiendo. Empezó a salir con Amanda y entonces ella se puso enferma casi de inmediato. Estaba débil —añadió con pesar—. Fue la única vez en su vida en que fue vulnerable, pero, en todo caso, la experiencia solo la endureció. Les digo una cosa: le hubiera hecho pasar por el aro. Iba a cambiarle igual que cambió Ladyform. Su idea de un marido con éxito no era un abogado de oficio.

Alex se inclinó hacia Charlotte.

—Entonces ¿sospecha usted de Jeff Hunter en la desaparición de su hermana?

Ella guardó silencio largo rato antes de responder.

—Supongo que eso depende.

—¿De qué?

—De si él comprendió que si se casaba con Amanda estaría bajo su yugo igual que siempre lo estuve yo.

## 47

Leo se sentía bien descansado cuando despertó. Aquella cama era maravillosa, pensó. Hacía diez años que Eileen había fallecido. Desde entonces solo en los viajes con su hija había dormido en una cama que no fuera la suya o la de la habitación de invitados de Laurie. Se dio cuenta de que sin duda era hora de comprar un colchón nuevo. Quizá se lo planteara cuando volvieran a Nueva York.

Echó un vistazo al reloj. Eran ya las diez de la mañana. Vio una nota debajo de la puerta que conectaba su habitación con la de Laurie y Timmy. Al agacharse a recogerla sintió dolor en los tendones de las corvas. Estaba en buena forma para tener sesenta y cuatro años, pero necesitaba hacer más estiramientos. «He pensado en dejaros dormir hasta tarde», decía la nota.

Timmy se estaba haciendo mayor. Podía dormir hasta el mediodía sin problemas.

Leo fue hasta la pequeña mesa del rincón, abrió el ordenador portátil que Laurie le había regalado por su cumpleaños y pulsó el navegador de internet. Podía dedicar unos minutos a trabajar en su proyecto antes de despertar a su nieto para tomar un desayuno tardío. Utilizó dos dedos para teclear «Facebook.com» en la ventana de búsqueda. Grace le estaba enseñando a «ciberacechar», como lo denominaba ella. Cuando estaba en activo, recabar información general requería llamar a las puertas y patearse las calles. Hoy en día la gente publicaba su vida entera en las redes sociales, incluyendo lo que tomaba para desayunar.

Tecleó «Carly Romano» en la ventana de búsqueda de Facebook. Había leído hacía poco que cada vez era más corriente que familiares y amigos mantuvieran las páginas de aquellos que habían fallecido para que los seres queridos tuvieran un lugar en el que publicar recuerdos. Como era de esperar, encontró su muro, con una publicación de hacía dos meses de Jenna Romano: «Feliz cumpleaños, hermanita. Sigo llevándote en el corazón. Besos y abrazos».

Había llamado a la policía de Waterville y confirmado que el caso de Carly continuaba sin resolverse. Según el detective con el que había hablado, el principal sospechoso era su novio del instituto en Michigan. Los dos habían intentado mantener una relación a distancia durante su primer año de universidad, pero Carly rompió cuando regresó al campus para su segundo año. Él no se lo tomó nada bien. Pero la policía nunca pudo construir un caso contra él.

Parecía un buen caso para el programa de Laurie.

Leo fue echando un vistazo a las fotografías en el perfil de Carly, buscando una del antiguo novio. Comprobó las fechas. Aún estaba examinando los años de la universidad. Tenía que volver al instituto.

No pudo evitar fijarse en que Carly parecía feliz y animada en todas las fotos. Tenía una espesa melena negra y grandes ojos castaños que parecían estar siempre sonriendo. Estaba ojeando las fotos tan rápido que a punto estuvo de pasar por alto un rostro familiar.

Retrocedió un par de páginas. El pie de la foto decía «¡Noche de DJ en el Pa'dentro!». Carly miraba de frente a la cámara. El hombre a su lado en el taburete la había rodeado con el brazo. Tenía menos años, pero no cabía duda de que era él, pensó Leo para sus adentros.

Con menos edad, pero familiar. Lo vio un par de veces más en otras fotografías tomadas unos días después de aquella.

Se metió en su cuenta de correo y buscó la agenda del programa que Jerry había enviado a todos antes del viaje. Alex tenía que entrevistar a Charlotte a las nueve de la mañana en el patio trasero del hotel, seguida por Kate a las diez y media. Si se daba prisa podía encontrar a Laurie en el descanso entre ambas entrevistas.

Leo esperó hasta que vio a Charlotte Pierce abandonar el set de rodaje. Laurie sonrió al verle, pero a continuación su rostro reflejó un instante de pánico.

—Papá, ¿dónde está Timmy?

—Está bien. Le he despertado y está en tu habitación, preparándose para desayunar. —Habían vivido a la sombra de un asesino durante cinco años, con la amenaza de que algún día regresaría para matarlos a su hijo y a ella pendiendo sobre sus cabezas. Un miedo así no desaparecía con facilidad—. Creo que es posible que Alex tuviera razón al decir que estaba sacando conclusiones precipitadas con respecto a Jeremy Carroll. Tienes que ver esto. —Abrió la pantalla del portátil.

Laurie se quedó boquiabierta por la sorpresa.

—¿Ese es...? Ay, Dios mío, lo es.

Leo pinchó en las otras dos fotografías.

—Aquí la tiene rodeada con el brazo. Y fíjate cómo la mira en esta. Creo que Jeff estaba saliendo con Carly Romano. Puede que Amanda no haya sido su primera víctima.

## 48

Jerry estaba haciendo señas con la mano a Laurie.

—¿Va todo bien? Estamos listos para continuar. —Habían programado sesiones de entrevistas sucesivas para Charlotte Pierce y Kate Fulton.

—Solo un segundo. —Se volvió hacia Leo y dijo—: Papá, vamos a callarnos este descubrimiento por ahora. Si Jeff se entera de que lo hemos relacionado con Carly, es posible que le entre el pánico. Se supone que tenemos que entrevistarlo esta tarde.

Leo asintió.

—Estoy de acuerdo.

Laurie se aproximó al set, sonriendo a Kate con serenidad, y a continuación le explicó que tenía que hablar brevemente con Alex antes de que empezaran.

Alex la conocía lo bastante bien como para saber que había ocurrido algo inesperado. Se apartaron a un lado, donde los demás no pudieran oírlos.

—¿Recuerdas que te hablé de una chica, Carly Romano, a la que asesinaron cerca del campus cuando todos iban a la universidad? —preguntó. Él asintió—. Pues mi padre ha encontrado en internet algunas fotos de Jeff y de Carly juntos. Parece que es posible que salieran.

—¿Cómo es que ninguno lo ha mencionado? —se apresuró a preguntar Alex.

Laurie se encogió de hombros, tratando aún de asimilar la nueva información.

—Es probable que las chicas no lo supieran; Kate dijo que no eran amigas de Carly y que aún no estaban unidas a Jeff. Pero imagino que los amigos de Jeff sí lo sabían.

—¿Debería preguntarle a Kate? ¿O debería esperar hasta que lo tengamos ante las cámaras?

—No le preguntes a Kate nada de esto. Quiero cerciorarme de que pillamos a Jeff con la guardia baja más tarde.

Grace se dirigía hacia ella, con sus bronceadas piernas al descubierto por un minivestido increíblemente corto.

—¿Qué tal vamos por aquí? Le he dicho a Jerry que se tranquilice, pero parecéis un poco preocupados.

La habilidad de Grace para calar a Laurie resultaba casi inquietante.

—Estamos listos —dijo Alex con confianza.

Asió la mano de Laurie y le dio un apretón suave. «No te preocupes, Alex es un profesional —se recordó—. Manejará esto a la perfección.»


—Bueno, Kate, usted dijo que Amanda expresó sus dudas sobre seguir adelante con la boda. ¿Puede contarme exactamente qué dijo? —preguntó Alex sin rodeos.

Kate apretó los labios y pareció concentrarse a fondo.

—No recuerdo cada palabra, pero estábamos solas en la piscina y ella quiso saber si me arrepentía de haberme casado, si habría experimentado más cosas en la vida de no haberlo hecho… ese tipo de cosas. Hasta me preguntó si creía que era demasiado tarde para echarse atrás.

—Eso suena a nervios de ultima hora —repuso Alex—. ¿Mencionó la posibilidad de cancelar la boda?

—No dijo que quisiera cancelarla, pero sí recuerdo que dijo: «¿Tan malo sería suspenderla en este momento?». Yo le contesté que era normal que estuviera nerviosa, pero que no debería seguir con la boda solo para evitar un disgusto a la gente.

—Si eso es cierto, es usted la única persona, que nosotros sepamos, a la que Amanda expresó su reticencia, Kate. Discúlpeme por decir esto, pero ¿no estaba Meghan tan unida a ella como usted? A fin de cuentas, era la dama de honor. ¿Por qué Amanda no le reveló estas preocupaciones a ella?

Kate se encogió de hombros.

—Puede que fuera porque Meghan también era amiga de Jeff. Tal vez le preocupara que se lo contara a él.

—¿Está segura de que es esa la única explicación? —insistió Alex—. Meghan ha dado a entender que Amanda y ella eran muy amigas. ¿No le haría a ella una confidencia tan importante?

Kate se aclaró la garganta.

—Sí, es posible que a lo largo de los años yo haya dejado caer eso, que solía preguntarme si me casé demasiado joven. Que imaginaba lo diferentes que podrían haber sido las cosas si me hubiera atrevido a estar yo sola durante un tiempo. Pero se lo dije cuando me preguntó si amaba a mi marido y a mis hijos. ¿Cómo podría arrepentirme de tenerlos? Más tarde, cuando le pregunté si decía en serio que estaba teniendo dudas en cuanto a casarse con Jeff, se mostró evasiva.

—¿En qué sentido? —preguntó Alex.

Laurie se inclinó hacia delante, pues no quería perderse una sola expresión facial o una sola sílaba.

—Dijo que había surgido algo…, fue muy poco precisa…, y que necesitaba averiguar más cosas antes de tomar una decisión definitiva.

—¿Qué era lo que tenía que averiguar?

—No tengo ni idea. Fue lo único que dijo.

—¿Era sobre Jeff? —sugirió Alex—. ¿Tenía pensado hablar con él?

—Francamente, no lo sé —repuso Kate.

Alex se volvió y miró a Laurie para ver si debía presionar

más. Ella negó con la cabeza para indicarle que no insistiera. No quería que Kate pusiera a Jeff sobre aviso de que se estaban inclinando en su dirección.

Alex estaba cerrando la sesión cuando Laurie vio que Sandra Pierce se encaminaba con rapidez hacia el vestíbulo del hotel, pañuelo en mano, con su esposo un paso por detrás de ella. ¿De qué iba todo aquello? Segundos más tarde, Henry, el hermano de Amanda, salió por la misma puerta y corrió hacia Laurie.

—Mi madre me ha pedido que la buscara. La policía dice que han encontrado un cadáver que creen que es el de Amanda.

## 49

La detective se llamaba Marlene Henson. Laurie recordaba que Sandra la mencionó la primera vez que fue a su despacho. Era baja, de poco más de un metro cincuenta de estatura, con el pelo largo y rojo y unos pronunciados y regordetes mofletes. Estaba de pie, con las piernas separadas, recia como un tanque.

—¿Está segura de que no quiere mantener esto estrictamente dentro de la familia, Sandra? —preguntó la detective. Laurie detectó cierto deje sureño en su voz.

La familia Pierce al completo se había reunido en el salón de la suite de Walter. Laurie sintió de repente todos los ojos puestos en ella y en Alex, de pie uno junto al otro cerca de la puerta. Eran los intrusos.

—Quiero a Laurie y a Alex aquí —afirmó Sandra—. Su programa es la razón de que tal vez hayamos encontrado por fin a Amanda. Sé que están decididos a ayudarnos.

—Pero también son periodistas, Sandra. Hay cosas que no podemos divulgar al público sin poner en peligro la investigación.

—No somos unos periodistas típicos —replicó Laurie—. Cualquier cosa que digan en esta habitación quedará entre nosotros por ahora. Tiene mi palabra.

—Y a diferencia de la policía —dijo Alex—, hemos acordado con todos los miembros del cortejo nupcial que hablen con nosotros de forma voluntaria. Sin arrestos, sin lectura de derechos. Eso podría resultar útil.

La detective Henson miró una vez más a Sandra y pareció quedar satisfecha. Los ojos de Sandra seguían hinchados e inyectados en sangre de tanto llorar, pero parecía lista para oír los detalles. Walter le puso la mano en el hombro.

—¿Cree que han encontrado el cuerpo de mi hija? —preguntó Sandra, con la voz notablemente serena.

—Permita que le explique los hechos que nos han traído hoy aquí. La noche pasada recibimos una llamada telefónica en la comisaría poco antes de medianoche. La voz de la persona que llamaba sonaba amortiguada. En este momento ni siquiera estamos seguros de si era hombre o mujer. La persona que llamaba proporcionó información concreta sobre la ubicación del cadáver de su hija. Como es natural, tratamos de rastrear la llamada, pero nos llevó a un teléfono desechable.

Walter frunció los labios.

—Eso fue hace más de doce horas. ¿A nadie se le ocurrió contárnoslo?

—El departamento quería investigarlo antes. No deseaba hacerlos sufrir si se trataba de una llamada falsa, pero actuamos de inmediato. La dirección que proporcionó la persona que llamaba era un aparcamiento al otro lado de la iglesia de St. Edward, que está a algo más de tres kilómetros de aquí. Comprobamos los registros. Estaban pavimentando de nuevo el aparcamiento cuando su hija desapareció. Las instrucciones fueron muy precisas en lo relativo a dónde encontraríamos en cadáver.

»Llevamos un georradar allí en plena noche. Basándonos en lo que vimos en el radar, empezamos la excavación del aparcamiento al amanecer y por desgracia localizamos restos en esa ubicación. Realizaremos más pruebas para confirmar si pertenecen a su hija, pero hallamos esto en el dedo anular de la mano izquierda.

La detective Henson le pasó a Sandra una fotografía de

dos anillos de platino: un anillo de compromiso de diamantes estilo Tiffany y una alianza a juego. El par estaba manchado de tierra.

—Creo que son los suyos —respondió Sandra—. El anillo de compromiso estaba grabado. A y J...

La detective Henson terminó la frase por ella.

—*Semper Amemus*.

—Significa «Amémonos siempre» en latín —explicó Sandra, reprimiendo un sollozo—. No cabe duda de que es nuestra hija. Es mi pequeña. Es Amanda.

Walter la rodeó con ambos brazos y ella apoyó la cabeza en su hombro.

—Siento mucho tener que comunicarles esto —dijo la detective en voz queda—. Los dejaré para que pasen un rato a solas. Siempre tuve la esperanza de que pudiera haber un desenlace diferente.

## 50

De camino al ascensor del hotel, Laurie le preguntó a la detective Henson si podían hablar un momento.

—Detective, hay algo que tiene que saber sobre la alianza que encontró en el cuerpo de Amanda. Jeff nos dijo que no pudo encontrar los anillos en su equipaje cuando regresó a Nueva York. Explicó que con la congoja por la desaparición de Amanda no se había dado cuenta de que no estaban.

—Me preguntaba por qué llevaba puesta la alianza antes de haberse casado.

—No la llevaba —dijo Alex—. Y esa es la cuestión: se suponía que los anillos de la novia y del novio estaban guardados en la caja fuerte de la habitación de Jeff antes de la ceremonia. Y una de las amigas de Amanda acaba de contarnos que esta parecía tener dudas sobre la boda. Ha dicho que necesitaba descubrir algo antes de tomar una decisión final sobre si seguir o no con la ceremonia.

La detective Henson enarcó las cejas.

—Bueno, eso es muy interesante. Sandra ya me habló del testamento. Ahora que hemos hallado el cuerpo, Jeff conseguirá por fin su dinero sin tener que atraer la atención sobre su persona por solicitar ante los tribunales que la declaren legalmente fallecida.

Laurie vio que las piezas del rompecabezas encajaban.

—Si Amanda fue a la habitación de Jeff aquella noche después de sus respectivas fiestas, tal vez quiso probarse el anillo, puede que para comprobar lo que sentía. Es posible que mantuvieran una pelea si cambió de opinión y decidió cancelar la boda. Jeff podría haberla matado y enterrado su cuerpo sin acordarse de quitarle el anillo.

Como de costumbre, Alex estaba siguiendo su lógica paso a paso.

—Cuando se dio cuenta de su error, presentar una reclamación al seguro por los anillos robados al volver a Nueva York podría haber sido un modo de cubrirse las espaldas por la desaparición de su anillo de bodas.

La detective esbozó una sonrisa.

—Le agradezco la información, pero debería dejarnos el trabajo policial a nosotros.

—¿Está segura de eso, detective? —se apresuró a preguntar Alex—. Porque se supone que vamos a entrevistar a su sospechoso número uno dentro de media hora y por el momento no tiene ni idea de que han encontrado a Amanda con ese anillo en el dedo. Y tenga por seguro que voy a preguntarle sobre eso.

## 51

Jeff estaba guapo con su traje de color canela y su pajarita a cuadros. Le habían pedido que se pusiera algo similar a lo que había pensado llevar para la ceremonia de la boda. Le estaba enseñando a Alex la pérgola en la playa donde se suponía que tenían que intercambiar sus votos delante de sus familias y sus amigos más allegados.

—Es un lugar muy hermoso —comentó Alex—. No puedo resistirme a preguntarle por su poco corriente elección de calzado.

Uno de los cámaras avanzó con una cámara de mano para conseguir una imagen de las sandalias de Jeff.

—A Amanda le encantó la idea de celebrar una boda por la tarde en la playa, pero a mí me preocupaba lo de llevar tacones en la arena —dijo, recordando—. Se entusiasmó cuando sugerí que ambos lleváramos chanclas para la ocasión y animó a nuestros invitados a que hicieran lo mismo. Después podría ponerse sus Jimmy Choo de raso para la recepción.

Laurie sonrió con complicidad a la mujer que le entregó la botella de agua que había pedido. Mientras le estaba comunicando las malas noticias a la familia Pierce, la detective Henson parecía el resultado de un casting para detective de policía. Pero, ataviada con unos vaqueros y una camiseta de *Bajo sospecha*, se mezclaba bien con el resto del equipo. Fue Alex quien la convenció de que era beneficioso para el departamento de policía no interrumpir la agenda del programa. Hasta entonces, la policía había logrado evitar que la noticia del descubrimiento de un cadáver bajo el hormigón de un aparcamiento se filtrara a la prensa.

Si era Jeff quien había llamado para dar el soplo anónimo, tal vez estuviera informado de que ya habían realizado una excavación. Pero era imposible que supiera a ciencia cierta que habían localizado el cadáver de Amanda o la alianza de boda. Todavía contaban con ventaja.

Jeff parecía cómodo delante de las cámaras, contándole a Alex otra vez cuánto admiraba su talento como abogado.

—Ya veremos si continúo cayéndole bien cuando hayamos terminado aquí —dijo Alex con ironía—. Empecemos aclarando una cosa de antemano: usted se casó con Meghan, la mejor amiga de Amanda, solo quince meses después de su boda prevista con Amanda. Debía de saber que eso iba a provocar cierta sorpresa.

—Por supuesto que lo sabíamos, Alex. Por eso no celebramos una gran boda y mantuvimos la noticia bastante en secreto. Pero estábamos profundamente enamorados. Casarnos era un modo de recordarnos a nosotros mismo que la vida ha de continuar. Deseábamos seguir adelante juntos.

—¿No cree que eso suena frío?

—Puede que sí, pero a ninguno nos pareció frío. Ambos queríamos a Amanda. Perderla fue lo que nos unió como pareja. Nos ayudamos el uno al otro a superar la pena.

—Así que está diciendo de forma oficial que no había nada entre Meghan y usted antes de la desaparición de Amanda.

—Lo juro por mi vida —declaró, levantando una mano mientras hacía el juramento.

—Su esposa nos dijo que Amanda cambió después de sobrevivir a su enfermedad. Que desarrolló un lado más duro. Que era menos paciente. Creo que incluso utilizó el término «egoísta». Eso debió de provocar cierta tensión en su relación.

—Dudo que Meghan tuviera intención de usar ese término en concreto, pero sí, es acertado decir que Amanda era una persona diferente cuando dejó atrás el tratamiento. ¿A quién no le afectaría tener un lance con la muerte siendo tan joven? En todo caso, hizo que la admirara todavía más. Estaba decidida a vivir la vida al máximo.

—Otro de sus amigos nos ha dicho que a veces discutían.

—Pues claro, como cualquier pareja. Pero nada fuera de lo normal. Mire, es cierto que nuestra relación no era perfecta y que eso estaba relacionado con la superación de la enfermedad. Nos enamoramos de verdad mientras estaba enferma. En cuanto estuvo mejor, fue menos dependiente de mí y a veces no estaba del todo claro de qué manera encajaban nuestras vidas. En cierto aspecto que puede parecer descabellado, casi daba la impresión de que hubiera un vacío sin la enfermedad.

—Amanda habló con Kate incluso de la posibilidad de cancelar la boda.

Jeff pareció sorprendido.

—No alcanzo a imaginar por qué. A los dos nos hacía mucha ilusión ser marido y mujer.

—Amanda le dijo que había surgido algo y que necesitaba averiguar más cosas. ¿Está seguro de que no vio a Amanda la noche después de que se separaran para asistir a sus respectivas despedidas de soltero?

—Por supuesto que estoy seguro.

—Quiero cambiar de tema y hablar de las alianzas de boda. ¿Las guardaba usted hasta la ceremonia?

Jeff pareció no inmutarse lo más mínimo por la pregunta.

—Sí, estaban en la caja fuerte de mi habitación del hotel, pero las robaron en algún momento de nuestra estancia.

—¿Cuándo recuerda haberlas visto por última vez?

—Veamos… Imagino que fue el mismo día que desapareció Amanda. El fotógrafo estaba haciendo unas primeras fotos del cortejo nupcial y les hizo un par a los anillos en mi habitación.

—¿Y los devolvió después a la caja fuerte?

—Sí, estoy seguro.

—¿Y Amanda no estuvo en su habitación en ningún momento después de eso?

—No. Está haciendo muchas preguntas sobre esos anillos. No eran demasiado valiosos. No podía permitirme unos caros. ¿Hay alguna razón para que le interesen tanto?

Un escalofrío recorrió la espalda de Laurie. ¿Les estaba Jeff poniendo a prueba? Mientras Laurie observaba el rostro de Alex, tomó nota mental de no retarle nunca a una partida de póquer. Era imposible calarlo.

—Meghan insinuó que Amanda pudo habérselos llevado como recuerdo.

Jeff asintió, aparentemente conforme con la explicación.

—A mí también me comentó esa posibilidad. Pienso que de verdad desea creer que Amanda está en alguna parte, batiendo mantequilla en una granja de Montana. ¿No sería genial?

—Amanda no es la única mujer conocida por usted que desapareció, ¿verdad?

—¿Qué clase de pregunta es esa? Por supuesto que sí.

—Hemos estado investigando el asesinato de una mujer llamada Carly Romano. Era estudiante de segundo año en Colby, un curso por detrás de usted. Estuvo desaparecida dos semanas antes de que hallaran su cuerpo. El forense determinó que fue estrangulada. ¿No es esta una foto suya con Carly tomada tres meses antes de su muerte?

El rostro de Jeff enrojeció de ira.

—No puede estar insinuando que...

—Solo he hecho una pregunta, Jeff.

—Esto es una locura. Colby es diminuta, solo tiene mil ochocientos alumnos en total. Todo el mundo se conoce, básicamente.

—Pero usted tiene a Carly rodeada con el brazo en esta foto. Parece bastante enamorado de ella.

—Lo está exagerando. Imagino que eso fue en el Pa´dentro, un sitio de ocio cercano. Creo que Nick estaba intentando ganarse las simpatías de una de sus amigas. Yo no estaba saliendo con ella ni con nadie.

—Hay otras fotos de los dos juntos.

—Es probable que fueran las únicas veces que nos vimos. Carly era una de las más guapas del campus. Todo el mundo coqueteaba con ella en las fiestas, pero en mi caso, no era nada serio, una simple diversión propia de la universidad. Esto es absurdo. Durante todos estos años he soportado que la gente se pregunte si hice daño a la mujer a la que amaba, pero ¿de verdad están insinuando que soy una especie de asesino en serie?

Alex dejó que el silencio se alargara. Cuando habló, Jeff estaba pálido.

—Hay algo que tengo que decirle, Jeff. Esta mañana la policía ha hallado el cadáver de una mujer, enterrado debajo de un aparcamiento que estaba en obras cuando desapareció Amanda.

Jeff abrió la boca y la cerró como una marioneta.

—¿Es Amanda?

—Aún no se ha hecho una identificación definitiva, pero han encontrado lo que parece ser su anillo de compromiso.

—¿*Semper Amemus*? —dijo entre dientes—. Eso llevaba grabado.

—Sí, es el mismo anillo —respondió Alex—. Y esa no era la única pieza de joyería. La policía también ha encontrado una alianza a juego, la que usted dijo que vio por última vez en su habitación del hotel.

Jeff se levantó de su silla, se arrancó el micrófono y se marchó a toda prisa del set.

## 52

Una hora después, Laurie estaba paseándose de nuevo por el salón de la suite de Alex.

—Laurie, jamás te he visto tan nerviosa —dijo Alex, obviamente preocupado—. A este paso vas a hacer un agujero en la alfombra del hotel.

La únicas otras personas en la habitación eran su padre y la detective Henson. Jerry estaba afuera, con el equipo de rodaje, reuniendo material del paisaje local para usarlo durante la narración entre las entrevistas. Laurie le había pedido a Grace que vigilara a Timmy para que su padre pudiera estar allí mientras se reunían con la detective Henson.

—Tienes razón —repuso—. Soy un manojo de nervios. ¿No deberíamos poner a Sandra y a Walter al corriente de este último acontecimiento?

Hasta el momento, solo el equipo del programa y Jeff conocían la importancia de la alianza de boda hallada con el cadáver de Amanda y la conexión de Jeff con Carly Romano.

Leo agarró a Laurie de la mano de repente cuando pasó al lado de su sillón de orejas.

—Deja de pasearte. La detective sabe lo que hace y, por si sirve de algo, yo tomaría la misma decisión. Cuando estás trabajando en un caso, no siempre puedes contárselo todo a la familia en tiempo real.

Alex había sido capaz de sonsacarle algo de información

útil a Jeff. Este había reconocido que conocía a Carly y se había ceñido a una historia muy concreta sobre las alianzas de boda. Pero la detective Henson no podía efectuar un arresto hasta que la oficina del forense terminara la autopsia que podría proporcionar pruebas físicas que lo relacionaran con su muerte.

La detective Henson había vuelto a ponerse su traje pantalón negro.

—Tengo agentes de paisano por toda la propiedad y se ha comunicado el nombre de Jeff Hunter a todas las líneas aéreas, empresas de coches de alquiler y estaciones de tren. Si intenta huir antes del vuelo de regreso a Nueva York que tiene reservado, lo sabremos.

—¿Y qué pasará cuando esté de nuevo en Nueva York? —preguntó Alex.

—Nos enfrentaremos a eso cuando llegue, pero confíen en mí, no vamos a perderle de vista.

—Bien —dijo Leo—. Si estamos en lo cierto, Jeff ha salido impune durante demasiado tiempo.

—Solo hay una cosa que no entiendo —dijo Laurie, que empezó a pasearse de nuevo—. ¿De verdad fue Jeff quien llamó a la policía? Pero ¿por qué nos soplaría la localización del cadáver? Tenía que saber que la alianza de boda haría que la atención recayese sobre él.

—Yo también he pensado en eso —repuso Alex—. Pero he tenido clientes que son extremadamente calculadores en cuanto a los pros y los contras de las decisiones que toman. Puede que Jeff confiara en que la alianza no sería prueba suficiente para una condena… porque no lo es. Pero ahora que hemos hallado el cadáver de Amanda, por fin puede heredar su fondo fiduciario sin tener que pedir que la declaren fallecida, lo que habría hecho que pareciese un auténtico cabrón ante la opinión pública.

—La cuenta valía más dos millones de dólares hace más de cinco años —dijo Henson.

Leo profirió un silbido.

—Seguro que a estas alturas hay bastante más.

—¿Hay alguna forma de analizar la voz de la grabación para ver si es la de Jeff? —preguntó Laurie.

Henson negó con la cabeza.

—Cualquiera puede comprar un distorsionador de voz en La Tienda del Espía. Como les he dicho antes, la persona que llamó bien podría ser una mujer. Rastreamos la llamada y provenía de un desechable…, un móvil prepago, que no estaba registrado a nombre de nadie. Según la información de la ubicación del teléfono, la llamada se originó en una torre de telefonía a dos manzanas de aquí. De modo que cualquiera al que están entrevistando podría haber hecho la llamada. Así que no —prosiguió Henson—. ¿Puedo confiar en que los tres mantendrán esto en secreto? No hagan que me arrepienta.

Laurie le aseguró que no divulgarían que la policía estaba cercando a Jeff, pero cuando cerró la puerta después de que saliera la detective, no era capaz de imaginarse a Jeff haciendo esa llamada. Tenían que estar pasando algo por alto.

Cuando su padre y ella abandonaron la habitación de Alex, le preguntó si podía acompañarla a dar una vuelta en coche después de llevar a Timmy al parque acuático.

—No es necesario esperar —replicó Leo—. Acabo de ver a Jerry, que estaba muy orgulloso de haber terminado pronto de buscar localizaciones con el equipo de rodaje. Para mi sorpresa, me ha dicho que lleva todo el viaje deseando echar un vistazo al tobogán de cuatro pisos del que Timmy no deja de hablar.

—Veré si Jerry está bromeando o si no le importa quedarse con Timmy para que tú puedas hacerme compañía.

—Por mucho que quiera a mi nieto, a mis sesenta y cuatro años no estoy para toboganes acuáticos. Pero tú tómate un respiro y disfruta de tu tiempo libre con Alex, Laurie. Sé que has pasado todo el día rodando.

—Así es, pero tengo que hacer una cosa y me sentiría más segura si tú me acompañaras. Aunque tienes que prometerme que esta vez lo haremos a mi manera.

Laurie llamó a la puerta por tercera vez.

—Sé que estás en casa.

Echó una ojeada por la ventana delantera de Jeremy Carroll, pero no pudo ver a nadie en el salón. Al menos parecía que no se había deshecho de su colección de fotos.

Se acercó al extremo del porche delantero para cerciorarse de que su padre se quedaba en el coche de alquiler aparcado enfrente de la calle. Quería que estuviera a la vista por si acaso las cosas iban mal, pero pensaba que tenía más posibilidades de que Jeremy se abriera si hablaba con él a solas.

Al recorrer el camino de entrada había visto que una cortina se entreabría. No pensaba marcharse hasta que él respondiera.

—¡Sé que tú no le hiciste daño a Amanda! —gritó—. Siento que fuéramos tan avasalladores la última vez, pero creo que quieres ayudar. ¡Por favor!

La puerta principal se abrió una rendija. Jeremy la miró desde detrás de su despeinado flequillo castaño.

—¿Seguro que estás sola? —preguntó con temor.

—Sí, te lo prometo.

Él abrió la puerta del todo y se apartó para permitir que Laurie entrara. Esta esperaba no estar cometiendo un terrible error.

—No me gustó el hombre que estaba contigo —dijo cuando ella se sentó a su lado en el sofá del salón—. Parecía un agente de policía o algo por el estilo.

—En realidad es mi padre —repuso, permitiendo que eso sirviera como respuesta—. Tenías razón al preocuparte porque la gente sospechara de ti si descubrían que estabas haciéndoles fotos a Amanda y a sus amigas sin ellas saberlo. Pero ahora te entiendo. Hacías fotos porque la gente te importa. Quieres verlos en sus momentos más sinceros, no solo cuando sonríen a la cámara.

—Sí, exactamente. No quiero ver la cara que la gente presenta al mundo. Quiero realidad.

—Dijiste que te deshiciste de las fotos que les hiciste a tus vecinos en cuanto te diste cuenta de que estaban disgustados de verdad. ¿Qué hay de las fotos de Amanda? —preguntó, pero él la miró parpadeando. Aún no confiaba en ella—. Te vi en la grabación de vigilancia del hotel. Ella pasó por tu lado y tú diste media vuelta para seguirla. Llevabas tu cámara. Eres un artista. Debiste de tomar algunas instantáneas.

—No son instantáneas, como una cuenta amateur en Instagram. Son mi arte.

—Lo siento, Jeremy, no pretendía usar las palabras inadecuadas. Pero Amanda era una mujer hermosa y, lo que es más importante todavía, lista y complicada. ¿Sabías que le diagnosticaron una enfermedad muy grave? —preguntó. Él negó con la cabeza—. Linfoma de Hodgkin. Estuvo muy enferma. Perdió casi diez kilos y la mayoría de los días a duras penas podía levantarse de la cama.

—Parece espantoso —dijo él con tristeza.

—Es un cáncer del sistema inmunológico. Impide que tu cuerpo combata la infección. Tuvo suerte de recuperarse del todo y ella lo sabía. Les dijo a sus amigos que quería vivir su vida de manera plena.

Jeremy asintió.

—Sabía que era especial.

—Debes de tener algunos… —se esforzó para dar con la palabra adecuada— retratos de ella. Los has conservado, ¿verdad? —Él asintió despacio. Estaba empezando a ganarse su confianza—. Los has conservado por una razón. ¿Crees que tal vez haya algo en esas imágenes que podría llevarnos a la verdad sobre Amanda?

—¿Me prometes que esto no es una trampa?

—Te juro que solo quiero tu ayuda, Jeremy. —Era solo cuestión de tiempo que los periodistas averiguaran que el cadáver de Amanda había sido localizado, pero hasta el momento, la historia no había salido—. Hay evidencias nuevas que no me permiten contar a nadie. En base a esas evidencias, no creo que nadie vaya a creer que tú le hicieras daño a Amanda.

Jeremy, sentado a su lado en el sofá, empezó a respirar tan rápido que Laurie pensó que podía estar sufriendo un ataque de pánico. Cuando acercó la mano y la posó en su brazo, le notó caliente y sudado.

—No pasa nada, Jeremy —le aseguró—. Puedes confiar en mí.

Él se levantó deprisa, como si estuviera intentando actuar antes de cambiar de opinión. Fue hasta el comedor y comenzó a rebuscar en una torre de periódicos y revistas. Laurie lo siguió hasta aquella estancia, conteniendo la respiración. Del fondo del montón sacó un sobre de correo muy grande y se lo entregó. En la parte delantera podía leerse en letra clara y en mayúsculas «GRAND VICTORIA», con la fecha de la última vez que Amanda fue vista.

—¿Puedo abrirlo? —preguntó.

Jeremy asintió. Una expresión agónica dominaba su rostro, como si esperara que ella se volviera contra él.

Laurie sacó el montón de fotografías del sobre y empezó a esparcirlas sobre la mesa del comedor. «Tiene que haber por lo menos un centenar de fotos», pensó. Algunas parecían las fotografías que se había hecho el cortejo nupcial posando para

Ray Walker, pero era evidente que la mayoría se había tomado sin que los sujetos lo supieran.

Mientras examinaba las imágenes, vio una del cortejo nupcial al completo, reunido alrededor de una gran mesa redonda cerca de la piscina. Por la imagen sabía que se había hecho a distancia con objetivo de largo alcance. Jeremy era muy buen fotógrafo en realidad. La nitidez era impecable. Le sorprendió ver a dos personas cogidas de la mano por debajo de la mesa. No había ninguna duda de quiénes eran. La sacó del montón, procurando mantener una expresión impávida.

—¿Te importa si me quedo esta? —preguntó.

—Está bien.

Laurie vaciló y añadió acto seguido:

—Jeremy, quiero contratarte para que hagas lo mismo que hiciste la última vez. Vuelve al hotel ahora y hazle fotos a la gente del set y haz también algunas a distancia de esas personas cuando no te vean.

—Me gustaría trabajar para ti. ¿Tiene esa foto algo que ver con Amanda?

—En cierto modo sí —dijo, aunque estaba segura de que la foto no guardaba relación con el asesinato de Amanda. Quería la foto porque sabía que alguien desearía mantener esa imagen en secreto.

A medida que seguía examinando las fotos comprendió que Jeremy las había clasificado en concordancia al avance del día. La luz del sol disminuía hacia el final del montón. Se detuvo en una imagen que parecía ser de Amanda, tomada de espaldas. Tenía puesto el vestido sin mangas que llevaba para la sesión de la tarde con el fotógrafo y se distinguía el bar del hotel al fondo.

Laurie sostuvo la foto en alto para mostrársela a Jeremy.

—Esta es de cuando la encontraste en el paseo y diste media vuelta. —Y él asintió—. Jeremy, esto es muy importante. Es justo lo que has dicho: fuiste capaz de ver más allá de la falsa careta que la gente se pone para el público. ¿Viste discutir a Amanda y al novio? ¿Es posible que ella fuera a cancelar la boda?

Él negó con la cabeza de un lado a otro y comenzó a rebuscar entre las fotos. Casi podía sentir su aliento en el cuello.

—Bueno, déjame que te ayude —dijo, mientras empezaba a sacar algunas imágenes individuales que ella ya había dejado atrás—. ¿Ves cómo se miran el uno al otro? No tenían ni idea de que yo los observaba. La gente no finge esos sentimientos.

Jeremy tenía razón. Las fotos que había señalado mostraban un afecto innegable. Jeff rodeando la cintura de Amanda con los brazos mientras ella se metía en la piscina. Amanda con expresión de adoración mientras Jeff se sentaba a su lado en el restaurante. Sus dedos entrelazados mientras paseaban por la playa. Amanda y Jeff no eran conscientes de que los estaban fotografiando, pero parecían estar locamente enamorados.

—Pero ese es el problema —dijo Jeremy, sacando una nueva muestra de su colección para contar una historia diferente—. No creo que la novia y el novio, y los dos tortolitos cogidos de la mano por debajo de la mesa, fueran las únicas personas enamoradas esa semana.

Laurie comprendió a qué se refería cuando dijo que sus fotografías capturaban la verdad sobre la gente.

—¿Puedo quedarme estas también? —preguntó.

—Sí, puedes quedarte cualquier cosa que te sea de utilidad —repuso Jeremy.

Laurie supo que por fin se sentía a gusto con ella.

Jeremy le ofreció una última foto.

—Y sé que querrás esta.

La última fotografía que le había entregado mostraba a dos personas. Una de ellas era Amanda. Estaba liberando su brazo de la mano de la otra persona. Tenía la boca abierta. Parecía furiosa. Dolida. Era evidente que ambas estaban enfadadas. Pero la otra persona de la foto no era Jeff.

—¿Cuándo pasó esto?

—No mucho después de que la viera en el patio. Eran alrededor de las seis, antes de que todos se fueran a prepararse para la cena.

—¿Qué sucedió después de eso?

—La otra amiga de la universidad bajó a reunirse con ellos. ¿Se llamaba Kate? En cuanto ella llegó, pareció que se obligaban a actuar como si todo fuera bien.

—¿Tomaste alguna fotografía después de eso?

Él negó con la cabeza.

—No, otra vez lucían caras falsas. No tenía sentido.

—¿Y te marchaste del hotel después de eso?

—No, me quedé. El Grand Victoria es un lugar precioso. Resultaba agradable deambular y hacer fotos a la gente que está de vacaciones.

—¿Viste de nuevo a Amanda aquella noche?

—Sí, la vi —respondió, y Laurie no daba crédito a lo que oía—. ¿Te acuerdas de que después de que ella desapareciera no dejaban de emitir el vídeo en el que ella iba hacia el ascensor con sus amigas y luego se daba la vuelta? —preguntó.

—Por supuesto. Fue la última vez que alguien la vio.

—No, no lo fue. Yo la vi más tarde.

—¿Qué pasó después? —Laurie estaba tan entusiasmada que casi se puso a dar gritos.

—Estaba sola y se dirigía hacia el aparcamiento.

—¿La viste subirse a un coche?

—No, la seguí hasta las escaleras y luego paré.

—¿Por qué? ¿Por qué dejaste de seguirla?

—Es un lugar muy tranquilo. Se oyen todos los ruidos. Temí que oyera mis pasos. No quería asustarla.

Laurie solo podía imaginar lo diferente que podría haber sido aquella noche. Si el asesino estaba acechando en el aparcamiento, el sonido de los pasos de Jeremy podría haberle espantado.

## 54

Leo Farley no perdió de vista el porche delantero de Jeremy Carroll mientras daba a actualizar en la aplicación de correo electrónico de su teléfono móvil por trigésima vez en tres minutos, o eso le parecía.

Tenía una relación de amor/odio con los ordenadores. A veces pensaba que su trabajo habría sido mucho más fácil su hubiera tenido toda esa tecnología a su disposición cuando estaba en le Departamento de Policía de Nueva York. Y luego había momentos como aquel en el que deseaba tener a un ser humano de carne y hueso como receptor de una llamada telefónica a la vieja usanza.

Había visto la preocupación en el rostro de Laurie cuando se bajó del coche. El programa de su hija había sido un gran éxito hasta la fecha. En los dos especiales previos, el espectáculo había desempeñado un papel fundamental a la hora de identificar al asesino.

El trabajo de Laurie en el Grand Victoria resultaría decisivo, pero aquella podía ser la primera vez que solo consiguiera empujar la pelota cuesta abajo, sin que superara la línea de gol. «He sido policía durante casi treinta años —pensó Leo—. He aprendido a distinguir la diferencia entre una corazonada y una prueba más allá de toda duda razonable.» Pero para Laurie, la sensación de incertidumbre era algo nuevo. Todavía necesitaban más evidencias antes de que la policía pudiera arrestar siquiera a Jeff. Y Leo estaba resuelto a encontrarlas.

«Quizá haya cometido un error al no insistir en entrar con ella», pensó. Había presionado mucho a Laurie para que le permitiera acompañarla a la casa de Jeremy, pero ella se había empeñado en entrevistarle a solas. Estaba decidida a llegar a la verdad. Pero al menos no había ido allí ella sola. Había dejado que hiciera el viaje en coche con ella.

Para mantener la mente ocupada, Leo había llamado a la Oficina de Servicios Estudiantiles de Colby y pedido ayuda para revisar los anuarios de la universidad en busca de información sobre Carly Romano. Según Jeff, no era más que un conocido de la joven que había sido asesinada cerca del campus. Si pudiera probar que Carly y Jeff habían sido pareja, estaría un paso más cerca de montar un caso contra él.

Cuando explicó que era primer subcomisario del Departamento de Policía de Nueva York jubilado que estaba investigando el caso de Carly en su tiempo libre, la secretaria le informó *motu proprio* que todos los anuarios contenían un índice ordenado según los nombre de los alumnos. Iba a escanearle cualquier página en la que se mencionara a Carly y a enviársela por e-mail. Era en lo único en lo que podía pensar mientras estaba sentado en el coche, presa de la intranquilidad.


Laurie vio a su padre apoyar la cabeza contra el respaldo del asiento del conductor cuando salió de la casa de Jeremy. Se preguntó cuántas veces había estado a punto de bajarse del coche para comprobar cómo se encontraba.

—Laurie, pude que estos hayan sido los veinte minutos más largos de mi vida —dijo Leo cuando ella se montó en el asiento del pasajero.

—Papá, espera a que te lo cuente —dijo, dejando el paquete en el suelo y disponiéndose a abrocharse el cinturón de seguridad. Entonces vibró su móvil. Era un mensaje de Alex.

En las noticias locales acaban de informar del hallazgo del cadáver de Amanda. La CNN está informando ahora. Me llevo a Timmy a la piscina, pero seguiré los avances por internet.

Aún estaba leyendo el mensaje cuando sonó su teléfono. Era Brett Young.

Respondió de inmediato.

—Brett, lo sé. Grandes avances.

—¡Enormes! Por favor, dime que estáis a punto de terminar de rodar.

—Sí, tenemos grabados a todos los que importan.

Casi podía imaginarle abriendo el champán al otro lado de la línea.

—Bueno, ¿cuánto falta para que acabéis? Quiero empezar a anunciarlo ya.

—Todavía no tenemos ninguna respuesta, Brett.

—Hemos de aprovechar la ocasión. Quiero emitirlo en cuanto sea posible. Termínalo. ¡Rápido!

—Hay un pequeño problema. Seguimos teniendo preguntas, no respuestas.

Se dio cuenta de que la llamada había terminado ya y que Brett no había esperado a oír su respuesta.

Leo arrancó el coche.

—Brett debe de pensar que eres Houdini.

—En las noticias han informado de que la policía ha hallado el cadáver de Amanda. ¿Lo habías oído?

—No, no tenía puesta la radio. Estaba haciendo algunas llamadas.

—Quiere que termine lo más rápido posible.

—¿Con qué fin? —protestó—. En este momento nadie sabe quién mató a Amanda.

Laurie pensó en las fotografías que Jeremy le había dado. ¿Sabía por fin quién había matado a Amanda?

Tal vez.

Leo dejó a Laurie en la entrada del hotel y esperó a que el aparcacoches se llevara el vehículo mientras ella iba a ver a Alex. Acababa de entrar en el vestíbulo del hotel cuando vio a Kate Fulton cambiar de dirección y encaminarse hacia ella.

—Oh, Laurie, gracias a Dios. Te he estado buscando. Me siento fatal al pensar en otra cosa que no sea Amanda ahora mismo, pero es muy importante. Ya he hablado con Jerry, sin embargo ha dicho que no podía prometer nada. Sé que firmé ese acuerdo, pero no quiero que uses mi entrevista.

Aquello era lo último con lo que Laurie quería lidiar en esos momentos. Tenía a Brett encima y necesitaba desesperadamente hablar con Alex. Podía sentir las fotos en su maletín tirando de ella. Tanto Leo como ella pensaban que debía llevárselas a la detective Henson, pero quería el consejo de Alex antes de tomar una decisión definitiva.

—Kate, creo que sé por qué te estás arrepintiendo de la entrevista, pero ¿podemos hablar de ello más tarde, por favor? —repuso Laurie—. Estoy segura de que podemos eliminar el trozo que te preocupa.

—Espera, ¿lo sabes? ¿Henry te ha contado algo?

Laurie metió la mano en su bolso y sacó la primera foto que Jeremy le había prestado, en la que el cortejo nupcial al completo estaba sentado alrededor de una mesa. Aun de lejos,

Jeremy había conseguido capturar la mano de Henry entrelazada con la de Kate.

—El ayudante del fotógrafo de la boda tenía esto —adujo, dándole su única copia a Kate—. Y créeme que aunque edite la parte en que dices que te preguntas si te casaste demasiado joven, nadie tiene por qué enterarse nunca.

Kate había sido la primera en retirarse después de la cena de la despedida. El hermano de Amanda, Henry, fue el primero de los hombres. Era las únicas personas casadas de la pandilla. Ambos tenían hijos pequeños y estaban deseosos de disfrutar de un respiro. Después de despedirse del resto de los comensales, se habían ido juntos a una de sus habitaciones.

—Amo a mi marido —aseveró Kate—. Fue solo una noche. Fue un terrible error para mí y también para Henry.

—No tienes por qué explicarme nada.

Kate le dio un fuerte abrazo.

—Me siento muy culpable por pensar en mí misma cuando por fin han encontrado a Amanda. Pobres Sandra y Walter. Austin ha ofrecido a toda la familia su jet en caso de que necesiten ir a casa, pero han dicho que querían quedarse aquí.

—En realidad están aguantando bien —adujo Laurie—. Creo que después de tantos años están listos para oír la verdad. Hay otra cosa en la que podrías ayudarme.

—Lo que quieras.

—¿Estuvieron discutiendo Meghan y Amanda mientras todos estabais aquí abajo?

—No que yo sepa —respondió—. Pero, como ya has visto, tenía otras cosas en que pensar. ¿Por qué?

—Amanda te dijo que le estaban entrando dudas sobre la boda y tenía que averiguar algo. ¿Es posible que se diera cuenta de que Meghan sentía algo por Jeff?

—No lo sé…, es posible. No creerás que Meghan mató a Amanda, ¿verdad?

—Oh, por supuesto que no —se apresuró a decir Laurie—. Solo intentamos cubrir todos los frentes.

Vio a Kate dirigirse al ascensor, sabiendo que iba a destruir aquella fotografía. Las imágenes que le importaban seguían en su maletín. Cinco de ellas mostraban a Meghan en varios momentos a lo largo de la semana, mirando a Jeff con anhelo mientras a él se le caía la baba con su prometida. Pero la más impactante era la última fotografía: Amanda zafándose de Meghan durante una acalorada discusión.

## 56

Leo acababa de regresar a su hotel cuando oyó que llamaban a la puerta, y a continuación una voz familiar.

—Soy Laurie. Papá, ¿estás ahí?

Parecía preocupada. Se levantó de la silla de un brinco para dejarla pasar.

—¿Has visto a Alex y a Timmy? —preguntó de inmediato—. No los encuentro por ninguna parte.

—Timmy ha dejado una nota diciendo que Alex se iba con Jerry y con él al parque acuático. Ha puesto cinco signos de exclamación.

Ver las palabras cuidadosamente escritas de su hijo en el papel del Grand Victoria le tranquilizó solo en parte.

—Cuando Alex me ha mandado el mensaje diciendo que se iba a la piscina con Timmy he pensado que se refería a la del hotel.

Leo se esperaba que su hija mostrase de nuevo su preocupación porque Timmy se estuviera encariñando demasiado con Alex, pero retomó el tema del caso otra vez.

—Papá, no consigo decidir si llevarle estas fotos a la detective Henson. —Sacó las imágenes de su maletín y las esparció sobre la cama. Leo no había tenido tiempo de examinarlas con atención en el coche—. Fíjate —dijo, señalando una foto en la que se veía a Meghan al fondo, fulminando con la mirada a Jeff y a Amanda mientras posaban bajo un arco de mármol junto a la piscina—. Se ve que está enamorada de él y que él no tiene ni idea. Y luego, en esta última foto, es evidente que Amanda y Meghan estaban peleando. Meghan nunca ha mencionado nada sobre un enfrentamiento después de aquel incidente en la sede de Ladyform.

—¿Crees que estaban discutiendo a causa de Jeff? —preguntó Leo.

—Amanda pudo descubrir de algún modo que Meghan estaba enamorada de Jeff. Es posible que hasta percibiera que era mutuo. Le dijo a Kate que tenía que averiguar una cosa antes de poder seguir adelante con la boda. La foto pudo haber sido tomada cuando se enfrentó a Meghan en relación con sus verdaderos sentimientos. Creo que interrumpieron la discusión porque era hora de prepararse para la cena, pero acordaron verse en privado más tarde. Es probable que por eso Amanda se dirigiera al aparcamiento. Ojalá Jeremy hubiera seguido a Amanda hasta el coche.

—Me parece que me dijiste que Meghan y Charlotte subieron juntas en el ascensor después de que Amanda dijera que se le había olvidado algo.

—Así es, pero en cuanto Meghan fue a su habitación se quedó sola. Tendremos que comprobarlo con el hotel, pero puede que Meghan tuviera una forma de salir del hotel desde su habitación sin que la vieran. Las grabaciones de vídeo tienen mucho grano. Si se cambió el vestido por unos vaqueros y una gorra de béisbol, podría haber pasado por un hombre. Además, estaba pensando en Carly Romano. Si Jeff y ella estaban saliendo y Meghan ya estaba interesada en él, también pudo ser ella quien le hiciera daño. Quería a Jeff para sí.

En ese momento, el portátil de Leo emitió un agudo pitido desde la mesa del rincón. Tenía un nuevo correo electrónico. Estuvo a punto de hacer caso omiso, pero echó un vistazo rápido. Era de la Oficina de Servicios Estudiantiles de Colby.

—Hablando de Carly, he llamado a la universidad para ver si podían dar con más detalles sobre su conexión con Jeff.

Han escaneado todas las páginas de los anuarios en las que aparece el nombre de Carly. —Abrió el archivo adjunto en el mensaje—. No veo que haya ninguna mención a Jeff aquí, pero echa un vistazo a esto.

Laurie echó una ojeada al homenaje en su anuario de segundo año. Era la presidenta del equipo de debate. Sin Carly, el club no tuvo más alternativa que elegir a un nuevo presidente.

La muerte de Carly ha sido una tragedia y una pérdida para nuestro equipo y para toda la comunidad de Colby. Solo espero hacer el trabajo la mitad de bien que ella.

Bajo la cita aparecía el risueño rostro de la nueva presidenta del equipo de debate, la estudiante de tercer año Meghan White.

Mientras el portátil de Leo indicaba la llegada del mensaje entrante, sonó el teléfono móvil de Jeff Hunter. Era una llamada inesperada de Nueva York. A Jeff le sorprendió quién era la persona que llamaba y lo que decía sobre Meghan.

## 57

Mientras Jeff terminaba la llamada, Austin hizo señales a un camarero junto a la piscina y se pidió un whisky.

—Cuando me lo traigan aquí, serán las cinco. ¿A quién quiero engañar? He empezado en la comida. ¿Tú quieres algo, colega? —le dijo a Jeff, que negó con la cabeza, pero no dijo nada—. Lo siento, ni me imagino lo que debes de estar pasando —prosiguió Austin en cuanto se marchó el camarero—. Imagino que la mayoría sospechábamos que Amanda estaba…, ya sabes…, pero tiene que ser duro saberlo por fin con seguridad. ¿Quién te ha llamado? Parecías disgustado.

Jeff le dijo a Austin que estaba bien y enseguida cambió de tema.

—¿Dónde está Nick? —preguntó, aunque la persona a la que estaba impaciente por ver era a su esposa.

Meghan estaba pasando la tarde con Kate en el spa del hotel. Después de esa llamada telefónica, Jeff se sentía tentado de irrumpir en el spa para exigirle una explicación. Pero en vista del interrogatorio al que Alex le había sometido ese día, sabía que todo el mundo sospechaba de él. Por lo que sabía, la policía tenía a agentes de incógnito en el hotel, vigilando todos sus movimientos. Lo último que necesitaba era perder los nervios en público, pero se sentía dolido y confuso y estaba desesperado por hablar con Meghan. Inspiró hondo y procuró conservar la calma.

—Nick está preparando su barco —respondió Austin—. Ya le conoces. Tarda un siglo.

Austin y Nick, siempre compitiendo, pensó Jeff. Echó un vistazo a su reloj.

—Dudo que tengáis tiempo para salir con el barco a tomar un cóctel antes de la cena.

Todos los amigos de la universidad habían planeado cenar juntos esa noche. Después de que hubieran hallado el cadáver de Amanda, Kate había cambiado la reserva para las seis y media. Sería una velada temprana y melancólica, no la reunión que habían previsto. Jeff ni siquiera quería ir, pero Meghan se sentía mal dejando que Kate llorara sola la pérdida.

—No se trata de un cóctel en el barco —le corrigió Austin—. Nick se marcha temprano para adular a un millonario, ¿recuerdas? Una reunión con un cliente en Boca Raton.

Cierto. Con todo lo que estaba pasando, Jeff se había olvidado de eso.

—¡Y hablando del rey de Roma…! —voceó Austin. Nick se dirigía hacia ellos, ataviado con unos pantalones cortos de algodón de diversos colores y un polo, con su gorra de capitán ya calada y una lata de cerveza en la mano—. ¿Has preparado por fin ese patético barco para que se haga a la mar?

—Tienes celos de que mi barco sea el más bonito. —Solo entonces pareció percatarse Nick del ánimo taciturno de Jeff—. Oye, solo intentamos aligerar un poco las cosas. Todos sentimos lo de Amanda.

Jeff asintió.

—¿Dónde están las chicas? —inquirió Nick—. Veré a Meghan muy pronto en casa, pero quería despedirme de Kate.

—Han decidido hacerse un tratamiento facial y un masaje para olvidarse de todo esto —respondió Jeff. Cada minuto que pasaba sin tener una explicación sobre esa llamada de teléfono le parecían horas.

—¿Has podido despedirte de la familia de Amanda? —quiso saber Austin.

—Precisamente venía de la habitación de Sandra. He estado a punto de largarme de su habitación sin llamar, pero no podía irme sin darle el pésame.

Jeff no les contó a sus amigos que había llamado a esa misma puerta a primera hora del día y Sandra se la había cerrado en las narices.

Austin preguntó qué tal lo estaban llevando los Pierce.

—¿Sinceramente? —dijo Nick—. Nada bien. Tengo la impresión de que querían que los dejaran en paz. Esta noche van a cenar en familia para hablar de sus recuerdos sobre Amanda.

Austin alzó su vaso de whisky.

—Por Amanda —dijo en voz queda.

—Chicos, os veo en Nueva York —repuso Nick—. Ánimo, colega.

Nick se despidió de Jeff con una palmadita consoladora en la espalda y Austin hizo lo mismo. ¿Estaba siendo paranoico o hasta sus mejores amigos parecían mirarle de forma diferente ahora?

Tenía que hablar con Meghan.

## 58

Laurie retiró la silla de la mesa de su habitación en cuanto oyó el pitido de una llave en la puerta. Timmy y Alex habían vuelto del parque acuático, ambos en bañador y con camisetas de los Knicks.

Le dio un abrazo a Timmy. Su cabello conservaba aún el calor y olía a cloro y a sol.

—¿Qué tal ha ido?

—¡Ha sido genial! Creo que ha sido aún mejor que el Six Flags.

Viniendo de Timmy, aquello era el equivalente al paraíso en la Tierra. Su hijo la sorprendió diciendo que le apetecía contárselo todo, pero que tenía calor y quería darse una ducha. Se estaba haciendo mayor muy deprisa.

En cuanto oyó correr el agua, comenzó a informar a Alex sobre lo que se había perdido esa tarde. Le enseñó las fotos de Meghan que había tomado Jeremy, además de la información del anuario de Colby. Cuando terminó de exponer su caso, Alex puso los brazos en jarra y exhaló.

—Justo cuando pensábamos que estábamos llegando a alguna parte.

—Lo sé. Estaba segura de que era Jeff. Y ahora creo que Meghan estuvo involucrada. Y me pregunto si se me está pasando algo otra vez.

—Pero ¿qué pasa con el anillo que llevaba Amanda?

—Pudo ser la propia Amanda la que cogiera las alianzas de la caja fuerte. Quizá quería probarse la suya para ver qué sensación le provocaba y quizá Meghan no se percató más tarde de que aún la llevaba puesta.

—Esos son muchos «quizás».

—Exactamente. Por eso no tengo ni idea de qué hacer con esta evidencia. En los otros especiales encontramos pruebas lo bastante contundentes como para estar completamente seguros de la verdad. Pudimos realizar nuestro programa e identificar al asesino al mismo tiempo. Pero ahora tengo esta prueba contra Meghan y quiero seguir indagando. Y tengo a Brett encima para que termine y podamos emitir. Además, creo que debería contarle a la policía lo que sé…

Alex terminó su pensamiento.

—Pero ahora mismo es una exclusiva tuya. Y si lo compartes con el público…

—Adiós a mi exclusiva. Y Brett querría mi cabeza en bandeja de plata.

—¿De verdad es tan despiadado? ¿Querría que te guardaras una evidencia?

—A menos que haya una citación de por medio, por supuesto que sí. En una ocasión me dijo que los índices de audiencia de Nielsen eran su religión. —Sintió que un fuerte nudo se le formaba en la boca del estómago—. No sé qué hacer.

Alex le puso las manos en los hombros y la miró a los ojos.

—Antes de nada, procura no dejarte llevar por el pánico. Lo último que Meghan sabe es que estaba sometiendo a Jeff a un tercer grado. No tiene ni idea de que tenemos esas fotos, ¿verdad? Ni de que Leo ha llamado a Colby. —Laurie asintió y empezó a tranquilizarse. Alex siempre tenía ese efecto en ella—. Vale, eso te deja un poco de tiempo para pensar —dijo con seguridad—. ¿Por qué no me aseo para que podamos cenar todos temprano? Grace y Jerry también. Repasaremos todo lo que sabemos y luego podrás decidir si acudes a la policía o sigues trabajando.

—Suena bien —repuso, yendo hacia sus brazos.

—Bueno, ¿hay alguna posibilidad de que pueda apartar esto de tu mente contándote la excursión de hoy al parque acuático?

—Me encantaría —aseguró ella con una sonrisa—. Ni siquiera puedo imaginarme a Jerry con el pelo mojado y en traje de baño, tirándose por un tobogán.

—Te habría encantado verlo. Era como un crío grande y Timmy estaba exultante por tener al menos a un amigo tan entusiasmado como él por jugar en el agua.

—¿Y qué hay de ti? —inquirió—. Si le pregunto a Jerry, ¿tendrá fotos de ti saltando las olas?

Alex adoptó una expresión intencionadamente arrogante.

—Soy demasiado digno para eso. Pero cabe la posibilidad de que hubiera un gemelo mío en las instalaciones. E imagino que estaba ridículo con su metro noventa, todo brazos y piernas.

—Si Jerry ha hecho fotos, pienso enviarlas al *Law Journal* —bromeó Laurie.

Jeremy había olvidado lo grande que era el Grand Victoria. Se había pasado casi veinte minutos deambulando por la propiedad sin cruzarse con ningún miembro del cortejo nupcial al que se suponía que tenía que observar.

Había tardado más en llegar allí de lo que Laurie había podido prever. Tuvo que guardar una serie de objetivos para el trabajo. Hacer fotografías a distancia podía ser complicado, además, la luz cambiaría a medida que se aproximara el atardecer. Esperaba no haber llegado demasiado tarde. No quería defraudar a Laurie.

Se llevó una sorpresa y se animó cuando ella le contrató para que hiciera fotografías sin que los modelos lo supieran. La primera vez que fue a su casa, su padre y ella habían hecho que eso pareciera algo terrible. Luego ella había cambiado de forma radical al ofrecerle dinero por hacer justo eso.

De repente se paró. ¿Y si todo era una trampa? Lo último que necesitaba era otra orden de alejamiento.

Estaba pensando en cancelarlo todo cuando reconoció por fin a alguien. Era Jeff, el novio de hacía cinco años. No había cambiado demasiado. Se estaba metiendo en un espacio que conducía a otra parte del hotel. Jeremy se dispuso a seguirle cuando vio que salía de nuevo, esa vez con una mujer morena a su lado.

Jeremy miró a través del objetivo de su cámara y enfocó con el zoom para obtener una imagen más de cerca. Era Meghan, la dama de honor de Amanda.

Ni Jeff ni Meghan parecían contentos.

Jeremy empezó de inmediato a tomar fotografías. Tal vez se las diera a Laurie o tal vez no. Sea como fuere, no pudo contenerse. Le encantaba observar.

## 60

—¡Chis! Seguro que todo el mundo puede oírnos.

A Jeff Hunter le daba igual que el estado de Florida al completo los oyera pelear. Jamás había estado tan furioso con Meghan. Peor aún, se sentía traicionado.

La llamada telefónica que había recibido mientras Meghan y Kate se encontraban en el spa era de Mitchell Land, el abogado de Amanda especializado en bienes raíces. Al principio, Jeff dio por sentado que lo llamaba para darle el pésame. La noticia del hallazgo de los restos de Amanda estaba en las noticias.

Pero esa no era la única razón de que el abogado le hubiera llamado.

Jeff estaba tan furioso que casi ni reconocía su propia voz.

—Hace solo unas horas que han encontrado el cadáver de Amanda y ya me ha llamado Land para explicarme el proceso para iniciar la validación testamentaria. Le he dicho que nunca he querido el dinero de Amanda y entonces me ha soltado la bomba —repuso Jeff—. Imagina mi sorpresa cuando me ha contado que le has llamado esta mañana para preguntar por mi herencia. ¿Por qué coño has llamado a mis espaldas al abogado de Amanda para preguntarle cómo se podía conseguir el dinero de su fondo fiduciario? Sabes que jamás me ha interesado un solo céntimo del dinero de Amanda, ni siquiera cuando íbamos a casarnos.

—Casarte con Amanda es lo que siempre quisiste en realidad, ¿verdad? Sabía que este día llegaría en cuanto te dieras cuenta de que ella era la única mujer a la que jamás has amado. Solo te casaste conmigo porque era su mejor amiga, lo más cercano a tu queridísima Amanda.

Jeff no era capaz de reconocer a la mujer que estaba sollozando en la cama del hotel. ¿De verdad dudaba de su amor por ella? ¿Por eso había llamado al abogado? ¿Tenía pensado abandonarle y llevarse la mitad de la herencia? Le daría hasta el último céntimo que quisiera. Solo deseaba que actuase como la esposa a la que creía conocer mejor que a nadie sobre la faz de la Tierra.

—Meghan, habla conmigo. ¿Por qué has llamado al abogado? Deberías habérmelo dicho. ¿Te das cuenta de lo horrible que va a parecer esto ahora que han hallado los restos de Amanda?

Meghan hundió la cabeza en la almohada, dejando manchas de máscara de pestañas sobre el blanco algodón.

—No era más que una llamada telefónica. ¡No estaba pensando en el programa y desde luego no imaginaba que encontrarían el cadáver de Amanda nada menos que hoy!

—Han encontrado sus anillos. Amanda está muerta. Durante todos estos años has dicho que creías que estaba en algún lado, viviendo feliz. Debes de sentir algo.

El volumen de su voz alcanzó el de su marido.

—¡Por supuesto que siento algo! Era mi mejor amiga. Sabes que los productores me preguntaron por una estúpida pelea que tuvimos por la ropa deportiva de X-Dream? No podría haberme importado menos que Amanda cogiera esa idea. Estaba buscando una excusa para ponerla verde por casarse contigo. ¿Es que no te has dado cuenta después de tantos años? Te amo desde la universidad y tuve que sentarme de brazos cruzados y fingir que me alegraba por Amanda mientras tú te enamorabas de ella. Siempre fui el segundo plato para ti.

Jeff jamás había visto a su esposa con las emociones tan a flor de piel.

—Eso no es cierto, Meghan. Amanda era…, éramos muy diferentes. Y la gente cambia. Jamás me he sentido tan a gusto con alguien como me siento contigo. Pero tienes que decirme por qué has llamado a ese abogado.

—Te prometo que no es lo que piensas. Puedo explicarlo. Lo que pasa es que tienes que esperar.

Llamaron a la puerta. Meghan echó un vistazo por la mirilla y luego se pasó las manos por la cara.

—Es Kate. Le he dicho que se pasara por aquí antes de la cena. Y ahora, ¿puedes dejar de gritar y confiar un poco en mí, por favor?

En ese instante su estallido pasó a la historia y volvió a ser la mujer fría y serena de siempre. Llegados a ese punto, Jeff no tenía ni idea de en quién confiar.

Cinco años antes, cuando estaba a punto de casarse con Amanda, tenía serias dudas de hasta qué punto la conocía de verdad. Ahora, después del desconcertante giro que habían dado los acontecimientos, se sorprendió cuestionándose hasta qué punto conocía a su esposa.

# 61

Sandra Pierce contuvo las ganas de hacer una mueca cuando su hijo Henry confirmó con la jefa de comedor que su reserva era para cuatro personas. Durante todos esos años había estado segura de que algo espantoso le había sucedido a Amanda. A pesar de lo que la policía y el público deseaban creer, Amanda jamás habría desaparecido por voluntad propia. Pero una parte de Sandra siempre había mantenido viva la chispa de esperanza de que encontraran a Amanda con vida, de que pudiera haber de nuevo una mesa para cinco.

Walter estaba haciendo un comentario sobre el extraordinario acuario en la barra, cuando Sandra vio un grupo que le era familiar sentado al fondo del comedor. Ahogó un grito y Charlotte le agarró la mano al instante.

—Mamá, ¿estás bien?

Walter, Charlotte y Henry siguieron su mirada. Jeff Hunter estaba ahí, con esa traidora de Meghan, junto con Kate y Austin. Sandra no podía dejar de mirar a Jeff. Cuando Jeff alzó su vaso de agua, Sandra imaginó esa misma mano alrededor del cuello de su hija.

—No puedo soportar verle —dijo entre dientes—. Él mató a Amanda, lo sé.

Era evidente que la maître la había oído sin querer.

—¿Los cambio de mesa? —preguntó—. Tengo una al otro extremo del comedor.

Sandra sintió una reconfortante mano en la espalda y al volverse vio a Walter mirándola con ternura.

—¿Sabes qué? —dijo—. Ya que estamos aquí, a mí me apetece un filete. ¿Qué te parece si vamos al otro lado de la calle? Podemos pedirle al conserje que llame al restaurante en cuanto salgamos.

Cuando abandonaron el hotel, Henry señaló el comienzo de un hermoso atardecer. El cielo mostraba un despliegue de tonos púrpura y dorados. A Amanda le habría encantado. Por eso quiso casarse en la playa.

Sandra sintió el fuerte brazo de Walter a su alrededor.

—No descansaré hasta que consigamos que se haga justicia para Amanda —aseveró Walter—. Pero esta noche es para nuestra familia. Nos merecemos una noche de paz para recordar a Amanda.

Fueron a cenar como una familia.


Jeff Hunter vio a la familia Pierce alejarse de la recepción del restaurante y marcharse. Había visto la expresión en el rostro de Sandra. Era juez, jurado y verdugo.

Se preguntó si él miraba a Meghan del mismo modo. Tenía ganas de levantarse en medio del restaurante y gritar con toda su alma: «¡Yo no lo hice!».

Su móvil vibró en su bolsillo. Era un mensaje de texto de Nick.

> Boca es un lugar precioso, pero ojalá pudiera estar ahí con vosotros, chicos. Espero que estés bien, tío.

Más tarde Jeff le dijo a Nick que tenía suerte de haberse marchado temprano. Celebrar aquella cena había sido una malísima idea. Austin parecía aburrido sin Nick. Junto a este, Kate no dejaba de apartar la silla de él centímetro a centímetro, pues sin duda recordaba los torpes pases de Austin en la universidad. Meghan bebía agua y apenas articulaba palabra. Y Jeff tenía ganas de abandonar enseguida la mesa de la cena y exigirle a Meghan que le explicase por qué había llamado al abogado de Amanda para interesarse por el testamento.

¿Había sido siempre ese su plan? ¿Casarse con él en cuanto Amanda estuvo fuera del camino y luego gastarse su herencia? Le costaba creer que estuviera contemplando siquiera esa posibilidad.

Mientras continuaban comiendo en silencio, creyó ver a un hombre mirándolos a lo lejos desde el patio. «Pues claro —pensó—. Es evidente que la policía me está vigilando.»


El hombre en la distancia no era de la policía, sino que se trataba de Jeremy. Había seguido a Jeff y a Meghan hasta que entraron en el ascensor y luego había visto como los números parpadeaban en orden hasta detenerse en su planta. Cuando Jeremy los siguió alcanzó a oír voces elevadas. Pero entonces vio a un hombre que se quedaba rezagado en el pasillo. No quería llamar la atención sobre su persona, merodeando sin tener una habitación en la que meterse, por lo que volvió a bajar al vestíbulo. Esperó hasta que divisó de nuevo a Meghan y a Jeff, esa vez en compañía de Kate. Podía percibir la frialdad entre ellos. El lenguaje corporal hablaba por sí mismo, sin necesidad de palabras.

También pudo leer a la familia Pierce. Se los veía apesadumbrados cuando entraron en la marisquería; cómo no iban a estarlo después de las noticias sobre Amanda. Pero en cuestión de minutos, salieron y esa vez todos parecían aún más disgustados. Cuando abandonaron el hotel, Jeremy tuvo que tomar una decisión. Observar a la familia u observar al cortejo nupcial. La respuesta parecía obvia.

En ese momento se preguntaba si había tomado la decisión acertada. Todavía existía tensión entre Meghan y Jeff, pero el amigo pijo parecía aburrido y la otra mujer estaba triste. No había mucho que ver.

Entonces Jeremy vio otro rostro familiar. Se trataba del padre de Laurie cruzando el vestíbulo; el hombre que tanto le había asustado en su casa. Jeremy se ocultó detrás de una palmera y observó al anciano bajar por el camino hacia el restaurante italiano. Una vez que se perdió de vista, Jeremy lo siguió y a través de la ventana lo vio reunirse con Laurie y varias personas más sentadas a una gran mesa redonda al fondo.

Laurie le había pedido que hiciera fotos de la gente que participaba en el programa. No le había dicho que no la fotografiara a ella ni tampoco a sus amigos. Además, tanto si eso formaba parte de su trabajo como si no, no tenía nada de ilegal quedarse ahí y hacer fotos.

Cambió a un objetivo de mayor alcance. En cuanto empezó a disparar, no pudo parar. La joven de largo cabello negro era preciosa. Y el hombre sentado junto a Laurie era muy fotogénico. Además, el chico era adorable. Iban a ser una fotos maravillosas para su colección.

Jeremy estaba tan absorto que no se enteró cuando Jeff, Meghan y sus amigos abandonaron la marisquería y desaparecieron dentro del ascensor.

## 62

Laurie notó el sabor de la sal en los labios cuando la brisa nocturna, que soplaba del Atlántico, le acarició la cara. Se había enrollado los pantalones de lino hasta las pantorrillas. Llevaba las sandalias en una mano y con la otra asía la de Alex. Debían de haber recorrido ya más de un kilómetro y medio.

Tal y como Alex había sugerido, durante la cena habían discutido en detalle todo lo que sabían sobre el caso de Amanda. Había evidencias contra Jeff, pero también contra Meghan. Podría ser cualquiera de ellos o ambos trabajando en equipo. Llegados a ese punto, bien podían decidirlo a cara o cruz. También estaba la cuestión de si seguir investigando o emitir de forma precipitada. Si dependiera de Brett, el programa saldría en televisión esa misma noche.

Cuando llegó el postre, Laurie ya sabía qué tenía que hacer. Solo quería hablar una última vez a solas con Alex antes de tomar una decisión definitiva.

—De verdad que pensaba que resolveríamos otro antes de darlo por terminado —dijo con tristeza.

—Eso no siempre va a pasar, Laurie. Y fíjate cuánto has conseguido. Has ayudado a pasar página a una familia a la que el sistema había olvidado. Sandra me dijo lo agradecida que estaba de tener por fin una respuesta sobre Amanda.

—Sin embargo es una respuesta mala. Está muerta y seguimos sin saber quién la mató.

—Pero al menos pueden despedirse de ella —repuso Alex—. Parece que has tomado una decisión.

—Así es. Tendremos una sesión más de rodaje mañana en la que podrás exponer todo lo que sabemos. A lo mejor quieres repetir parte de lo que me acabas de decir sobre despedirse de ella —adujo con una sonrisa triste—. Sería un modo perfecto de terminar una historia que en realidad no tiene un final.

Alex se paró y se volvió hacia ella.

—Hablando de mi conclusión para el programa, he de decirte una cosa.

—Eso no suena bien.

«A lo mejor mi padre tenía razón —pensó—. Le dije que Alex y yo estábamos bien, pero quizá no sea así.»

—No, en absoluto. Pero no siempre podré seguir trabajando en el programa.

—¿Es porque nosotros…?

—No, para nada. Es por mi trabajo de abogado. Por mucho que me encante tener una excusa para salir de Nueva York durante días, y nada menos que contigo, resulta muy complicado compaginar mi agenda. Hasta ahora ha funcionado, pero no siempre va a ser así.

Costaba imaginar hacer el programa sin Alex. Y Laurie se preguntó en el acto cómo afectaría eso a su relación. No quería que él notara lo decepcionada que estaba.

—¿Quieres decir que los jueces no detendrán los engranajes de la justicia para que puedas ser una estrella de la televisión?

—Por lo visto no —respondió.

La sonrisa de Alex le alegró el corazón. Le agarró la mano con más fuerza y continuaron paseando por la playa.

—Brett no se contentará hasta que encuentre otro narrador tan guapo como tú.

—Bueno, eso es imposible, claro —repuso con sequedad—. Pero ya tengo a alguien en mente. Además, ya es hora de que

Brett se dé cuenta de que el verdadero ingrediente especial del programa eres tú.

Se dirigían de vuelta al hotel cuando Laurie notó que le vibraba el móvil en el bolsillo. «Como sea Brett otra vez, pienso tirar este cacharro al mar», pensó. Miró la pantalla y vio que era un número de Nueva York, pero no el de Brett.

—Soy Laurie —respondió.

—Ah, bien, te he pillado. Siento llamar de noche. Soy Mitchell Lands.

Laurie tardó un momento el ubicar el nombre del abogado que había redactado el acuerdo prematrimonial y el testamento de Amanda.

—Ah, hola, Mitchell. Trabajas hasta muy tarde.

Le susurró una disculpa a Alex. Ni siquiera debería haber descolgado.

—La vida de un abogado, me temo.

—Imagino que llamas porque te has enterado de la terrible noticia sobre Amanda. Lo siento mucho.

—Detesto decirlo, pero en mi trabajo uno se acostumbra a oír hablar de la muerte. Me siento fatal por los pobres Sandra y Walter. Deben de estar destrozados.

—Lo están. ¿Puedo ayudarte en algo? —preguntó.

—No, pero hay una cosa que me lleva corroyendo toda la noche y al final se me ha ocurrido que era mejor llamarte. Se trata de Jeff Hunter. Me ha dicho que estaba ahí para formar parte de tu programa.

—¿Has hablado con Jeff?

Se detuvo. La expresión de Alex se tornó preocupada.

—Sí, le he llamado en cuanto me he enterado del hallazgo de los restos de Amanda. Pensé que él debía saber cuáles eran los siguientes pasos antes de que la herencia de Amanda pase al Tribunal Testamentario.

—No es por cuestionar tus tácticas, Mitchell, pero ¿no es

demasiado pronto? Ni siquiera han confirmado aún la identidad de manera oficial.

—Lo sé, tampoco es mi procedimiento habitual. Pero dado que parecía haber prisa por repartir los fondos, he supuesto que no pasaba nada por poner esto en marcha. Pero entonces me ha dicho que iba a ser entrevistado para tu programa. ¿Consideran sospechoso a Jeff? Si es así, los padres de Amanda podrían intervenir para intentar congelar los bienes hasta que la investigación concluya. Detesto llamarlos por una cuestión legal en un momento así, pero, como he dicho, lleva carcomiéndome toda la noche. A lo mejor no debería haber telefoneado a Jeff.

—¿A qué te refieres con prisa? Creía que Jeff no había intentado cobrar el testamento antes.

—Así es. Y supongo que tampoco ahora. Por eso me he sorprendido un poco esta mañana cuando he recibido una llamada preguntándome por la herencia.

—¿Jeff te ha llamado esta mañana por el testamento?

Alex abrió los ojos como platos.

—No, Jeff no —dijo Lands—. Su esposa, Meghan.

Laurie no se había equivocado en sus sospechas.

—¿Ha sido Meghan quien te ha preguntado por la herencia? ¿A qué hora ha sido?

—Nada más llegar al trabajo, a las nueve de la mañana.

Ni siquiera los padres de Amanda estaba al corriente aún del descubrimiento de su cadáver. Laurie recordaba que la detective Henson había dicho que la persona que había llamado con el soplo anónimo podría haber sido incluso una mujer, teniendo en cuenta lo fácil que era acceder a un equipo para distorsionar la voz.

—¿Y sabía que habían encontrado los restos de Amanda? —preguntó Laurie.

—No, lo siento. Creo que no me he explicado bien. La esposa de Jeff ha llamado antes de que los informativos dieran la noticia. Preguntaba por el proceso para que Jeff heredara;

qué había que hacer para que declararan legalmente muerta a Amanda y los plazos. Le he dicho que tendrían que contratar a su propio abogado, ya que yo represento al estado. Pero en cuanto he oído la noticia, he llamado a Jeff como beneficiario para avisarle de que solicite una declaración una vez que se firme el certificado de defunción.

—¿Cómo se ha tomado Jeff la noticia?

—Ese es el problema. Parecía muy disgustado y bastante sorprendido cuando le he dicho que Meghan había llamado esta mañana. No creo que tuviera la más remota idea de que ella iba a preguntar. Ha debido de hacerlo por su cuenta. Así que eso me ha hecho pensar en que él no era sospechoso, pero he decidido verificarlo contigo para estar seguro.

—¿Cuándo has hablado con Jeff?

—Hace unas horas. Poco antes de las cinco.

Laurie se despidió y se volvió hacia Alex.

—Creíamos que no había prisa por hablarle a la policía de Meghan, pero ha llamado a Mitchell Lands esta mañana para preguntar por la herencia. Y luego Lands ha llamado a Jeff.

Como de costumbre, Alex comprendió de inmediato adónde quería llegar.

—Lo que significa que es posible que Jeff se haya enfrentado a Meghan por el asunto. Ella sabrá que eso le hace parecer culpable. Tenemos que contárselo a la detective Henson.

—Le pediré a mi padre que lo haga. Henson confía en él más que en ninguno de nosotros. Pero tengo que llamarle ya mismo.

## 63

Tal y como Meghan había previsto, Jeff la abordó en cuanto estuvieron de nuevo a solas en su habitación del hotel.

—¿Por qué no dejas de decirme que tengo que esperar? —exigió—. ¿Intentas ganar tiempo para inventarte una mentira?

—Yo jamás te mentiría. Lo que pasa es que no puedo hablar de ello ahora mismo. Así no.

—¿Por qué coño has llamado a ese abogado esta mañana? —insistió Jeff—. Después de todos estos años y justo unas horas antes de enterarnos de que habían encontrado el cadáver de Amanda. No alcanzo a entenderlo.

—Te prometo que hay una razón...

—¡Pues dímela!

—¡Deja de gritarme!

—Te estoy haciendo una simple pregunta, Meghan. Merezco una respuesta.

Jeff no podía creer lo que veía cuando ella se levantó, agarró el bolso y salió de la habitación, cerrando de golpe la puerta y dejándolo solo.

Meghan empleó el breve lapso en el ascensor del hotel para enjugarse las lágrimas de la cara y recobrar el aliento. Jeff y ella raras veces discutían, y cuando lo hacían, ninguno se había marchado nunca dejando al otro con la palabra en la boca, pero abandonar la habitación parecía el único modo de evitar que le subiera la tensión. El médico le había aconsejado que evitase el estrés innecesario.

«Buena suerte con eso», pensó mientras posaba una mano sobre su vientre. No tenía forma de saber si el bebé podía sentirlo, pero al menos a ella le resultaba tranquilizador apoyar la mano sobre su hijo nonato. «No te preocupes, todo va a salir bien —pensó—. En cuanto tu padre se tranquilice, volveré a la habitación. Estoy segura de que creerá mi versión de la historia.»

Meghan tenía planeado darle la noticia a Jeff a su regreso a Nueva York. Quería cortar cualquier lazo entre ese lugar y su bebé. Quería que fuera un momento perfecto.

Pero no debería haber llamado al abogado esa mañana. Por supuesto que pintaba fatal, sobre todo en vista de que la policía había hallado el cuerpo de Amanda solo unas horas más tarde. No era de extrañar que Jeff le exigiera una explicación. Se volvió hacia la puerta del ascensor, dispuesta a contarle la verdad, aunque aquel no se pareciera en nada al momento que ella había imaginado.

Su móvil sonó al recibir un correo electrónico. Era imposible escapar del trabajo, pensó. «¿Cómo voy a poder estar disponible las veinticuatro horas del día cuando sea madre?» Pero el mensaje no era sobre un cliente. En el asunto ponía: «De Kate». Lo abrió.

Hola. No he querido decir nada delante de todos en la cena, pero tengo que contarte algo importante sobre Jeff. Creo que ese programa de televisión está intentando condenarle como sea. Reúnete conmigo en el embarcadero detrás del hotel para que no nos topemos con nadie del programa.

A Jeff le vendrían bien unos minutos más para serenarse antes de que hablaran, pensó. «Perfecto. Voy para allá.»

## 64

La detective Marlene Henson se tumbó sobre la alfombra que cubría una parte de su apartamento y dejó que sus dos caniches se le subieran encima. Eran dos hermanas de tres años llamadas Cagney y Lacey. Esas dos robustas chicas le daban una razón para volver a casa incluso los días en que su hija Taylor se quedaba con su padre.

Una vez satisfecha su inmensa alegría por la vuelta a casa de mami, las dos perras fueron corriendo al cuarto de estar para proseguir con un épico combate de lucha libre. Cuando las adoptó siendo cachorros aprendió por las malas a no dejar nada que pudiera romperse a escasa altura del suelo. El lado positivo era que ya no tenía demasiados cachivaches abarrotando su casa.

Sintió que empezaban a cerrársele los ojos. Marlene adoraba su trabajo, pero había sido un día duro.

Había heredado el antiguo caso de Amanda Pierce hacía tres años, cuando el detective de homicidios Martin Cooper falleció de un aneurisma mientras dormía. Se puso en contacto con Sandra y con Walter a la semana siguiente. Les dijo que no habían encontrado nuevas pistas últimamente, pero Marlene tenía una alerta permanente con el departamento para que la llamaran, ya fuera de día o de noche, si eso cambiaba en algún momento. La noche anterior recibió el soplo sobre los restos. Desde entonces, había trabajado más de veinte horas de manera ininterrumpida.

Empezaba a quedarse dormida en el suelo cuando su móvil vibró sobre la mesa de centro. Era un prefijo de la zona de Nueva York.

—Henson —dijo, reprimiendo un bostezo.

—Detective, soy Leo Farley.

«El expolicía», pensó. Había sido de gran utilidad a la hora de tratar con su hija y el equipo de esta. Solía desconfiar de los medios, pero confiaba en Leo y él parecía confiar en la gente que trabajaba para ese programa.

—Hola, Leo. ¿Qué puedo hacer por ti?

—Sabemos que tienes agentes vigilando a Jeff, pero deberían vigilar también a su esposa, Meghan White. Laurie ha conseguido unas fotografías del ayudante del fotógrafo del que te hablamos…

Marlene se incorporó en el acto.

—¿De veras?

Acababa de dejar de confiar en ellos.

—Pensó que tendría más posibilidades de lograr que se abriera si iba ella sola. Yo esperé afuera, muerto de preocupación. Pero tenía razón. Dio resultado. Jeremy le proporcionó algunos hechos que no conocíamos hasta entonces.

Marlene sentía que se avecinaba una jaqueca mientras Leo empezaba a hablar sobre unas fotos en las que Meghan miraba a Jeff con amor y otras en las que más tarde se peleaba con Amanda, la misma noche en que esta desapareció. Estaba rayando la migraña cuando Leo llegó a la llamada telefónica que Meghan le había hecho al abogado de Amanda y su conexión con la chica a la que habían asesinado en Colby.

—¿Dónde estás? —preguntó Leo—. ¿Tienes localizados a Jeff y a Meghan ahora mismo?

—Me he ido a casa, pero estoy segura de que todo va bien. Lo último que he sabido es que estaban cenando con sus amigos. Deja que llame a mi hombre.

Colgó sin despedirse, buscó el número del sargento Jim Peters y dio a llamar.

—Creía que ibas a echar una cabezada —dijo.

—Yo también.

No tenía tanta suerte, pensó Marlene.

—Este lugar es una preciosidad. Casi me siento culpable haciendo horas extra con solo estar aquí sentado. Casi.

—¿Sigues vigilando a Hunter?

—Sí. Su esposa y él se han ido a su habitación después de cenar. Si lo veo salir, me esconderé en el hueco de la escalera y llamaré a Tanner, que está abajo. Está apostado cerca de los ascensores. Hemos estado rotando para cambiar de escenario.

—¿Así que tanto Jeff como su esposa están ahí?

—No, solo él. Han tenido una bronca y ella se ha marchado en tromba hace un segundo. Me he escondido en la escalera para que no me viera.

—¿Adónde ha ido? ¿La está siguiendo Tanner?

—No, creía que estábamos siguiendo al marido.

—Así era. Y así es. Pero llama a Tanner, ¿vale? Dile que no pierda de vista a la esposa y tú vigila a Jeff. No los perdáis a ninguno de los dos.


Marlene se había puesto ropa limpia y se estaba calzando cuando el sargento Peters la llamó.

—¿Has encontrado a Meghan? —preguntó.

—No. Acabo de hablar con Tanner. Dice que ella ha cruzado el vestíbulo, pero que no sabe adónde ha ido después.

Jeremy echó un vistazo a su reloj, preguntándose hasta cuándo debía permanecer en el hotel. Se había quedado tan absorto haciendo fotos a Laurie y a sus amigos que había perdido el rastro del cortejo nupcial. Cuando volvió a la marisquería, su mesa estaba vacía.

Echó una ojeada en los otros bares del hotel, sin suerte.

Ahora estaba en la playa. Algunas parejas pasaban por su lado, paseando a la luz de la luna, pero no reconoció a nadie. La luna estaba preciosa esa noche. Hacía mucho que no practicaba sus dotes para hacer fotografías de noche.

Seleccionó una exposición larga en su cámara, apuntando el objetivo hacia el mar, y disparó. Comprobó la imagen digital en la pantalla. Impresionante. No había perdido su toque. A esa hora de la noche, la mayoría de los fotógrafos terminarían con una negrura total o un destello intenso y fuerte. Pero con una larga exposición él había logrado capturar los bancos de olas que surcaban el mar y las estrellas que salpicaban el agua. No estaba mal.

Volvía hacia el hotel cuando divisó a una mujer que se encaminaba hacia él. Estaba sola, su largo cabello rizado se agitaba al viento. Estaba casi seguro de que se trataba de Meghan.

Se apartó cuando ella pasó. Le dio una ventaja de poco más de treinta metros antes de empezar a seguirla. Jamás repararía en su presencia a esa distancia.

Meghan se sentó en el borde del embarcadero privado del hotel, con los pies colgando por un lado. Había pasado de largo varios barcos preciosos de camino a aquel rincón al fondo del embarcadero. La luz de la luna sobre el oscuro mar azul era preciosa, pero sus ojos estaban fijos en la pantalla de su teléfono móvil. No tenía ni la más remota idea de qué decirle a su propio marido.

Recibió un nuevo mensaje de texto. Era Jeff de nuevo.

¿Dónde estás? Tenemos que hablar.

Tal vez no debería reunirse con Kate. Tenía que arreglar las cosas con Jeff. Pero Kate le había dicho que sabía algo sobre los planes del programa de televisión para cargar a Jeff con las culpas fuera como fuese. Meghan tenía que averiguar los detalles.

Dirigió la mirada hacia los tres barcos atracados en el embarcadero. En la oscuridad no era capaz de distinguir demasiado, salvo que eran grandes. Supuso que se consideraban yates, pero no sabía nada de barcos, aparte de lo que había aprendido del capitán de la excursión de pesca que habían hecho en las Bahamas.

Había sido un viaje perfecto. Rememoró su luna de miel no oficial. Jeff había organizado hasta el último detalle, desde desayunos a base de champán hasta baños en el mar a la luz de la luna.

No debería hacerla esperar más tiempo. Podía llamar a Kate desde su habitación. Estaba a punto de levantarse cuando con el rabillo del ojo vio a una persona dirigiéndose al embarcadero.

Se dio la vuelta, esperando ver a Kate.

Aunque la persona en cuestión no era Kate, en su boca se dibujó una sonrisa. Pero a medida que él se acercaba, se dio cuenta de que había algo raro. Le conocía desde hacía años, pero nunca antes había visto aquella expresión en su cara. Había leído algo acerca de que las mujeres embarazadas desarrollaban una especie de sexto sentido para proteger a sus bebés nonatos de todo mal. De algún modo, simplemente lo supo. Y se suponía que él no debería estar ahí.

Si su corazonada resultaba acertada, le resultaría imposible esquivarle y regresar al hotel. Él le bloqueaba el paso en aquel estrecho embarcadero. Agitó la mano, fingiendo despreocupación, y luego se dispuso a marcar el 911. Pero él se acercaba muy rápido. No podría llamar a tiempo. Y si estaba en lo cierto, él no permitiría que conservara su teléfono. Podría utilizarse para localizar su paradero.

Siguiendo un impulso, cambió de plan. Deslizó el móvil con cuidado entre dos tablones de madera del embarcadero. El aparato quedó apoyado sobre un travesaño bajo los tablones. Abrigaba la esperanza de que él no se diera cuenta de que estaba ahí.

Se levantó tras decidir que sus probabilidades de luchar serían mejores si estaba de pie.

—Hola —dijo, rogando con toda su alma que su instinto se equivocase.

Entonces vio la pistola. No había forma de luchar. Posó una mano de forma protectora sobre su vientre mientras él la conducía por el embarcadero y luego la metía a empujones en el yate. Cuando sintió un agudo pinchazo en un lado del cuello, rezó para que alguien estableciera la relación entre su teléfono y lo que le estaba ocurriendo.

Y entonces todo se volvió negro.

Jeff apretó el botón del ascensor tan rápido como le fue posible. No debería haber dejado que Meghan huyera de ese modo. Debería haber salido tras ella de la habitación y haberle bloqueado el paso a medio camino si era necesario.

El ascensor parecía bajar a paso de tortuga mientras revivía su discusión. ¿Cómo había podido gritarle así? Hasta la había acusado de no sentir nada por la muerte de Amanda. Había sido cruel. Sabía que Meghan no mostraba sus emociones como la mayoría de la gente.

Cuando las puertas del ascensor se abrieron, cruzó el vestíbulo a toda prisa en busca de cualquier señal de ella. No tendría que haber dudado de ella, ni siquiera un segundo, se repetía una y otra vez. Él más que nadie sabía cuánto dolía que a uno lo considerasen sospechoso de haber hecho daño a Amanda. Pero ¿cómo podía Meghan haber huido? Le había enviado mensajes y llamado repetidamente y ella no respondía. «Tiene que saber lo aterrado que estoy», pensó.

Jeff tenía la sensación de estar reviviendo una pesadilla cuando recorría el mismo camino que había hecho al darse cuenta de que Amanda había desaparecido. Las piscinas. Las tiendas. El paseo marítimo. «No —aseguró para sus adentros—, no dejaré que esto pase de nuevo.»

Mientras buscaba a su esposa en los mismos lugares en que había buscado a Amanda, se dio cuenta de lo mucho que ambas mujeres tenían en común, aunque solo de forma superficial. Las dos eran inteligentes y perfeccionistas, pero sus personalidades no se parecían en nada.

Jeff y Amanda habían estado juntos en el momento más adecuado de sus vidas para que su relación tuviera sentido. Mientras estaba enferma, necesitaba a alguien leal y bueno a su lado. Y Jeff, que estaba tratando de descubrir dónde encajaba dentro del mundo de la abogacía un tipo amable y de trato fácil como él, a veces necesitaba del empujón de Amanda para mostrarse más resuelto. Pero, a diferencia de Amanda, Meghan siempre le había aceptado tal y como era. Ella nunca le había pedido que cambiase, ni una sola vez. Estaba realmente enamorado de ella. Estaban hechos el uno para el otro, no para una sola etapa de la vida, sino para siempre.

«¿Cómo coño puede consentir que me preocupe así?», se preguntó. Probó a llamarla de nuevo al móvil. No obtuvo respuesta. Conociendo a Meghan, tendría el móvil en vibración y ni siquiera lo habría oído.

Cuando estaba a punto de colgar, una alerta apareció en la pantalla de su móvil, invitándolo a conectarse a una de las redes wifi disponibles. Se le ocurrió una idea. Meghan siempre disponía de acceso inalámbrico a internet en su móvil porque no se fiaba de la seguridad de los servidores de hotel si tenía que manejar la información confidencial de sus clientes. Estaba bastante seguro de que el radio de alcance de una zona wifi era de casi cuarenta y seis metros. Si continuaba buscando el nombre de su acceso —«MeghanInBrooklyn»—, tal vez la encontrara.

El nombre de la red apareció en la playa, justo cuando Jeff estaba a punto de volver al hotel. Escudriñó con la mirada tanta distancia como le permitían sus ojos, buscando a alguien que pudiera ser Meghan. Sintió que se le encogía el estómago cuando divisó a una pareja de ancianos cogidos de la mano. Parecían muy enamorados. Deseaba pasear de la mano con Meghan hasta que ambos tuvieran más de ochenta años.

Siguió caminando; la luz del hotel se hacía cada vez más débil. Daba traspiés con la irregular arena en la oscuridad.

Continuó la marcha hacia el norte, contando sus pasos, hasta que la señal inalámbrica de Meghan desapareció. Cuarenta y un pasos, unos treinta y siete metros y medio. Regresó al punto en que había captado la señal en un principio y se dirigió hacia el sur. Solo once pasos o unos diez metros. Comenzó de nuevo desde el punto de partida y caminó tierra adentro treinta pasos antes de que la señal desapareciera. No había ni rastro de Meghan por ninguna parte.

Solo le quedaba una dirección; el mar. Experimentó un instante de pánico, hasta que se percató de que su móvil no emitiría una señal desde el fondo del mar. Había un embarcadero, pero no veía a nadie allí. De todas formas tenía que comprobarlo. Era el único lugar que quedaba.

Recorrió el embarcadero entero, pero no vio nada. A solas en la oscuridad, la desesperación se apoderó de él hasta el punto de que gritó su nombre:

—¡Meghan!

Su teléfono recibía aún la señal. ¿Dónde estaba?

Jeff estaba a punto de regresar al hotel cuando vio que la luz de la luna se reflejaba en algo que había entre dos tablones de madera del embarcadero. Alargó la mano y palpó algo metálico en la rendija. Era el borde de un teléfono móvil. Era el de Meghan.

Había encontrado la señal, pero su esposa no estaba.

## 68

Jeff supo en el acto que el móvil no estaba allí por casualidad. Estaba seguro de que lo habían colocado adrede entre esos tablones. La cuestión era por qué.

Sus únicos mensajes recientes eran los que él le había enviado, pidiéndole que volviera a la habitación. No había ningún mensaje de voz de interés. Abrió sus mensajes de correo electrónico. El más reciente era de Kate. Creía que el programa de televisión iba a destaparle como principal sospechoso. «No jodas», pensó. Quería verse con Meghan en el embarcadero.

¿Dónde estaban ahora? Lo primero que le dijo el instinto era que no tenía el número de móvil de Kate, pero a continuación lo buscó en los contactos de Meghan. Desde luego, tenía una agenda bien actualizada. Típico de Meghan.

Kate descolgó después de dos tonos, pero la espera se le hizo eterna. Oyó un televisor encendido de fondo.

—Kate, soy Jeff. ¿Puedo hablar con Meghan?

—Mmm, creía que quien llamaba era Meghan. Me estás llamando desde su teléfono.

—Tengo su móvil. ¿Meghan no sigue contigo?

—¿De qué estás hablando? No la he visto desde la cena.

—Le has enviado un e-mail para veros en el embarcadero. He encontrado su móvil allí, pero no a ella.

La voz de Kate denotaba una evidente preocupación.

—Odio decírtelo, Jeff, pero yo no le he mandado ningún e-mail a Meghan y no he salido de mi habitación desde que he vuelto. Si iba a verse con alguien en el embarcadero, no era conmigo.

Cuando Jeff colgó se dio cuenta de que no podía acudir a nadie. Tal vez Kate no hubiera escrito ese e-mail, pero quien lo hizo tenía razón; él era el principal sospechoso. Ya imaginaba la reacción de los detectives cuando denunciara la desaparición de su esposa. Jamás le creerían. Ya pensaban que había matado a Amanda. Ahora estarían seguros de que también le había hecho daño a Meghan.

¿Por qué Meghan había dejado su móvil? ¿Qué estaba pasando por alto?

Jeff siguió mirando sus e-mails. Todos parecían ser de trabajo. Entonces vio uno que le habían enviado el día anterior desde una consulta médica. Lo abrió. Estaba firmado por la doctora Jane Montague, obstetra/ginecóloga. Estaba a punto de cerrarlo cuando una palabra en particular llamó su atención.

> Hola, Meghan.
>
> La enfermera me ha enviado tu mensaje en el que preguntabas por los efectos de la metabolización ultrarrápida en tu embarazo. Aunque es bueno saber que metabolizas los medicamentos más rápido que la mayoría, esto solo les sirve a tus médicos para asegurarse de que tomes las dosis adecuadas cuando requieras un medicamento. ¡No afectará en nada al bebé! Un abrazo,
>
> La doctora M.

Su embarazo. El bebé. Iban a tener un hijo.

Ahora todo tenía sentido. Por eso Meghan se había mostrado tan impaciente por dejar atrás aquel programa de televisión. No quería contárselo mientras estuvieran en medio de una investigación.

Ahora comprendía también por qué Meghan había llamado al abogado de Amanda. Su familia iba a aumentar, por lo que Meghan y él necesitarían un apartamento más grande.

Jeff nunca había querido aceptar dinero de Amanda, pero el hecho de que le hubiera nombrado en su testamento era justo eso: un hecho. Si Jeff acababa heredando todo ese dinero de Amanda, ¿no era razonable la consulta que Meghan le había realizado al abogado, sobre todo ahora que iban a tener un bebé? Que hubieran hallado los restos de Amanda solo unas horas después era una terrible coincidencia. Pero no pintaba nada bien.

Notó que tenía lágrimas en los ojos. No podía creer que hubiera dudado de ella.

Miró el teléfono que sujetaba en la mano. Tenía que haber una razón para que Meghan lo hubiera dejado.

Revisó los mensajes, las llamadas y los e-mails una vez más. Hasta ojeó sus fotografías con la esperanza de encontrar alguna pista.

¿Qué otra cosa podía ser?

La ubicación. Eso era lo que ella quería que supiera. No se trataba de algo que hubiera en el teléfono, sino de la ubicación del aparato en sí. Algo espantoso había ocurrido en aquel embarcadero.

Se sorprendió cuando el teléfono de Meghan sonó en su mano. «Por favor, que sea ella. Que se acabe esta pesadilla.»

—¿Hola?

Hubo un silencio al otro lado de la línea, seguido de un:

—¿Eres Jeff? Soy Laurie Moran. Siento llamar tan tarde; no sé cómo lo he hecho, pero he perdido el permiso que Meghan firmó para el programa. Mi jefe se va a cabrear mucho. ¿Le importaría a Meghan que me pasara por ahí un momentito? Dormiré mejor sabiendo que está arreglado.

—Meghan no está aquí. Se ha… ido. Por favor, ayúdame a encontrarla.

Después de dar por terminada la llamada, Laurie se volvió y miró a la detective.

—¿Ha dicho que se ha «ido»?

La detective Henson no estaba nada contenta con todo lo que había averiguado en la última media hora. Que Laurie tenía evidencias que no había compartido con la policía. Que sus agentes hubieran vigilado a Jeff, pero no a Meghan. Y ahora, que su plan de encontrar a Meghan sin espantarla había fracasado.

Henson hizo una señal al agente que tenía al lado, al que llamó Tanner, para que le pasara su radio.

—Peters, ¿tienes a Hunter aún a la vista?

—Sí, en la playa. Casi ha vuelto al hotel. Acaba de colgar el teléfono.

—Sí, por desgracia éramos nosotros llamando a su mujer. Ha dicho que ha desaparecido.

—¿Qué quieres que haga?

—Traerlo aquí…, estamos en el vestíbulo…, para que podamos descubrir qué coño está ocurriendo. —La detective Henson no trató de disimular su ira—. No puedo creer que no me hayan contado todo esto hace horas —repuso—. Debería haberme dado esas fotos en cuanto la tuvo en tu poder.

Leo levantó una mano.

—Espere un momento. Yo he apoyado a Laurie en esto.

No creíamos que hubiera ninguna prisa. Y podemos hacer más como individuos particulares que la policía. En cuanto nosotros empezamos a trabajar con usted, se aplica la Constitución. Creíamos que estábamos haciendo lo correcto.

—Conque «nosotros», ¿eh? Qué curioso, en mi mundo los polis y los periodistas y abogados defensores pertenecen a especies distintas.

Leo estaba a punto de defenderse a sí mismo cuando Alex lo interrumpió.

—Cabe decir que hoy podríamos haber hecho las cosas de forma diferente. ¿Qué podemos hacer para ayudarla ahora?

—Pueden empezar contándome qué más me han estado ocultando.

Laurie se disponía a decir que nada más, pero entonces se acordó de que había otra cosa.

—Jeremy, el ayudante del fotógrafo. Lo he contratado para que venga al hotel y haga fotografías a nuestros sujetos. Sus fotos secretas de hace cinco años han sido de utilidad. Imaginé que valía la pena intentarlo.

—¿Y cree que está aquí ahora?

—No lo sé. Pero puedo averiguarlo. —Llamó a Jeremy al móvil. Este lo cogió en el acto y confirmó que estaba en el patio del hotel—. Ven al vestíbulo. Es importante —le dijo.

Estaban esperando aún a Jeremy cuando apareció Jeff con un hombre al que Henson presentó como el sargento Peters.

Jeff hablaba de forma tan atropellada que costaba seguirle. Un e-mail de Kate para Meghan que en realidad no era de Kate. El móvil abandonado en el embarcadero. Meghan solo había llamado al abogado porque iban a tener un bebé.

La detective Henson se mantuvo impávida.

—Vamos comprobar todo eso en cuanto tenga ocasión de explicarlo en comisaría. Pero ahora mismo tenemos que encontrar a su esposa, Jeff. No pinta nada bien que haya desaparecido. Tenemos que hacerle algunas preguntas. Huir así hace que parezca culpable.

—¿Culpable? Espere, estaba seguro de que pensaba que yo le había hecho algo. ¿Cree que Meghan…?

—Solo tenemos preguntas, lo que significa que tenemos que dar con ella —dijo Henson—. Y ahora, podemos empezar con que usted nos entregue ese móvil.

Jeff parpadeó con incredulidad.

—No. —Se guardó el teléfono en el bolsillo delantero.

—Eso es un error, señor.

—Lo llaman la Cuarta Enmienda. Nada de registros sin una orden.

—Así va a parecer que mataron a Amanda los dos juntos —declaró Henson.

—No, parecerá lo que es. Mi esposa está desaparecida. Alguien se la ha llevado de ese embarcadero y es evidente que no me creen. Así que si por alguna razón llama a este número, quiero ser yo quien responda.

Laurie estaba a punto de intervenir cuando vio a Jeremy entrando en el vestíbulo y aproximándose deprisa a ellos.

—Jeremy, te ruego que me digas que has visto a Meghan.

## 70

Jeremy se veía asustado; su mirada se paseaba entre Henson y los demás policías.

—Parecen de la policía. Siempre le dan la vuelta a todo. Piensan muy mal de mí.

—No pasa nada —le aseguró Laurie—. Le he contado que he sido yo quien te ha pedido que estés aquí. Que te he contratado para que fotografíes a la gente desde lejos. ¿Sabes algo de Meghan?

—La he visto.

—¿Dónde? ¿Cuándo?

—Hace unos veinte minutos, puede que treinta. En el embarcadero. Pero no quiero causarle problemas.

—No está metida en ningún problema, pero tenemos que encontrarla.

Jeremy miraba a Jeff con nerviosismo.

—No creo que a él vaya a gustarle lo que voy a decir.

—Solo quiero encontrar a mi esposa —suplicó Jeff—. Cuéntanos cualquier cosa que sepas.

—La he visto con otro hombre. En el embarcadero.

—¿Qué hombre? —preguntó Jeff—. ¿Adónde han ido?

—No sé quién era. Se me da bien hacer fotos por la noche, pero es imposible distinguir las caras. Pero ella se ha reunido con él en el embarcadero. Luego se han subido al barco.

—Jeremy, necesitamos tener tanta información como puedas darnos —dijo Laurie, aparentando serenidad—. Es una emergencia.

Jeremy cubrió su cámara de forma protectora. Laurie se daba cuenta de que no confiaba en ellos. No podían obligarle a hablar ni a que les entregara la cámara. Pensó en que ese mismo día había sido capaz de conectar con él en su casa.

—Esta es tu oportunidad de ayudar a Amanda, Jeremy. Lo que has visto podría ayudarnos a encontrar a su asesino. Pero debemos actuar con rapidez.

Los ojos de Jeremy se iluminaron.

—Meghan estaba sentada en el embarcadero y un hombre se ha bajado del barco. No podía ver nada, pero ella se ha marchado con él. —Jeremy se sacó la cámara del cuello y comenzó a pasar fotografías en la pantalla digital—. Como ya he dicho, no se le ve la cara, pero es más alto que Meghan.

Laurie solo podía ver oscuras siluetas junto a un barco. Mientras Jeremy continuaba pasando las imágenes, le pidió que volviera a la que parecía tener un mayor contraste que las demás.

—Esa —dijo—. He visto algo que parece un poco más nítido.

—Ese punto brillante es un cartel blanco en el barco —explicó cuando llegó a la foto—. El metal blanco refleja la luz de la luna. Es una foto muy buena, ¿verdad? Por eso la he elegido para hacer un primer plano. Tienes buen ojo.

Pero Laurie no estaba interesada en el aspecto artístico de la foto. Lo que le importaba era el cartel. LAS DAMAS PRIMERO.

—«Las damas primero» —dijo—. ¿Por qué me resulta familiar?

Jeff estaba mirando por encima del hombro de Laurie.

—¡Es el cartel de Nick! —gritó—. Lo cuelga en cada barco que alquila. ¿Meghan está con Nick? Pero si él está en Boca con un cliente.

—No, no está allí —adujo Laurie—. Estaba aquí, al menos hasta que se ha tomado esta foto.

—Me ha mandado un mensaje durante la cena. Hace horas que se ha marchado.

—Entonces no se ha ido de verdad o debe de haber regresado —sugirió Laurie—. Jeremy, ¿estás seguro de que Meghan se ha subido a ese barco de forma voluntaria?

Él frunció el ceño con desconcierto.

—No puedo estar seguro. Se me da bien leer el lenguaje corporal y las expresiones faciales, pero ¿en la oscuridad, desde lejos? Simplemente he dado por hecho que…

Miró a Jeff, casi con expresión de disculpa. Tan solo había dado por hecho que Meghan se estaba reuniendo con otro hombre, un tipo con un barco impresionante.

—No lo entiendo —dijo Jeff—. Nick es mi amigo.

—O no —intervino Laurie.

Podía sentir que todas las piezas encajaban. Se había centrado por completo en Jeff y en Meghan porque eran los únicos con un motivo para matar a Amanda. Jeff por dinero. Y Meghan para estar con Jeff. Estaba suponiendo que quienquiera que matara a Amanda, y a Carly antes que a ella, iba en realidad a por ellas. Pero Laurie más que nadie debería haberse percatado de que no todos los asesinos van tras sus objetivos reales. Algunos asesinos están dispuestos a fijarse como objetivo a una persona solo para herir a otra. Un sociópata utiliza a víctimas como peones en un juego al que nadie más está jugando.

El asesino de Greg no tenía nada contra él. Lo asesinó a él y habría asesinado a Laurie y a Timmy, y todo por una *vendetta* personal contra otra persona.

Se acordó de que Grace había dicho que Nick era mucho más atractivo que Austin. Pero Jeff, a diferencia de sus amigos, ni siquiera tenía que esforzarse. Cuando Laurie conoció a Jeff pensó en Greg. Tenía un donaire natural que no podía aprenderse ni comprarse.

—Lo hace porque te odia, Jeff. Está celoso. Has encontrado la felicidad con mujeres que te aman. Lo único que Nick tiene es soledad y rabia. ¿Es que no lo ves? Nick encuentra consuelo con Austin porque no lo considera tan bueno como él. Pero tú eres diferente. Eres una amenaza. Quiere lo que tú tienes pero que él no puede tener. ¿Se interesaba Nick por Carly Romano en Colby?

La mención del nombre de Carly pareció suscitar un recuerdo.

—Como ya dije, era una de las chicas más guapas del campus. Nos interesaba a todos. Pero no, es imposible que Nick hiciera eso. Y hace un segundo actuabas como si Meghan fuera culpable.

—No creo que lo sea —respondió Laurie—. Es inocente y está en peligro. Detective Henson, ¿cómo podemos encontrar ese barco? Nick me dijo que era la embarcación de alquiler más impresionante de la región.

## 71

Nick se sentía cómodo con las manos en el timón y la brisa del mar en la cara. Una sonrisa se dibujó en su cara. LAS DAMAS PRIMERO. Por lo general, ese letrero se refería a sus muchas invitadas femeninas a bordo. Rio a carcajadas. Ni Carly ni Amanda se habían hecho a la mar con él. Meghan sería la primera.

Tres mujeres diferentes, todas distintas, pero tenían una cosa en común: todas habían rechazado las insinuaciones de Nick y se habían enamorado del hipócrita de Jeff Hunter.

Llevarse a Meghan había sido mucho más fácil que obligar a Carly a meterse en su coche cuando volvía andando a casa de una fiesta, o conseguir alejar del hotel a Amanda. Había bastado con un e-mail enviado desde una cuenta anónima e imposible de rastrear, fingiendo ser Kate.

Con Amanda, no se había hecho pasar por otra persona. Debería haber sabido que ella no querría hablar a solas con él. Era igualita a Carly. Las mujeres como ellas siempre lo miraban por encima del hombro, como si fuera un mamarracho, un ligue temporal. Amanda les había puesto mala cara a Austin y a él durante todo el viaje al Grand Victoria, hasta que le dijo que Jeff se estaba viendo con otra mujer a sus espaldas. ¡Eso sí que llamó su atención! De repente era él quien estaba al mando.

Echó un vistazo a Meghan, tendida en los almohadones junto a él. Ojalá hubiera conocido la ketamina mientras estaba en la universidad. Podría habérsela inyectado a Carly en el cuello con una aguja. No se había metido en su coche de forma voluntaria.

Apagó el motor del barco. Estaban en alta mar. Meghan estaba ya consciente, pero gracias a esa inyección, se había mantenido en un estado de semiinconsciencia, básicamente paralizada y flotando en un universo alternativo. Pronto se hundiría como un plomo en el agua y él aparecería en casa de su cliente y nadie se enteraría.

—¿Cómo vas por ahí, Meghan? —preguntó. Ella parpadeó, pero Nick sabía que era involuntario. No tenía control sobre nada de lo que le estaba ocurriendo—. He de decir que, de los dos grandes amores de Jeff, tú siempre me caíste mejor. Amanda tenía una doble cara. Fingía que le caía bien, pero yo veía la verdad. Hasta la oí decirle a Jeff: «No entiendo cómo alguien tan diferente a ti como Nick puede ser tu mejor amigo». Deberías haber visto su expresión cuando le conté que Jeff se estaba viendo con otra. Por cierto, enseguida me preguntó si eras tú. Menuda amiga, ¿eh? Se moría por saber los detalles…, y no va con segundas…, pero yo le hice esperar.

Había insinuado que era una de las chicas del cortejo nupcial, solo para verla retorcerse. Quería asegurarse de que todos se habían ido a acostar antes de actuar. Le pidió que cogiera su coche después de la cena y que se encontrara con él en la salida al final del largo camino de entrada frente al hotel. Que podían tomarse una copa en el restaurante al otro lado de la calle.

Ella protestó incluso entonces y sugirió que quedaran en el bar del hotel. Pero esa noche no era ella quien mandaba. Nick revivió la conversación en su cabeza. «Lo que he de decirte sobre Jeff podría llevarte a cancelar la boda. Si eso sucede, no quiero que nadie lo relacione conmigo. Jeff es mi mejor amigo. Me está corroyendo por dentro explicarte lo que sé, pero al final será mejor para los dos. No te diré lo que sé a menos que te reúnas conmigo lejos del resort.»

Meghan tenía los ojos cerrados en ese instante.

—La manejé como si fuera una marioneta —dijo Nick en voz alta. Incluso él mismo podía apreciar la satisfacción en su voz—. Las alianzas fueron un toque especialmente inteligente. Jeff, el imbécil al que no le importa el dinero, se dejó abierta la caja fuerte. Al principio las cogí como una broma. Pero luego me di cuenta de que podía usar la de Amanda para chantajear a Jeff. Aunque, como sucede con todo, se me dio demasiado bien esconder su cadáver. Pensé que tardarían semanas o meses en encontrarla. Pero ¿cinco años? Aun así ha hecho falta un chivatazo anónimo.

La emoción hizo que un escalofrío le recorriera la espalda. Había alquilado el barco para la reunión con su cliente en Boca Ratón, pero ahora iba a servir a otro propósito más. La policía había hallado los restos de Amanda, tal y como él había planeado. Sin duda habían dado también con el anillo. Era solo cuestión de tiempo que arrestaran a Jeff. Hundiría el cuerpo de Meghan con un lastre, pero el mar acabaría arrastrándolo hasta la costa. Llevaría algo de tiempo, pero tendrían sus restos, igual que ahora tenían los de Amanda. Y Jeff pasaría en la cárcel el resto de su vida.

—Te he administrado droga suficiente para inmovilizarte durante dos o tres horas —le dijo a Meghan—. Supongo que es un desperdicio, ya que te queda menos de una hora de vida. —Se rio de su propia broma—. Descuida, que no te estrangularé como hice con Carly. No será necesario. Cuando te arroje por la borda no podrás mover ni un solo músculo. Ni siquiera podrás inspirar hondo antes de caer al agua. Te hundirás como una piedra.

Meghan no podía sentir nada. No físicamente. El terror la dominaba, pero notaba su cuerpo ingrávido, como si estuviera en un sueño. Recordaba una pistola. El barco. Un pinchazo en el cuello. Entonces despertó, tirada en aquellos cojines de piel, con las manos a la espalda. No creía que las tuviera atadas. Tan solo las tenía ahí, debajo de su cuerpo. No podía moverse.

Ni siquiera podía controlar sus movimientos oculares o, de lo contrario, miraría a Nick. Apenas podía verle con el rabillo del ojo. Podía oír su voz y entender lo que decía, pero no estaba segura de si sus palabras eran reales o estaba sufriendo alucinaciones. Quizá despertara en cualquier momento en su cama en el Grand Victoria. Pero hasta entonces tenía que dar por hecho que todo aquello estaba sucediendo de verdad.

«Tengo que salvar a mi bebé, pero ¿cómo?», se preguntó frenéticamente.

Nick parecía muy seguro de sí mismo, como si dispusiera de tiempo de sobra para disfrutar de su estúpido barco, y continuó hablando en tono monótono de sus malvados actos. «Eso será tu perdición, Nick Young —pensó. Recordó el e-mail que recibió de su médico el día anterior—. Mi bebé va a vivir», juró.

Solo tenía que centrarse. «Despierta, Meghan, despierta. Sálvate. Salva a tu bebé.»

La voz de Nick cobraba nitidez con cada segundo que transcurría. Se sentía más centrada.

—He pensado en hacer algo así muchas veces en Nueva York, pero no se me ocurría la forma de tenerte a solas y que no te vieran en la ciudad. El e-mail de Kate ha sido fácil. Solo he tenido que abrir una de esas cuentas gratuitas y escribir «De Kate» en el asunto. Y este barco es perfecto. Con Amanda tuve que hacer corriendo los ocho kilómetros de vuelta al hotel después de deshacerme del coche de alquiler para no arriesgarme a que me vieran. Esta vez ni siquiera voy a sudar.

Miró a Meghan con una sonrisa satisfecha. Nick no tenía ni idea de qué estaba pensando ella. Hacía diez años, Meghan había tomado analgésicos después de que le sacaran una muela del juicio. Se tomaba algo, se sentía mejor durante media hora y después volvía el agónico dolor. Resultó que el medicamento no surtía en ella el efecto previsto. Su médico le explicó que tenía una alteración genética que aumentaba las enzimas hepáticas que procesaban ciertas drogas. Ella era lo que denominaban «un metabolizador ultrarrápido».

«Que eso mismo suceda ahora —rogó—. Por favor, por favor.»

Meneó los dedos contra los cojines y pudo cerrarlos en un puño. Encogió los dedos de los pies y sintió que se activaban los músculos de las piernas. Y entonces notó que el motor del barco empezaba a aminorar la marcha.

—Ya casi estamos —dijo Nick sin rodeos.

## 72

El agente del Servicio de Pesca y Fauna Silvestre de Florida James Jackson había respondido de buena gana a la llamada avisando de que alguien estaba surfeando la estela de un barco sin capitán en la playa Delray. Después de ocho años patrullando las playas, sabía que la velocidad en el agua sacaba el lado demente de la gente, pero nunca había visto esa práctica con sus propios ojos. Según se rumoreaba, había imbéciles que consideraban que era una buena idea mantener la velocidad del barco y luego subirse a una tabla de surf para cabalgar la estela sin un capitán al timón. Jackson estaba convencido de que todo era un mito, pero esa noche habían recibido una llamada en el 911.

Pero cuando llegó no había ningún surfista, solo un crío practicando esquí acuático con su padre al timón y el turista, con una ceguera nocturna extrema, que había llamado para denunciar.

«En fin, otra noche más en el mar», pensó Jackson. Aquel empleo era mejor que su antiguo trabajo en el Departamento de Policía de Miami. Ahora los criminales más despiadados a los que se enfrentaba eran turistas que subestimaban los efectos acumulativos del ron y el sol. Advirtió al padre y al hijo sobre los peligros de practicar deportes acuáticos por la noche y les sugirió que redujeran la velocidad y disfrutaran de las estrellas.

Al frente vio un yate de buen tamaño que se dirigía hacia él.

# 73

Había empezado moviendo los dedos de las manos y luego los de los pies, pero Meghan podía sentir que todo su cuerpo despertaba. Tenía la mente despejada. Su visión captaba cada detalle. No se atrevía a moverse, pero estaba contrayendo y distendiendo los músculos para asegurarse de estar preparada.

Nick había dejado de hablar y estaba farfullando por lo bajo. Meghan sentía náuseas y no era por la droga que él le había administrado, sino por lo contento que parecía estar él. Le sobrevino un ataque de pánico al recordar la aguja inyectándosele en el cuello. ¿Afectaría eso al bebé? Se obligó a hacer a un lado la pregunta. Tenía que centrarse. Ninguno de los dos tendría una oportunidad si ella no salía de aquel barco.

Sentía los ojos de Nick fijos en ella y continuó mirando las estrellas, como si estuviera aturdida.

Nick se recostó en su asiento de capitán, meneándose a continuación para acomodarse. Todavía incómodo se movió de nuevo. Entonces se llevó la mano a la espalda, cogió su pistola y la dejó junto al timón.

Cuando Nick se centró de nuevo en pilotar el barco, Meghan volvió la cabeza, con la mente ya despejada, y contempló su entorno inmediato. Vio la pistola sobre el puente de mando a la derecha del timón, pero sabía que jamás podría alcanzarla primero. Había un objeto parecido a un martillo en un tablón de la borda justo frente a ella.

Un mazo corto, si mal no recordaba. En su viaje de pesca con Jeff del año pasado ese fue el objeto que utilizaban para aturdir al pescado que capturaban, subían a bordo y que se sacudía en cubierta. Si pudiera usarlo para golpear a Nick, tal vez tuviera una oportunidad de agarrar la pistola. «Le disparé si me veo obligada», juró.

Segundos después vio lo que creyó que era su oportunidad. Nick tenía su móvil en la mano derecha y parecía que estaba intentando leer un mensaje mientras pilotaba el barco con la izquierda.

Comenzó bajando las piernas por un lateral del profundo sillón de piel. Avanzó unos pasos tambaleantes sin hacer ruido hasta donde estaba el mazo, se agachó y lo cogió.

Sus brazos y sus piernas se esforzaban por obedecer sus órdenes mentales. Solo había experimentado aquella sensación en una ocasión anterior. Se había unido a un grupo de estudiantes que estaban bebiendo chupitos de tequila. Amanda y Kate medio cargaron con ella hasta su casa mientras intentaba por todos los medios que sus piernas avanzaran.

Ahora necesitaba una vez más esa fuerza de voluntad.


Nick apagó el motor y se guardó el móvil en el bolsillo. Aquel lugar era tan bueno como cualquier otro. Lo único que tenía que hacer era coger las pesas de mano almacenadas en el camarote de lujo. Se las había guardado a hurtadillas en su bolsa en el gimnasio del hotel, una pista más que llevaría a la policía hasta Jeff.

Cuando se levantó para ir al camarote sintió un golpe de refilón en la sien derecha. Se tambaleó hacia un lado y cayó hacia atrás contra su asiento. Aturdido, levantó la cabeza y vio a Meghan empuñando un objeto por encima de su cabeza, lista para golpearle de nuevo.

El agente Jackson estaba admirando el yate que se iba acercando. Llevaba escrito la palabra «lujo» en letras mayúsculas. Creyó reconocerlo como una de las mejores embarcaciones de alquiler disponibles en la zona.

El ruido de su radio rompió el silencio de la noche, seguido de una alerta. Un dispositivo de rastreo en un yate de lujo alquilado situaba el barco justo en esa zona. La guardia costera iba de camino. El capitán del yate era un hombre llamado Nick Young, al que se suponía armado y peligroso, y se creía que llevaba a bordo a una víctima de secuestro.

Jackson apagó las luces de su lancha motora y aceleró en dirección al yate que se aproximaba.


El segundo golpe dio a Nick en un lado de la cara, tirándolo de la silla del capitán. Pero mientras caía, rozó la pistola con la mano y la lanzó a la cubierta debajo de él. Presa del terror, Meghan vio que empezaba a recobrarse y trataba de coger el arma.

Oyó a lo lejos el motor de un barco que se acercaba. ¿Acudía a ayudar? Pero no podía esperar. Nick se haría con el arma en cuestión de segundos. Le dispararía en el acto.

El primer disparo de Nick pasó a centímetros de su cuello. Con un último esfuerzo desesperado para salvar la vida de su bebé, se subió a la borda, se rodeó el vientre con los brazos para protegerse y se arrojó a las oscuras aguas.

## 74

El agente Jackson vio las luces de las lanchas de la guardia costera aproximándose. Al mismo tiempo que oía un disparo, una figura saltó desde un lateral de yate. Giró en el acto el foco portátil que tenía listo y lo apuntó hacia el agua.

Vio a alguien asomándose por la borda y disparando al agua.

Nick divisó el haz de luz procedente de un barco cercano y oyó el sonido de una voz por un megáfono, pero no podía pensar en nada que no fuera matar a Meghan.

Vio pequeñas ondulaciones en las oscuras olas. Disparó una vez, luego otra y otra.

Meghan notaba el movimiento de las oscuras y fría aguas que la cubrían mientras trataba de permanecer sumergida tanto tiempo como le permitiera el oxígeno. Ahora todo parecía irreal. Esperaba tener suficiente fuerza en los brazos y las piernas para ascender de nuevo a la superficie. Alcanzaba a oír el eco amortiguado de los disparos por encima de ella. Disparos de pistola.

Nick estaba listo para disparar de nuevo cuando una cegadora luz recorrió la cubierta del yate.

—Nick Young, queda arrestado. Deponga la pistola y levante las manos por encima de la cabeza o es hombre muerto.

Meghan temía que fueran a estallarle los pulmones, de modo que sacudió los brazos y las piernas, hasta que su cabeza emergió a la superficie. Tragó aire de golpe y vio a Nick bañado en luz, con la cabeza gacha y los brazos en alto. Otro potente foco la iluminó a ella.

—¡Quédese donde está! —oyó que le gritaba una voz.

—Vamos a por usted.

«Lo he conseguido —pensó, al tiempo que posaba una mano sobre su vientre, bajo el agua—. Estamos bien. Todos estaremos bien; tú, Jeff y yo.»

# Epílogo

Laurie contempló las luces que brillaban en el East River, pensando que iba a echar de menos esas vistas. Iba a echar de menos muchas cosas.

—Aquí estás —dijo Alex, apareciendo a su lado—. Ven al cuarto de estar. El programa está a punto de empezar.

—Sabes que ya lo he visto, ¿verdad? —preguntó con una sonrisa.

Alex se había ofrecido encantado a celebrar en su apartamento la fiesta de visionado para acomodarse al tamaño del público. Además del equipo de producción y de la familia de Laurie, Sandra y Walter Pierce estaban en Nueva York para visitar a Charlotte y habían aceptado la invitación del programa para verlo con ellos. El hermano de Alex, Andrew, también se había apuntado. Parecía el momento idóneo para que Laurie lo conociera por fin.

Después de que Ramón sirviera unos cócteles, pasó con unos deliciosos aperitivos.

Laurie siguió a Alex hasta el cuarto, donde Timmy y su padre le habían guardado un sitio entre ambos en el sillón. Había transcurrido justo un mes desde que la noticia del dramático arresto de Nick Young irrumpió en los periódicos, las cadenas de televisión y las páginas de internet como un cohete. Brett se sintió decepcionado en un primer momento, convencido de que los medios tradicionales se habían anticipado a Laurie.

Pero gracias a los acuerdos de exclusividad de Laurie con los participantes en el programa, ningún otro medio de comunicación tenía las historias humanas tras la noticia. Jeff y Austin se pusieron de nuevo ante las cámaras para describir todas las veces que habían creído que Nick se comportaba como si tuviera más seguridad en sí mismo de la que en realidad tenía. Laurie consiguió incluso convencer a la detective Henson para que le concediese una entrevista.

—Al principio, él contrató a un abogado —dijo la detective con toda franqueza—. Se jactaba de que podía permitirse un equipo con los mejores abogados del país, diez veces mejores que usted, señor Buckley... Son sus palabras, no las mías. Pero le dije que no me importaba cuántos abogados tuviera, que lo iban a declarar culpable del asesinato de Amanda y del intento de asesinato de Meghan, eso como mínimo. Lo desafié a que contratara un abogado. Esa era su mejor opción. Luego empezó a llorar, culpando a las víctimas.

Lo más fascinante de todo fue el desgarrador relato que Meghan hizo sobre su secuestro en el embarcadero de la parte de atrás del Grand Victoria.

—Me entraron ganas de gritar pidiendo ayuda, pero nadie me habría oído con el sonido del mar. Y entonces vi la pistola. Tuve que decidir en un instante qué hacer. No podía pensar en nada que no fuera nuestro bebé.

Justo esa tarde, Jeff envió a Laurie un e-mail para decirle que estaban esperando una niña. Tenían pensado llamarla Laura. «Sin tu equipo y sin ti habría sido sospechoso de la muerte de Amanda durante el resto de mi vida», le había explicado Jeff.

Laurie había editado el programa tantas veces que se sabía de memoria cada palabra. Sabía que cuando Alex iniciaba su discurso final, este duraba noventa y cuatro segundos exactamente. «Tal y como nos dijo un excriminólogo del FBI, el odio era lo que motivaba a Nick Young; un odio hacia el amor romántico que estaba convencido de que él jamás tendría. Parecía que las únicas mujeres que le rechazaban se sentían atraídas por su amigo Jeff Hunter. Esta noche, Nick Young dormirá entre rejas, acusado de asesinar a dos mujeres y del intento de asesinato de una tercera, en tres estados. Y quizá todas las mujeres puedan dormir un poco más seguras.»

Los créditos acababan de aparecer cuando el móvil de Laurie empezó a vibrar. Al parecer también el de Brett, ya que este exclamó:

—¡Twitter está que arde! ¡Somos *trending topic*! Es el especial más importante hasta la fecha.

Los mensajes de texto en la pantalla de Laurie significaban más para ella que cualquier publicidad viral. La primera nota era de Kate Fulton:

Estoy llorando por Amanda, pero me alegro mucho de que por fin hayas llevado algo de paz a su familia y amigos. Gracias… por todo.

Nadie se había enterado del rato que había pasado con Henry Pierce hacía años en el Grand Victoria. En lo que a Laurie concernía, nadie lo haría jamás.

Incluso Austin Pratt le envió una nota:

Va a anunciarse mi compromiso. Ella es un genio de la tecnología; mi tipo de chica. Cambiaré PALOMA SOLITARIA por TORTOLITOS.

El siguiente era de Jeff:

Aún estamos en shock, pero intentamos seguir adelante. ¡Gracias a Dios que Meghan está bien, y estoy deseando ver al bebé! Gracias a todos por todo.

La familia Pierce había insistido en que Jeff aceptase la herencia del fondo fiduciario de Amanda. Jeff les había dado las gracias profusamente y les había dicho que el dinero le permitiría seguir en la Oficia del Defensor de Oficio, que era lo que en realidad quería hacer. Podía mantener a su familia sin ejercer la abogacía en el sector privado.

Cuando Sandra y Walter se levantaron del sillón, Laurie no pudo evitar fijarse en que habían estado toda la noche cogidos de la mano.

Una vez que se marchó la familia Pierce, Charlotte le susurró un «gracias» al oído a Laurie.

—¿Siguen en pie las copas del jueves?

Para sorpresa de Laurie, Charlotte la había invitado a almorzar cuando regresaron de Palm Beach. Dijo que consideraba que ambas eran mujeres ocupadas, a las que no les vendría mal tener compañía fuera del trabajo. No se había equivocado. Era la primera vez que Laurie había trabado amistad con una mujer desde que falleció Greg.

—No me lo perdería por nada —respondió Laurie.

Alex le dio a Timmy un abrazo especialmente prolongado en la puerta del apartamento. Laurie procuró actuar como si todo fuera normal, pero tenía un nudo en la garganta cuando le dijo a su padre que se reuniría con ellos en el vestíbulo. Cuando no quedaban más invitados que ella, Alex les lanzó a Ramón y a Andrew una mirada que hizo que se dirigieran a sus respectivos dormitorios.

—Bueno… —dijo Alex con tristeza.

—No es que te mudes a miles de kilómetros de distancia.

—No, pero como ya te he dicho, he aceptado una serie de

casos en tribunales federales, lo cual conllevará muchos viajes en los próximos meses.

Laurie bajó la vista al suelo. Reparó por primera vez en lo bonita que era la alfombra de la entrada. ¿Volvería a verla alguna vez?

Tal y como le había dicho a su padre, si tenía que ser, ocurriría de forma natural. No debían obsesionarse con ello. Pero en el fondo sabía que eso no era cierto. Ella no estaba dejando que ocurriera. Y Alex no se iba del programa por culpa de su trabajo como abogado. Se marchaba porque estaba enamorado de ella. Ella se estaba conteniendo y sabía por qué. Todavía echaba mucho de menos a Greg. Simplemente no estaba lista para sustituirle.

—¿Has visto a Walter y a Sandra esta noche? —Sabía que estaba buscando algo de que hablar para no tener que decir adiós—. Parece que lo han superado. Algunas parejas son almas gemelas, destinadas a estar juntas.

—Y a veces las personas tienen más de una —repuso Alex—. Mira a Jeff. Amaba a Amanda y ahora ama a Meghan. Ya ves lo felices que son.

A Laurie no se le pasó que tenía razón.

—Buenas noches, Alex.

Se abrazaron en la entrada y él le dio un único y tierno beso en los labios.

Laurie no tenía ni idea de qué estaba pensando Alex cuando salió por la puerta. Era una frase de su canción favorita: «Ve con Dios y que me devuelva pronto tu amor».


Timmy estaba esperando en el vestíbulo, tratando de disimular una sonrisa involuntaria. Laurie sabía que no había ninguna otra cosa que pudiera haberle hecho sonreír en ese momento.

—Mamá, me dan mucha pena todos mis amigos —dijo con picardía.

—Y eso ¿por qué?

Laurie miró a Leo en busca de alguna pista de la culminación que presentía que estaba por llegar, pero él lucía su cara de póquer.

—Porque sus mamás no son tan guays como tú. Tú pillas a los malos.

Cuando él la abrazó, Laurie pensó que era posible que ese fuera el mejor abrazo que jamás le habían dado. Se sorprendió esperando con impaciencia que llegara el día siguiente. Ya había encontrado su siguiente caso. Había una mujer joven en la cárcel por un crimen que no había cometido y ella iba a demostrarlo.

Y Alex… «Señor, te ruego que él esté ahí cuando sea capaz de abrir de nuevo mi corazón.»

## Agradecimientos

¡Ya sabemos quién lo hizo! Otros en esta historia ya no están «bajo sospecha».

Una vez más, ha sido un placer para mí escribir con mi colega novelista Alafair Burke. Nos lo pasamos en grande cuando unimos nuestros creativos cerebros.

Marysue Rucci, editora y cómplice de Simon & Schuster, vuelve a ser nuestra mentora en este viaje. Un millón de gracias por toda su ayuda.

Gracias al doctor Frederick Jaccarino por su útil experiencia en temas médicos en esta historia.

«¡Ánimo, ánimo, ánimo!» al equipo local. En este caso se trata de mi «extraordinario marido», John Conheeney; de mis hijos; y de mi mano derecha y asistente, Nadine Petry. Siempre están a mi lado con palabras de ánimo y buenos consejos. Gracias, *merci*, *thank you*, etcétera, etcétera, etcétera.

Y vosotros, mis queridos lectores. Siempre os tengo presentes en mis pensamientos como escritora. Si decidís leer mis libros quiero que sintáis que habéis empleado bien vuestro tiempo.

Ánimos y bendiciones,

MARY

El papel utilizado para la impresión de este libro
ha sido fabricado a partir de madera
procedente de bosques y plantaciones
gestionados con los más altos estándares ambientales,
garantizando una explotación de los recursos
sostenible con el medio ambiente
y beneficiosa para las personas.
Por este motivo, Greenpeace acredita que
este libro cumple los requisitos ambientales y sociales
necesarios para ser considerado
un libro «amigo de los bosques».
El proyecto «Libros amigos de los bosques» promueve
la conservación y el uso sostenible de los bosques,
en especial de los Bosques Primarios,
los últimos bosques vírgenes del planeta.

Papel certificado por el Forest Stewardship Council®